2021.44

星河

诗丛

·夏

主编
骆寒超
黄纪云

浙江工商大学出版社
ZHEJIANG GONGSHANG UNIVERSITY PRESS | 杭州

图书在版编目（CIP）数据

　　夏/骆寒超,黄纪云主编.—杭州:浙江工商大学出版社,2021.8
　　（星河）
　　ISBN 978-7-5178-4617-8

　　Ⅰ.①夏… Ⅱ.①骆… ②黄… Ⅲ.①诗集—中国—当代 Ⅳ.①I227

　　中国版本图书馆CIP数据核字（2021）第153163号

夏

XIA

骆寒超　黄纪云　主编

责任编辑　张晶晶

封面设计　武克非

责任印制　包建辉

出版发行　浙江工商大学出版社

　　　　　（杭州市教工路198号　邮政编码310012）

　　　　　（E-mail:zjgsupress@163.com）

　　　　　（网址:http://www.zjgsupress.com）

　　　　　电话:0571-88904980,88831806（传真）

排　　版　杭州广育多莉印刷有限公司

印　　刷　杭州广育多莉印刷有限公司

开　　本　787毫米×1092毫米　1/16

印　　张　13.5

字　　数　329千字

版 印 次　2021年8月第1版　2021年8月第1次印刷

书　　号　978-7-5178-4617-8

定　　价　59.00元

版权所有　翻印必究　印装差错　负责调换

浙江工商大学出版社营销部邮购电话　0571-88904970

卷首语

  在中国共产党诞生一百周年的大喜日子里，我们怀着虔诚的心摘录老诗人贺敬之抒情长诗《放声歌唱》里的诗句以表达祝贺之情。

啊！假如我有
  一百个大脑啊，
我就献给你
  一百个；
假如我有
  一千双手啊，
我就献给你
  一千双；
假如我有
  一万张口啊，
我就用
  一万张口
   齐声歌唱！——
歌唱我们
  伟大的
   壮丽的
    新生的
     祖国！
歌唱我们
  伟大的
   光荣的
    正确的
     党！！

主　编

骆寒超　黄纪云

执行主编

骆　苡

诗歌编辑

菡　莒　刘　翔　袁丹丹

萧　风　贝　尔

理论编辑

安　操

封面题签：黄纪云

封面设计：武克非

篆　　刻：姚伟荣

内文插图：老　猪

目录

星河·夏

081 　XINGHE　　　　　　　　　　繁星满天

目录

星河·夏

189 / XINGHE　　　　　　　　　　　　　　　星韵品赏

胡桑的诗

任性的人

窗外是城市，释放着争执的夜。初夏的
薄雾，
被吸入每一个人的肺部，它不懂得什么
差别。
有时候我们只是忘记了：我们，来自不同
的省份，
微凉的风，到底是无法修复身体与身体之
间的裂缝。

口音中的方言醒着，未闭合的铝合金窗
醒着，
镜子在诉说着容忍，试图翻译人们的无知
与傲慢，
桃浦西路已经认识了我，静默的大门却上
着锁。
近处的桃浦河并不渴望什么，然而它醒
着，醒着。

楼上，两个从不失眠的人促膝长谈，彻夜。
不为什么。大多数人活着，有时相互
取悦，
有时相互伤害，于是，肉体醒来又睡去。
只有一封未拆的信，才能够守护那一团
晦暗。

翻　译

追忆世上事，束教已自拘。
　　　　　　——鲍　照

这些树，这些香樟、蜡梅，干枯的石榴，
战栗在悔吝之雨中。一切始于
向外的欲念。记住，那不是一场旅行。

思念在枝头凝聚为沉默，记住，那是不
自拘。有人站在地铁口，忧虞无法让他
容身，
在这充满约束的风里，道路不能被修改。

真的，那不是旁观，寒冷自领口入侵，
而人们在学习，学习眺望别人的生活。
记住，虚构出幸福，我们才收获了痛苦。

苦于泅渡，在乏味的午后，记住，
那就是人世。路灯剪裁出路人的影子。
在敞开的雾霾里，那不是离去，是重逢。

同里光阴

河流是无尽的，承纳了午后的暴雨，
积蓄迟来的荫凉。在虚掩之门内，
木樨、朴树、白皮松无须求助鸠匠，
念及薄雾和岁月，它们长得如此高古。

而果实和枝叶，在镜中零落，园内

退思的官吏,倾听过池里浮动的林木。
理水源于遗忘,那悦耳的反倒是
无形的丝竹,是他人之爱,是那些

停止生长的紫石。园圃渴求宿命,
台阶守护着一次次停泊。迟暮的旧宅
却从未起身,从未哀戚,唯有闺秀
禁锢于阁楼,一边观看,一边创造。

练习静默,伶人编织声音,直至清癯的
墙月满足于悬停,我们终于认出了彼此。
而今,游人们步入疏影,遭遇了戏台,
体内的一个古渡,以及复刻离别的亭榭。

那些季风吹拂的里弄不会被移到别处。
也许是为了遨游,老人们寂坐,一点也不
在意春秋的更替,只在茶水中,了然于
如何消失。复水橡支起的虚空变得满盈。

抒 情

> 假如一个人开始恨他所爱的对象,于
> 是他对他的爱便完全消逝了。
>
> ——斯宾诺莎

桃浦河的宽度并非一目了然,
在浑浊的水中,我想要看见
仇恨栖身于何处,有着何种阴影。

捕鱼人的咒骂那么清澈,仿佛是另一个
人的。
那几棵梧桐落满了灰尘。我看见。
黑鱼、桃浦西路、武威东路,都很遥远。

我看见。不,我听见。寒阴变得稀薄。
树枝上的霜迅速消失。那个煤气站被
拆了。
阴霾中渗透出阳光,我想听见一个人
走过。

约 束

止步在运河岸边,那些柳树
在根部贮存寒冷。风从化工厂
吹来,黄昏是必要的时刻。

人,不同于县道上的车辆,
记忆囚缚在泥土深处,
辞乡,却从未抵达孟溪那边。

那界限比天空更为清澈,
榖树嗟叹着,父亲的酒,
母亲的电瓶车,重复于每一天。

怜 悯

渴翼失去,在清晨的风中,
在摇颤的樟树下,这微暗的光
裸露有限的事物,进入旧时日。

有人离去,如一朵怀恨的云,
飘散,哀泣,出租房盈满了
晦暗的蜂蜜。约束形式,创造

虚无。这千篇一律的爱,
比杯中的水更轻。相遇,只是变形,
两片风留在了两个街区,身体不动。

敷腴的人

> 谦逊是只做使人喜悦之事而不做使人
> 不快之事的欲望。
>
> ——斯宾诺莎

春天必须降落。一年蓬、诸葛菜、
蒲公英、黄鹌菜、酢浆草,使人愉悦。
在风中,樟树闪烁着一个绿色的海。
有人曾坐车跨过江水,又从车站离开。
没人怜悯他的错误。珊瑚树最终要生长。

生长成一扇门，微微颤动的门，
向着对岸默不作声。激情在独断的人身上
　　蔓延。
干燥的木板喋喋不休。台阶喋喋不休。
蛇莓喋喋不休。江水浑浊，时间不够，
那是跨不过去的界线。逡巡者捡起了
　　石头，
那一片让人不快的叶子，在障碍中跌落。
阻隔的人，在过江大桥上望到一个城市，
对岸的雾让人不快。巷子、柳絮和榆钱让
　　人不快。
哦，那一次傲慢的喜悦。律法低吟着
　　不能。
下一次，下一次，春天依然这么降落。然
　　而不能。

嬗　变
——给李卉

等到梧桐树叶像人群拥挤在街上，
围观一个突然的事件，空气就变了。

大吴风草依然阔大而绿，犬儒得十分
安宁。温顺的海水里，看不见未来。

一个日子起皱，只需要一些风，阴冷，
一些飘着橘香的风。吱吱作响。

赤胫散叶上的斑点不规则如二维码。
来一点勇气，迷失在跨省的雾霾里。

我厌倦了旅行，而道路不断来到脚下。
我习惯了索寞，而热情总是站在门口。

遗凉锁住了天空。地铁口，一个渴望爱
而内心抑郁的人，制造着不可能的愿望。

剥开的包裹望着他人。是一次断裂吗？
落魄而归的证人，学会了飞行，借助于

一只内省的铁鸟。一切都变了，水，空气。
那么多缺席构成了我，而你拥有了它们。

不如虚无点

天空羞答答的，送来了
几个夜晚。勤勉的人
静心走路，想要走到最黑处。
嗯，一扇巨大的门在关闭。

"你不是一个虚无的人。"
然后就是不理不睬，就是见证。
坐姿倾斜，树叶零落，翻找出
一个不那么真实的自己。放下

念头。草木在人间，
在巷口，嗅着被绑住的空气。
人心不同。不觉移步到了
地铁。那么多人，那么多欲望。

物的时代

风有些陈旧，动人的一片秋声
上传着一个夜晚，裹紧微湿的乡愁。
许多有限的身体错落站立，男男女女
彼此认同，在令人起敬的降温里。
一个转码的海起伏着，失去了码头。
月在朋友圈升起，在滤镜里呼吸。
故乡任凭被复制，亲人乐于被粘贴，
在同一个沙滩上，空气编织着统一的节日。
那个女人穿着复古英伦裙，逗留在抖音里，
戴着医用口罩，笑容被远在天涯的手点击，
腰肢犹如芍药，安装了司空见惯的妖娆。
整个海收集着圆满，仿佛从未见过病毒，
月光下，我们的内存无限，想去爱
每一个爱过的人，原谅每一段误解与离别。
沙子直播成静谧的雪，背后是一个无限的
　　亚洲，
听得见那么多人内心传输着温暖的液体。

当代诗：走向伦理

◉ 胡　桑

一

诗，来自虚无。虚无不可言说。

诗，也许来自一片树叶下坠时的突然停顿，来自全神贯注的沉浸，来自片刻的欢愉和长久的苦痛，来自两行树之间的留白，来自亲人的背离，来自陌生人的相遇，来自也许，来自可能，来自不可能。

诗不可剥离于语言，不可僭越形式，不可敌视经验，不可毁坏人生。

人生说到底是虚无，是失败，是一段又一段起伏的经历，是无限的海，是有限的市井。

二

我一度把诗歌写作视为赋形，是将万物和人世凝聚成可见而清澈的形式。这里面有一个悖论，现代诗歌显然对古典形式有着不信任，于是开始抵制古典形式背后的精神和伦理，因此获得了贫乏的自由。

如果说诗是民主的，它就可以拥有一切形式，表达一切精神内容。

不如说诗是伦理的，是超越了道德束缚之后的伦理探寻——探寻人存在于这个唯一世界的方式。道德，设定了对与错的法则与命令。伦理，观照历史、现实和生活的暴风雨中颤抖摇曳的个体。道德是实践。伦理则是对法则的可能性的探寻，法的暴力是对法则的批判、僭越、瓦解和重构。伦理处在力的紧张之中，诗的伦理，邀请诗人去创造。

诗，是对情与志的言说。"言说"本身指向的并不只是格律、节奏、声韵、词汇、句法、段落等形式本身，而是形式之力的紧张。"言说"道出了诗是对情与志的无定形的探讨。言说是复数的，情与志是复数的，因为人是复数的，传统是复数的，这唯一的世界其实也是复数的。

复数要求我们伦理地面对自己、他人和世界，要求——毋宁说是邀请我们打开自己，打开诗歌本身，让诗的言说成为对语言的理解、对世界的理解、对自我和他人的理解。

我和你之间、人和人之间、人和世界之间横亘着无数条深渊。关键之处并不是如何弥合深渊，而是学会隔着深渊凝望、说话和交往。

诗，就是对深渊的揭示。诗是伦理的。

三

在当代诗经历了意识形态书写阶段、形式狂欢阶段、历史化阶段之后，我以为诗正在进入伦理阶段。当代诗开始回到诗本身——并非形式主义以上的诗歌本体，而是诗的自然状态，诗指向一种对情与志的言说的敞开方式。每个时代的情与志一直在形变，接受着历史和精神发展链条的塑造，可以是道，可以是自我，可以是情欲，可以是身体，可以是神秘的体验，可以是神圣的沉思，可以是微末的感受，可以是琐细的人生，可以是被侮辱和被损害的陌生人，可以是不可言说和无处言说的沉默者。

当代诗，无须执着或焦虑于自己的本体，而是面向一种敞开的言说——可以言说一切，并在每一首诗的书写中探寻紧贴情与志的言说方式。这就是创造。创造要求当代诗每一次都面临诞生的艰难，并在对艰难的克服中获得自由，即便最终形成的言说方式是朴素而容易的。

当代诗的伦理，不仅是个人化的历史想象力，也是对微末个体的道德审视，更是对人的存在方式的承诺和探寻，是对生命和生活的眷恋和责任。

当代诗正在经历一场"伦理的转向"。

四

当代诗，敏感于时间甚至历史。

当代诗的器皿足够脆弱，也足够强大。当代诗的时间不是商品的时间。恰恰相反，当代诗的时间凝结为废墟，是对碎片的召唤和收集——当代诗，是一个收集废墟的收藏家。

时间，是面向他者的运动，在与他者共存中经历变化、停顿、弥合、断裂、相遇、分离和永别。

五

走向伦理的当代诗，理解着每一个他者，理解着万物，理解着脆弱不安、摇曳不定的人和事物，并寻找着贴合于此种存在的诗歌书写。

在我的第一本目前为止也是唯一一本诗集《赋形者》问世之后，我继续书写着"者"系列和"的人"系列。这些诗中有着对我自身的游移不定，自我的反讽——我一直拒绝对自我的眷恋。但是最终，我想要实现的，并不是和自己争辩，而是和生活争辩。在争辩中，看见一个个意外而混沌的他者，让他者进入加法、变形、弥漫、生成和建构。

我想要突破对技术和形式本身的沉溺，试图克服技术诗学和形式诗学的禁

锢，去观照光怪陆离、错综复杂、风云流变的当代生活，以及在生活旋涡里盘旋、漫游的他者。让诗成为异质性的容器，在他者的枝头微微震颤，接纳来自记忆碎片的幽蓝光线。记忆，便是预言。

当然，诗歌不可能不忠于形式，但必须是创造性的形式，甚至是无所凭依的形式。不是说形式就是内容，而是说，形式和内容全部隐匿在创造中，消弭在对世界异质性的发现中，呈现在语言之力的角逐中，接受记忆的召唤和未来的牵引。

我试图在诗歌写作中消除写作主体的显性存在，将自我清空为一个敞开的容器。曾有一扇半掩的窗或门横亘在我的诗和他者之间，现在我拆掉窗框和门框，让诗歌中的观察者、偷窥者、凝注者、反思者走出去，直接暴露在流动的风中，置身于他者的广场，漂泊于满溢的海。让书写者从看台上走下，走入人群，体贴社会，呼吸自然，自我消融，让他者成为世界的主体，揭示着自身生存、时代、历史和公共空间的境况。

六

当代诗的伦理，不是诗的道德，不是责任的束缚，而是丰盈的语言和伦理的邀请，是敞开的自由和内敛的重负。

作者简介：胡桑，诗人，译者，学者。1981年出生于浙江省德清县。2007—2008年任教于泰国宋卡王子大学，2012—2013年在德国波恩大学做访问学者，2014年获同济大学哲学博士学位。现任教于同济大学中文系，为中国现代文学馆特邀研究员。著有诗集《赋形者》(2014)、诗学论文集《隔渊望着人们》(2016)、散文集《在孟溪那边》(2017)。译著有辛波斯卡诗选《我曾这样寂寞生活》(2014)、奥登随笔集《染匠之手》(2018)、罗伯特·洛威尔诗选《生活研究》(2019)等。

张伟栋的诗

一首诗的完成

筋疲力尽之后
一首诗完成
带着凤凰木的云蒸霞蔚
书桌,落下悬崖的步调
词语有一道未来诗人之虹
一首诗完成
将过去的雪化为火焰
将燃烧的山河投入晦暗
凭借爱与希望
颠簸与动荡
一首诗完成
接续另一首诗的无边落木
篡改另一首诗温热的天人永和
在拂晓与晚霞之间
一道闸门变幻着有与无
一首诗完成
收紧忽然跳动的一颗心
从反向抓取遥远的来世
是浩渺的预言回响着过往
是无声刺痛无声
一首诗完成
一首诗重生
我渴念那些闪光的源头
为肉身铺架四重奏的桥
我渴念落雪、巍峨
上升为记忆里的一颗星

跑步之诗

我暗淡抑郁时看见
操场上满是跑步的人
在颤动的弧线里
试图篡改旋涡螺旋
草地是细小银河
喷溅水珠升起白色
我跑动,以同样的契约
看到日出
是体内的朝霞喷涌
绿色的树之密云
等同于一滴泪
我剧烈,进入黎明
进入汗水蒸腾的急流
伴随着起飞与降落
进入一只燕子
向南飞渡的航线
以坚忍之力
和复燃的孤寂
于是我出神
恍若烧红的铁线
共振于虚无的大气流
我被驱赶
往返、旋转于
这囚禁的圆心
我知晓
一个我在水中诞生
于是另一个我

要承受雪中的降临
是裂变
也是合成

这一年

这一年
我隔着布满水汽的窗玻璃张望
反复清洗身体里的迷雾
断绝、干涸、熔化凝固的血河

这一年
我最爱白杨里银色光亮
校对身体流淌的幻觉
夏日树林在燃起爱意的眼中
是永恒的绿色
我最爱失忆刹那河水与落日的汇合

这一年
世界的穹顶与反世界的海湾在自我汇合
我拆除、刺破、攀登肉身的忧郁和尖顶
以获救者之名

这一年
我看见仙鹤、海顿、胡桃树依次排列
我看见自我乃万物的别名
回旋的波浪里低喊着：如出一辙

这一年
难以忘却的是跃入词语花冠的瞬间
永生的燕子仍在其中
无人能以镜面的形式看到自己
隔着大海的深渊探身于其中

这一年是永恒的一年
无始无终
在自我之外捕捉
眼泪的虹彩

第三十七乐章

我走上我的台阶。
——惠特曼

我居住在这岛屿城市，就像从这里出生
    一样
它由软弱、畏惧、盲目、忍耐的男人和女人
    所建造
它每一个升腾的正午都如熔炉滚烫
人们置身其中的海亦翻腾作响
无可比拟的燃烧，以旋转之姿
如今无尽群山就是道路，一切顶峰沉没

如今我住在这座高昂公寓的第二十三层
四季被写入浓烟的肉体；灰，为欲望所
    漂洗
羞愧、忍耐、牺牲、寂静与生长化作火焰的
    话语
但无人能证明，我的邻居皆是背井离乡
急需在大地上扎根又渴望被连根拔起的同
    时代人
畏惧、爱、捆绑、呼吸、体弱、喂食
家，停靠在巨流翻涌的礁石上

我们的窗下皆是雄壮的棕榈
这是南部的塔，带来旋涡的河流
依靠致幻晚霞编织美好的愿景
这些湍急与迫降
整个海面沉浸在时间的蜕变之中
风浪始终回荡一支虚无之歌

我听着紫丁香炸裂的声音入睡
直立于知识器官的变异之中
我在梦中使用崇高音调
在词语中等待奇迹
极力避免自己成为一个单人单子
漂浮在旋涡的曲线里
去承受赞美诗中的寂静无声

XINGHE
星河·夏

但无人能澄清
它所有浓烈色彩
黄昏与清晨
琴弦上跳脱的盲音和云中加速的夜航
它所有的暗喻与现实
南部的历史正于起始处的火中煅烧
波浪化身为灰雾
另有一些街道滑下陡坡化为死巷

是的,伟大的深夜,无与伦比!
呼吸里变换着空调式的断崖
窒息的沉默依然是语言最高峰
围墙下一排紫荆为天空而生长
高窗里满是黑白两色的奇迹

我应如被囚禁的动物一样工作
伴随着白日内爆于自身的焰火
与隔绝之纯净
寄希望于带翼的种子
试探每一个方向,即使终究不能

我应避免对寺院、公园、广场产生热情而
陷入绝对之爱
在有生之年,辨认年龄的紫金冠
我应至少一次穿过笛卡尔大街
拓宽黑暗中的巷道
在高墙的顶端排列天使、蔷薇与人

但是——
什么是咏唱着的肃穆森林?
什么又是自我的银河?
砍伐与内陷?
爱与正义,无非是花束中的一个位置
而非在内心中托出的一轮朝阳

我期待着一次汇合
与那些充满生机的主题
其间神秘的暗示
以颂诗的音调,如废墟重建

仿佛痛苦的河流流淌连绵不绝的蜜意
以七昼夜的决堤

我反对雄壮与惘然
从肉感的激越中孕育自我的太阳
无须过问来世
我将一首反对的诗以重音的重叠来浇灌
并寄希望于一棵树
以及词的无因裂变

在杜甫草堂

伟大从何而来?
伟大的诗
以及秘境
入口的古树
正探身于墨绿的新云
汹涌的寂静
于累积的云层
与墙内海棠合力
奋力营造撼人的日与夜

此时心中起伏着
枝叶摇动时的跌宕
你如同一道虹
探入词语的拂晓
乃有灼人的玉兰
和万里空无
如佛塔涌出
乃有围墙闭合
围成一座孤岛
乃有双手如起重器
探入碑刻
和廊柱的倾斜

我于是历经无限的熄火复燃
动荡日出衰竭前返与回望
遁入微弱之流,远游
还乡,群山与孤城

以孤舟一般的暗淡、颠簸
试探、求解于
乾坤与凤凰台
浮云与沧浪之水
且将瞬间的狂喜
托于四下静止欲晓的涣散解体

所以，我朝着竹林的方向
依次穿过草堂的重重幻境
不能免于空气中迫降水汽所升腾的漩涡
伟大从何而来？
伟大的诗
以及病痛
我面对一朵花而沉浸，觉识
一首颂诗像是一道晦暗的闸门
带着神秘的苦痛
无限幻影
无限的争执

此时，日光于头顶倾泻
交织的游人暗暗发出河水之声
乃有落寂的河岸
从时间之外向草堂漂移
乃有黄雀追踪牵引的枝条
如刹那的重生
乃有垂落的花柳
自化为春风
吹拂倒映的激情

最后是——
停下原地张望默想
北门外的街上
镂空着寂灭
草堂里暗哑无声
空虚的风缭绕于心上

论写作

有一次，在写作中
心力衰竭

指引我的群星
相继失落于四处的茫然
解体、哀痛与无声
因此感受灵魂
乃明与暗
爱者与不爱者之际的
湍急与轮换
这何其荒谬
倘若我重新震荡
倾斜，无时不穿越
筑就高低再生云层的气流
迎接我的衰弱
不会删减半分
可这衰弱之中
亦有等量的光线
涌动并回响
来自源头的幻象
我亦曾无数次凝神
内心湮灭又复生的暖流
恰如绝对的记忆
以骤然的水滴浇灌我
而确知一条航线
索取着启明星上升时的明亮
是以哀歌的重叠反复
颂歌的痛苦求索

浮生一日

这一日，使生命发出共振的是
甜蜜的蛊惑和迷幻的虚空
爱欲由语言的朝霞所勾画
人们走在凌晨谋生的路上
也同时走在傍晚的尘雾里
银行里的贷款催促早晨的升起
游戏中的金矿也渲染着惊心的日落

这一日为永恒一日
有人跌进恐怖袭击的热浪
汽车被炸毁，有人失神中失去生命
有人挤在罢工的广场上愤怒失声

为养老金和宪法的修正
有人在变性的手术台上醒来
走进新的生活和生命
有人等待着另一个人的器官移植
独自面对缺失的黑暗
有人在赛马会上狂欢浇灌香槟
裸露半个身体而成为焦点
有人在番茄大战的迷失中找到自我
有人在泥石流的漩涡中消失
有人因为干旱而在泥坑中取水
有人看到巴黎圣母院顶楼的滴水嘴兽为光
晕镀金
葡萄牙埃武拉的人骨教堂变成象征的堡垒
这一切和一切
都在同一时间发生
以共振的光谱
以单细胞的碎片
开始并耗尽时间

这一日，应该亲吻
那些真实的厄运
那些愤怒的火焰
带血的和痛苦的书写
崩溃的、寂静的、干枯的禁止

取悦于咆哮的影子
阴沉的欢乐
闪着光的眼泪
肿胀的、溢满的、发炎的苦涩
恐惧练习着
一万种隐喻的变体

这一日，莫须有的大天使
在虚空中升起，
最新型的摩天大楼插入
时间的虚幻并探测浓雾
迎接厄运的是孤独的和弦
新宗教，如一翼风帆
内爆，加速度
互联网以分钟几十亿次的速率
书写着历史
身体里的火
蚕食着私生活的慰藉
流淌着电子幽灵的乳汁
知识的花朵如细雪的探照灯
照射绿色脉管里纵欲的空洞
这一日时间与爱同源
但为另一天的回声所煅烧

朝向一种不可能的诗学

◉ 张伟栋

谈论自己的写作是异常困难的。过去十年间，我一直生活在一个三线小城海口，就像沃尔科特所描述的安的列斯一样，这里的人们对季节没有感受力，四季中唯一真实的是永恒的夏日，虚空中的火焰随处可见，整个城市摆动于阴与晴、潮湿与炎热、光与暗的钟摆之间，时间安静而冷酷，如同街边随处可见的四季常青植物一样，掩盖着真实的变化与腾移，记忆也开始如泡沫般闪烁并破灭，身体最持续的感受是隔绝、单调和渺茫。但过去与未来之际的无名力量，那谜一样的源泉却开始隐现，我静止般坐在海边时，会感受到一种神秘的冲动，让人去探究明与灭的湍急轮换。诗人多多常说，写诗就是向道，我受教于他坚如磐石般的绝对，那时他还在海口，住在海甸岛，写出了他最重要的一批作品，《白沙门》就是一首了不起的杰作，反复地加固我对海口的身体记忆，并寻求反向的突围。

在海口的十年间，我一边观察当代诗的进展，一边深思精学。通过语言，从躁动的旋涡落入深渊下的平静，并抵抗着现实的非人化运转。我不得已编选了自己的四本诗集，《没有墓园的城市》收录了2003—2012年的部分习作，《动物诗篇》选了2013—2016年的大部分作品，《虹》则集中于2016—2017年的一些尝试，《子夜歌》是2017—2019年间作品的收录。我对发表毫无兴趣，结集只是为了提醒自己写作的进度，以及可预期的转机。也没有人可

以单独求教，我以求生者之方式肯定尼采的真理："人若不是诗人、谜语的读者、机会的救赎者，我怎么能够忍受自己是人呢？"我因此转益多师，多方探求，不断拆除边界和区隔，来自荷尔德林、华兹华斯和惠特曼的神秘语言以奇怪的组合纠正我，并拆除古典与现代、浪漫与现实之间的对立和壁垒，我时时寄希望于奇迹，以待更多可能性出现。

热带的风景和历史，多展示其无所用心的一面，我窗下的棕榈树皆宛如精心制作的模具，终年只有一个形态，最壮丽的凤凰花升起的时候，也只是展现着清醒与幻灭之间的昏暗过渡，远处的海单调地重复两个单音节。我以往读过的许多作品开始变得无效，一些事情骤然变得清晰，另一些则如流星一般坠落，我痛感于人生底色实则荒谬无常，并感怀于诗的虚无与实有在我们的时代异常艰难，所以我在诗中这样写："我终于能/（但毫无用处）/以侏儒之眼/看到巨人繁殖/生命中的自杀者亮如星辰/我反对（但无计可施）。"我想，凡是对这种异常的艰难有所体验、理解的人都会明白，这是今天的诗歌必须要面对的诗学问题，也将由此而展开一种未来诗歌的形态。但未来仍是一面昏暗的镜子，每一事物依然紧闭着一道晦暗的闸门，我意识到，单凭陌生的热带经验无法锻造出崭新的诗歌韵律，所以我在《被诅咒的诗人》一文中写道：所谓的地方写作，如果不能获得一种新的历史计算法则，也仅仅是取得

一种地方性风格的胜利而已。

诗在我们时代的异常艰难，并非指诗的无用或边缘，就像奥登所说："诗不能使任何事情发生。"也不是在谈论诗歌的小众或无人问津，波德莱尔对此有"信天翁"之喻，令人印象深刻，但波德莱尔和奥登都还无法意识到这个问题，实际上，异常艰难是指诗歌写作的不可能，因为到处是人工的、控制论的、提线木偶般的、材料加工的，"对人和动物来说很陌生的那种自动化的摩擦声"的诗，配合着技术与资本无穷算法的全面统治，优秀的诗人仍比比皆是，但一种真正的诗歌写作几乎是不可能的，犹如保罗·策兰在20世纪50年代不得不使用德语写作所面对的不可能性。最直接的理解可以参照卡夫卡的说法，所谓的不可能指的是：不写之不可能、用汉语写之不可能、用其他语言写之不可能、写之不可能。我们面临着一个巨大的困境，首先是词语的，其次是现实的。仅有极少数的诗人触及这一问题，大多数人对此茫然无知。

关于词语的困境，阅读的经验就在反复告诉我们，我们的诗中充满了无关痛痒的"主观性"话语：基于个人经验的平铺直叙，不知道现实与历史为何物的臆想言辞，表演自我的遣词造句和夸夸其谈，不知所云的神话虚构与历史戏说，充当各种现代主义诗学代言人的博学雄辩，以及为各种立场与意识形态所占据身心的词语实验，等等。这是"主观性"写作大行其道的时代，越是个人的、内心的、私密的，越是晦涩的、特殊性的，越被认为是真实的。人们并不在意所谓"客观性"为何物，以及事物的真理性内涵为何，愈是个体性的，愈被认为是具有真理性的，新即真，"日日新"就是真理本身，可是这个"个体"实际上是因失去了与总体性历史的关联，而带有"历史分裂症"的特征，人与人之间因而有无数的对立与差异，自行运转于名为区

隔的禁闭中。我在《对"个人化历史想象力"的校对与重置》一文对此有过思考，诗被理所当然地视为一种特殊的、"主观性"的知识，而现实的问题在于，诗作为一种普遍性知识如何成为可能。

2008年，一场小小的论争发生在诗人西川与王敖之间，这场争论几乎没有产生什么影响，甚至还未能引起足够的关注就草草收场，仅有的一点关注也把重点放在何谓浪漫主义、如何理解浪漫主义在新诗史上的作用与地位之上。倘若我们把这场争论放大，不难看到争论背后其实关联的问题是如何理解新诗，以及新诗与历史的联动关系，进一步讲，就是如何理解诗歌的"语言—历史"机制。可惜双方止步于就事论事，一个说，你根本就不懂浪漫主义，对浪漫主义明显"认识不足"；另一个说，你从你老师所知道的那点浪漫主义，什么诺斯替、喀巴拉、消极浪漫主义、积极浪漫主义我都懂，但这些改变不了我对浪漫主义的偏见。两人之间的"落差"在于，王敖将浪漫主义作为一种信念或理解世界的方式，而西川将其作为知识，并人为地制造了浪漫主义与现代主义的对立。我想说的是，浪漫主义就是一种普遍性的知识，以一种真理的崭新性应对时代的急难与困境，从而区别于今天仅仅循环于诗歌体制中的"主观性"书写，但无论是浪漫主义还是现代主义，其基本逻辑与运作机制都已经无法真实地应对当代性的问题，唯有期待一种将来的浪漫主义或者其他理念，前提是必须识别出类似西川这种"历史分裂症"所造成的区隔与对立对言语的禁锢。

写之不可能，无论如何这都不是说无法进行诗歌创作，不能写出一手好诗，不可能的根本在于诗之真理的暗淡，即一种斜向抓取世界的历史计算法则的艰难。我至今依然相信诺瓦利斯所说，诗首先必须被当作严格的艺术来追求，我理解的严格

就是寻求诗之真理的现实显现。

我记得曾和多多聊到荷尔德林,他说荷尔德林诗里的什么颂歌啊,他不喜欢,而我恰恰相反,我喜欢写颂歌的荷尔德林,这种颂歌在我们时代也的确是不可能的,我困苦于这种颂歌的不可能,并曾在一首诗里追寻颂歌的若有若无:"我亦曾无数次凝神/内心湮灭又复生的暖流/恰如绝对的记忆/以骤然的水滴浇灌我/而确知一条航线/索取着启明星上升时的明亮/是以哀歌的重叠反复/颂歌的痛苦求索。"但如果这一切终将可能,那将是多么伟大的奇迹。多多后来离开了海南,我很少再见到他,对他的诗却读得多而且细致,在海口无边起伏的白昼之中,诗的含义在夏日层层叠叠的火焰中仿佛自动显现,完全如多多在《铸词之力》这首诗中所写,一种不可能的诗学,"需要梦与岸上的船合力",需要"理性"的松懈、"理由的荒芜",需要暗淡的、微弱的、渺茫的踪迹,以及"尽头的听力"。

在力之外,在足够处
持续,是不够的幻觉

光,是和羽毛一起消逝的
沉寂是无法防御的

插翅的烛只知向前
至爱,是暗淡的

这是理由的荒芜
却是诗歌的伦理

需要梦与岸上的船合力
如果词语能溢出自身的边际

只在那里,考验尽头的听力

但这一切其实并无笔直的道路可走,更多的是难以启齿的困惑与挣扎,凡是熟悉当代精神状况以及其历史进程之人,都会对这种挣扎深有体会。正如朋霍费尔所说:"在人类历史的进程中,确实没有哪一代人像我们这一代人这样,脚下几乎没有根基。"唯有在过去与未来之间的渊面上铸就词的蓬勃之力。

作者简介:张伟栋,曾就读于中国人民大学,获文学博士学位,现为海南师范大学文学院副教授、博士生导师。曾获第四届北京文艺网国际诗歌奖二等奖、北京大学未名诗歌奖、刘丽安诗歌奖、胡适首部诗集奖、第三届南海文艺奖等。著有专著《李泽厚与现代文学史的"重写"》(2012)、《修辞镜像中的历史诗学——1990年以来当代诗的历史意识》(2017),诗集《没有墓园的城市》(2015)、《动物诗篇》(2017)、《虹》(2018)、《子夜歌》等,话剧《杀死M先生》(2014);主编《中国新诗百年大典(第二十九卷)》(2013)。

李建春的诗

用你开花的耳朵

从这头到那头,我在奔走中,是隐匿的
只有车厢知道
只有电波知道
只有妈妈撕下、丢入灶孔的台历知道
只有枕头上的压痕、口水的印迹知道
但它们都不说

在抵达你的途中
在开花或结果之前
我运送,用我根茎的力
一束光不是一束光,是整个太阳的爆炸
如果你正确地看。这老去的过程
不过是一封缄口的信
却无人撕,无人读
无权? 谁有权? 我授予
你
这出生,不停地生,作为事件
需要接收者
是你
接收
也不可把你看得实了
我花了多长时间才明白
你,并不存在
你,在我南瓜藤的那头
用你开花的耳朵
听我

天牛记

一只花天牛到了我家,在水磨石的地板上
静坐

他从旧纱窗裂开的缝隙爬进来。或许他
　以为
这里有光,寂静,而水磨石的花纹
也足以隐身

他错了。他惊恐,后退,张开长须
像京剧中穆桂英戎装的翎子
他的脸却像张飞

嗯呀呀,他唱道,嗯呀呀呀,末将差矣!
原以为进入了树叶沙沙
却是两只鼹鼠,各自翻书,度生涯

月亮还是圆了

发生了这么多事
月亮还是圆了
她仿佛从未经历晦暗
从未经历月食,更何况云
那些在她下面的影像
她自在地察看
光从上弦,滑到下弦
她孤独地弹奏
她自己的暗面
那永恒的寂寞,坑坑洼洼

被星系射击而呈现的
青春痘、橘皮脸
她注视自己荒凉的心
因而偶尔是你的节日

东湖之因

因我含藏了浩渺看你
水波层层叠加
造出看湖的三十年

因我一心想渡越
东湖把对岸给我
清清白白，一如此岸

因我把满腹的爱付诸湖水
她颤动，又澄静
一如当初被光穿透时

等待合金

雨蒙蒙的天，总是出人意料，不能自已
雨蒙蒙的天，我当在合适的位置
我背着教具到郊区上课，只能讲别人，不
　能讲自己
一连两天的课，从新石器时代讲到战国
我教我的学生艺术的由来
依次讲石器、玉器、青铜器，教他们认
簋、卣、尊、鼎，我备好了模范，等待合金熔
　液注入

金属的致敬

林中彩点的清晨，德劳内分解圆盘的清晨
一车子钢管被卸下，摔在地上

持续的、音叉的振动
滚石击打地面的爆响
在小人国搬运工的动作下
支配了我盯着满坡古树，追寻虹枝间鸟鸣

的过程
那些鸟像人一样
不见其形而活跃于耳膜
桂花的香味
却需要深呼吸并加以想象

友人顶着二两白酒，下楼去了
一两个女生的撒娇，也已寂静
她们发来的卡通动作，还在一遍遍地表演

这个清晨的金属的致敬
我收下来。而塑造这个危险的
不返回就找不到的形体

注：德劳内，法国现代画家，以用立体派技
法画埃菲尔铁塔著名，后期画一种圆构图
的抽象作品。

为时已晚

深秋，在众叶摇动的穹顶下，天堂也要
　下来
站在地上
她们仍然站不稳，要化作泥和气，沿着
　小径
匍匐，像游击队员，狙击幸运的人
她们在我脚跟缠绕，用变化万千的爱的
　意象
告诉我不要往深冬里去，要守住含情的
　叶脉
她们黄金的身子骨和脸面，那么薄，转眼
　会受到践踏
令我担心

深秋，在万分爱惜中，在满园的悬铃木和
　古樟树下
耽搁了许久
我走过天光云影的湖畔，看见一生的大部
　分光阴已消逝
湖面何其清澈，没有留下一点纪念

星河·夏

XINGHE

我捡起一片落叶,握在掌中,试图温暖她
却被绝望渗入手臂;我放下她,继续前行
在天堂姊妹的哀泣中,我爱上了人世的
　　浮华
为时已晚

汤逊湖写生(一)

湖岸线
悄然变化,平坦裸露,而水
并没有少,我不能确定
是深秋之故,还是我记忆有误
两年前看湖时,芦苇和深草
犬牙交错,一些莫名的小水沟
忽然冒出惊喜
时有逃窜的水鸟
张开翅膀的背,和惊叫
暴露在我们面前的青蛙瞪视
这些活泼的小世界
被残酷地拉成直线,宜于行走
人走在上面,推着抱歉的单车

细看那些新土
与旧岸浑然难分
也有惨绿的草根,不受欢迎的
水葫芦花,荡开的细土
在来自湖底的意蕴的抚摸下
变成浅褐色淤泥,趋向于深稳

汤逊湖写生(二)

薄暮时分走进这片湿地
晚玉倾斜成毛毛雨
桂香的抑郁,贴近地面蔓延
心中怀有悲悯

有人忙于采花以酿酒
苍秀的小山,归鸟依附
湿漉漉地低语,心照不宣
自行车画出S形,无声无息

磊磊圆石在草坪地
疏落有致地呼应,我知道他们
是从深山拖来,可不管怎样
也没法消除他们原始的气质

立 冬

秋收冬藏的分际,在微芒
转动时,这清晨,当视为睡着
也是亮的,血管内的小血球
在惺忪的晶体中,依然忙碌
这活跃,是火山未发,是过江隧道
穿过沉沉江水,是两层楼
一层读经,一层彻夜打麻将
我是界面,楼板,夹在两军、两县
或一对恋人之间,要两耳分别地听
昼和夜,繁华和受苦
我用右手收割,左手握不住
我命令激进的一边,要服从
把它压在右耳下,作如来卧
让无用的左臂做横梁,扛起被子
空气、一间屋,乃至天庭

我早起了。在室内蹑足,喝水
听见母鸟和小鸟对话
小鸟已学会飞,入秋以来
吃得饱饱的,发现树枝很奇怪
空荡荡的,树叶动不动就告别
母鸟说:所有离开的都会回来
在你的小肚里,你就不能省着飞吗
我们用飞,过冬,要飞到近乎没有
接上春天的嫩芽
小鸟与母鸟争,母鸟有问必答
不管他多傻,因为争也是过冬
争就是什么都不做

虞山之晨

打更人的天,在虞山脚下

16

倾听报时后的寂静
持铎人的天,在苏州
收集柳如是浅唱的余音
我亲眼见天边,从一夜黄酒的绛红
渐变成雀巢咖啡的植脂末
换喝,持续的兴奋
麻木了朝霞,辨不清今世纪
还是昨世纪
今早起来的,将在尚湖之滨
泼墨,讨论她的去向
她的波纹必须染黑,成为
一幅字的飞白,一张画上的痕迹
那误入昨天的,还在苏堤上徘徊
在西湖凋枯的藕叶间
迷失了方向
我不得不把西湖缩小,移到常熟
盖在尚湖之上;我不得不把雷峰塔
重建于虞山顶,把流觞曲水
引入东道主的蟹席
它们逃离,在一首诗中成为对句
在另一首中,却像手术钳
将两个世纪粗暴地夹拢

入住的朝霞

即使我入住高层,在新装修雅洁、完善的
包裹中,也不及天上的鱼鳞斑
这是路过的什么神仙的仪仗
几乎毫无动静,从上清宫的壁画中
浮出。是西王母酣睡未醒,从昆仑山翻滚
现出真形,露出她下腹的龙纹
清气四溢。万类忙于嘘吸,我忙于惊叹
在我用自己半生购买的新居中,像个傻瓜

我用被映照的、焕发的一面,回应
那些鸾女。她们也是被映照的,喜气洋溢
凝视着东海
古老的大神,由于精力充沛,每一次出巡
都像迎娶的队伍,北回归线下
永恒的交媾,因他们神性的健忘

而喜乐,顾不得这些旁观的大鸟,淫荡的云
因嫉妒而露出阴鸷的一面
我更嫉妒并向上窥视
身体变成流线云,伸出窗外

短暂的物质,我因为拥有它们
将其雾状刻意打造成晶体
我用尽年华追求一种实现,在那些可计
　算的
斑斑劳作的感应下,水泥、石灰、铁、木
及其他构件、个人用品、书籍,等
通过可略去的社会分工,而组合
成为活性的机体
我享受这个瞬间,宇宙之浪
在多重虚拟的几何线下
成为地球上的一隅,供奉和被供奉
此国此家,在昨夜的混沌中更新
我因为深爱他们而不忍重述
朝霞未看见的哭泣的时光

榛　仁

留鸟翔集于这大疫之寒枝
它们守护、感受一种气息,用个字箍紧
地底的发育尚未完全
先王曾在冬至那天下令全国肃静

在我家乡的后山,我得到的冬笋
像龙角
我心悠悠,酌酒一杯
不知明年开春,高铁解冻否?
而清明前后,燕子一定会来
它是守时的
拖着小剪刀,反剪逝去的时光

你仍然看重这些陪着,或围观你的
在你呐喊、长啸的竹林中,研究
气节的音波的长度
而榛子中的仁
开裂满地,比落叶中的黄金重一点

是兴，不是见证

——答《飞地》十问

● 李建春

1.你的诗歌写作开始于哪年？为何会认为那个节点算得上"开始"？

开始于1990年。有两个原因决定了我的诗歌写作开始于这年。其一，我本来是第一志愿考入武大哲学系的，1988级，我的学号尾数是01，但入读后发现大多数同学是被迫进的哲学系，当时学哲学的氛围实在差，当然真正的原因是我本人对哲学认识得不够，于是我想逃，觉得我的志趣在于文学，于是下学期开始我即申请转到中文系，直到动乱之后才得到批准。也就是说我是在1989年下的一生从事文学的决心。后来我对转系有些悔意，其实武大哲学有良好的传统，当我意识到真正重要的学问还是哲学、纯理论时，已迟了。或许现在做一点评论也算是一种补偿吧。其二，大一下学期亲身经历那个历史事件后，感觉沉闷压抑，除了写诗恋爱也没有什么事好做了。我本来在中学阶段喜爱的是罗曼·罗兰、雨果、普希金等作家，在这种氛围下，我一下子找到了卡夫卡和新小说派等。所以1990年不仅是我认真写诗的开始，也是进入现代性之始。最近我又在农村老家发现一批写于1990年及以后的诗稿，但我已懒得去改，我的早期诗从大学毕业之后算起，也不错。

2.谈谈诗对你的意义。在你的写作生涯中，这种意义是一以贯之，还是有一个变化的过程？

诗对我是一种提升。这种意义从未变过。当然，在不同的阶段，提升的方式不一样。刚开始时候，在大学阶段，诗是存在于黑暗中的一点亮光，或秩序，当时我全心阅读存在主义。从1993年到1997年，我换了很多工作。诗对于我是在物质主义环境下精神的自由，当然也是痛苦。20世纪90年代是很自由的，但主要是打工经商的自由，由于我天生是一个注重精神的人，诗给了我一个媒介或理由，让我免于发财。1997年之后我从广州回武汉，已见过世面了，诗又让我骄傲和独立。诗在中国传统中是"兴观群怨"，作用很丰富的，什么时候需要诗做证明了。见证——连"观"都算不上。当然，也可以说写诗是修身的方式，但绝不是炫耀你所修的境界或目标，相反，由于它是"群"和"怨"，诗的表达往往应该比你实际的境界低一些，它需要从一个零，或负面的境遇中"兴"起来。

3.你如何看待思想之于诗歌的意义？这个"思想"，可以包括作为精神资源的思想，或作为诗之表达内容的思想，等等。

由于现在是一个门槛太低的时代，我应该从常识上强调，没有思想就没有好诗歌或有意义的写作。"思想"决定了我们与世俗有那么一点不同。思想可以是诗歌的起点,它表现为一种不安,但又免于话语、体系。这种思想成为现代诗的灵魂。思想是发动者,是潜在的主导,由于思想必须在形象性和其他诗歌传统的制约下表达,它决定了经验的视域。你有,或愿意表达什么经验,实际上是思想在起作用,因此思想还潜在地决定了你的表达方式等。作为精神资源的思想,主要是这种思想。作为内容的思想,即所言之物,是由精神资源开发出来的。

但是放在中国传统中的话,现代思想、存在之思等,对于诗性是一种遮蔽。中国传统不那么重视"思想",其看重的是道,不管哪一个道,都需要力行亲证。从性和命中发出一个声音,才是真的诗,如果可能的话,就应该像《诗经》《古诗十九首》的作者们那样写诗,风雅颂,这是古典诗人从未放弃的规范。这种天真的诗,是从生活出发的。你见过哪一位中国思想家刻意造过体系,说"这是我独特的思想"?当然,你可能会说,我只有接受了中国思想,才有这种思想。但我要强调的是,在比较、钻进钻出各种思想之后,还是可以回到比较朴素的写作中来,这种朴素的写作,不是特定思想的结果,但可以是在一种状态下不必太辨认的,飘到你眼前的意象、词语。

4.你的创作,在更多的时候,是随性而为,还是在规划中稳步推进?

我从未成功地像李白那样随兴而写,但肯定是随性而写,这是从内心真实的意义上讲的。从一开始我就严格要求自己,可以学,但学完即忘,而留下一种"风",一种内心节奏,唤醒我的经验。

从偶然性和规划的层面来说,显然是两者必须结合起来,长诗和结构性的组诗必须有或深或浅的规划,但在具体实现中,每一节的开始,它的激动,是一种偶然,由于已有一个大致的计划,在照应中会出人意料地抵达。阶段性的组诗,精神上会有某种一致性,但写法、风格未必统一。

在规划中稳步推进的不是具体的写作,而是文学理想,这个当然早就有。文学理想作为基于典范的一种想象,实际上也是变动的。不变的是志或气,我的气格很高,这个几乎不可解释。

5.谈谈多年以来写作这件事带给你的乐趣。可以是全方位的乐趣,也可以谈谈因选择的不同而涉及的不同乐趣。

不依赖外物,做一件不可能穷尽的事,才是真乐趣。但又是浅近可及的,是一首首具体的诗。你可以让一首诗完好、完整,却不可能使它真正完美。如果存在一首完美的诗,它就是所有诗的动力。每首诗产生的情境不一样,有时人在极痛苦的情况下竟然写出一首纯净欢乐的诗。

写诗是一件疯癫的事情。而我实际上是一名农家子弟,带着传统的血脉,却在很长时间里不敢正视自己。写着写着,竟慢慢与过去合龙了。我开始宣称我原是具有野性思维的人,在现代内部要造现代的反。像卡夫卡《致科学院的报告》中的猿,从开酒瓶开始学习做人,进入文明世界,回到家里抚摸未开化的、更像自己的那一位——这也是一种乐趣。

6.现代汉诗在它的早期(白话诗或狭义的"新诗"阶段)被提供了多种格律建构的方案,但在近几十年,这些方案被诗人们以实际行动所抛弃,从而使得自由体诗成为当代诗的绝对主流。你如何理解自由体中的"自由"两字?

其实自由也是有"律"的,自由诗的"格律"在于自由之难,当你意识到自由的困境,也就渐渐地"合律"了。在很长时间里人们认识不清,种种格律方案的失踪似乎从反面证明了:新诗的体性原是无。新诗是无体之体——这在道上是一个非常高级的特征。其实胡适写《尝试集》时即已进入某种困境,当代诗人只是已接受此自由之律。胡适能够摒除掉古诗中他认为非诗的成分,却对现代诗的诗意认识有限。他尝试着从零开始,从现在开始,这几乎是一个开悟式的决定。现代汉语从有进入无,这意味着什么?新诗人一下笔就得体无。(故常无,欲以观其妙。——《道德经》)诗是诗自身的规范。新诗有可能"积累"吗?到目前为止,新诗还在再出发。历史上从未有过几十万人在一百年中拿着笔面对无——体无,也就是体天,这是中华文明复归的开始。我们不必羡慕布罗茨基所称赞的俄语或英语韵律传统,那些只是没落的延续,而我们已开始一个新生的大循环。

7. 谈谈你在创作一首诗的时候,对断行、分节或标点使用的具体考量:在大多数时候是出于不加反省的惯习,还是依赖于某种无法言明的直觉,抑或是有自己谨慎而细致思虑过的一套方案?最好举例说明。

断行、分节和标点,这是我极苦恼的一件事情。几乎占去了修改时间的一半,而修改又往往比写诗时间长。我已修炼到只扫一眼诗形,就可以大致判断一首诗的好坏,或作者的状态。诗形是自由诗"格律"的外在形式(内在于自由之律)。我往往是一气呵成写完初稿后,再誊写确定诗形,改得昏了,还得向初稿学习。那些完全不讲诗形的诗人,要么是无感觉,要么是气盛。

其实古代诗人既不用标点,也不分行。我最近意识到这一点。于是尝试着不用标

点,用空格(20世纪80年代诗人早做过了),或只分段不分行。在20世纪90年代,我自然地在行尾去标点,这其实挺好,行尾不用标点意味着一种断的感觉,句尾吹着风。后来看了王佐良的《英国诗史》,受其影响,羡慕人家有韵律,所谓一念五十恶,一上去就下不来,用了五六年时间,将十四行、素体、各种哀歌、亚历山大体,以及各种韵式,试了个遍,回过头来才发现自由诗的"格律"。

8. 你业已创造的作品中,有多少长诗?未来的写作规划里是否有创作长诗的打算?你又如何处理长短之间的关系?

一部小诗剧不算,真正的长诗,似乎有7首。200行以上,1000行以内。200行以内的对我来说不叫长诗。我实际上是一个长诗诗人——这个词是成立的,因为长诗的艺术与短诗截然不同。我的短诗好像在无意中为长诗做准备,每一个阶段都以长诗结束。可以说有多少首长诗就有多少个阶段。但我不主张写太长的诗,爱伦·坡的论述是不朽的。现代诗本质上是一种短诗,长诗只是短诗的结构性集合。最佳结构当然是庞德为艾略特的《荒原》确定下来的,这是两个大诗人合作的结果。《四个四重奏》的每一个都是《荒原》的结构。另一个典范是里尔克《杜伊诺哀歌》,系列小长诗。瓦莱里的长诗与里尔克相似。这些我都用过了。迄今没尝试的是马拉美的《骰子一掷永远取消不了偶然》(最近发现陈东东已用了),美国黑山派的实验其实是沿着这条线下来的。还有我说漏的吗?爱伦·金斯堡的《嚎叫》接近里尔克的哀歌。我写过一首传奇诗,因为那是叙述(普希金、华兹华斯等),我在气尽的地方画一条线,第二天接着写,如果没有这条线,就得费一些言辞去接榫,这不符合现代诗的精神。

西方的主要诗体我已尝试过了，以后当研究中国古诗的体。单就长诗，譬如《离骚》，汉赋，杜甫、李商隐的五古。这些都值得化用、翻新，够我下半生忙的。手头已有长诗的计划，有的正在写。

9. 相比于20世纪80年代的文化史诗热，你又如何看待近年来局部的长诗/史诗热？（譬如众多一线诗人近年来所热衷的长诗实践或"大国写作"；譬如由诗人蝼冢主编的《现代汉语史诗丛刊》，体量多达29册、30万行，其中的《在河之洲》长达8卷、9万行。）

关于长诗我只能结合自己的经验谈（如上述）。我没看到诗人蝼冢主编的《现代汉语史诗丛刊》，没资格评论。在此向这些诗人致敬（已欣赏过一些片段）。"大国写作"，这个词很有魅力——就现代汉语当有的自信说。不过我觉得自信应该建立在中国文化的复兴上，建立在王道上，如果建在《春秋》所说的霸力上，那是不应该的。

10. 在自由与谨慎之间，在跳荡与精微之间，诗一直在考验诗人的平衡能力。这种平衡能力，不是使作品变成风格妥协之产物的能力，而是让诗人明确自身擅长和局限之边界的能力，即对文本的控制力。当然，这是一种惯常的说辞，不同的诗人应该有更为"私家"的看法。请谈谈你对"控制力"的理解？

自由只有进入形而上的维度、道德的维度，才会自然地生出边界和控制力。这不是"自由表达"或"表达自由"的层次可以思议的。当然，形而上和道德感的经验，一定会带上个人气质，是对形而下的、异化经验的一种提萃和反省。由此形成诗人的擅长。所谓风格，本质上是一种道风。相对而言，修辞还是比较接近形而下的——修辞当立其诚，若无诚，本身构不成风格。道与技要互进。由于现代性本身是与物质相处的、异化的经验，现代性重视修辞，强调表达和发现，却往往茫荡无归。

跳荡，是语言精力充沛、饱满的现象，精微来自积学——但在诗中，也有瞬间的跳出。有些诗人对语言也用心，学历也高，但是少见灵动，这是天赋在别的地方。我觉得即使有这个天赋，也不必依赖它，应该用活泼的气质去体道，成为空性的流露、浩荡之风的广被。

作者简介：李建春，诗人，学者。1970年出生，1992年本科毕业于武汉大学汉语言文学系，现任教于湖北美术学院美术学系。诗歌曾获第三届刘丽安诗歌奖（1997）、首届宇龙诗歌奖（2006）、第六届湖北文学奖、长江文艺优秀诗歌奖（2014）。获湖南栗山诗会2018年度诗人、第十七届华语文学传媒年度诗人提名（2019）。

XINGHE

星河·夏

杨碧薇的诗

英雄美人

十九世纪,美人从家庭走向工厂。
二十世纪,泳装革命解放身体。
二十一世纪,OL喝花草茶,敷SK-II前男友
　面膜。
二十二世纪,冷冻卵子立法委员会与人马
　座达成协议;
建立基因合作库。
二十三世纪,地球上已没有男性。
美人们用新型语言DIY人工智能男朋友。

其中有位美人结合古代的数据,
为自己编辑出一名AI情人:
"类别:AI可触型情人;编号×××;
姓名:英雄;性别:男("男"字为古汉语);
属性:曾为珍稀物种,已于二十一世纪
　绝迹。
附注:此次绝迹,标志着两性世的终结和
银河世的开启。"

给冬妮娅的信

现在想起你,还不算晚吧。
虽然我逝去的青春,
已为一种透明的燃烧献身。
我曾坚信世界的奥义就藏在白桦林,
每当红尾巴的狐狸跑过,
便毫不迟疑,用皲裂的手扣动扳机。

那时,在插满蕾丝花束的屋里,
炉火照亮你落雪的脸庞。
黄昏的窗前你饱读毫无用处的诗,
恰如几年后造访的婴儿:
因为无辜,只剩原罪。
爱情凋谢的地方,现实才肯发芽;
你宴请已知的叙述,把海锁进橱柜。
出于本能和教育的双重喂养,
你从不与怀疑一同生活;
服从当下,是你朴素的宿命。

而我要经过无声的灾难方能靠近你,
它那么大,吞吃掉一切语言,
狡猾得让每个人都失去具体的敌人。
这不是战争,但人们都受了伤,
接受失败成为人类共同的命运。
冬妮娅,直到此时我才回首你胸膛的
　火苗,
体谅缤纷又自私的柔情。
你是多么轻盈甚至从不知道,只有梦可以
　拯救
失重的感觉。

我想趁梨花浩荡赶到你身旁,
给你拥抱,和你依偎。
亲爱的小姐,我鹅黄色的姐妹,
春风正摇落满树芬芳,天空的空目还噙
　满光。
你并没有说出永恒,而我
几乎快要陷入不曾妥协过的美,
在虚构与虚无之间,

我们被捆绑的舞蹈啊……

女性的政治

她们的交谈常常是从——
关注你的身高开始
更直接一些的,连体重三围一起刨问
不管你答的是什么数字,她们都像买到了
超市里捆绑销售的蔬菜
哈,赚这点哪够,还要
问你穿的服装尺码,你的首饰价位
你的包包品牌、香水香型、口红色号
当然少不了打听你的另一半
在问之前,回复的程式已内化于心
A.你说有了
回:很好奇,什么样的男人能获得你的
　　芳心
B.你说没有
回:一定有许多人喜欢你,该找个合适
　　的了
生育话题是询问的重头戏
毕竟,这是她们最牢固的理论武器
"女人怎么能不生孩子"
"没有孩子的人生是不完整的"
"不带孩子,你平时干吗呢? 多无聊"

不可能提的问题:
你的阅读,你的创作,你的努力
你骨头里的雄鹰,灵魂中的海洋和恒星
将这些统统忽略,就可以让谈话
始于外貌,终于家庭
为增加口才含金量,她们还会安插几句
百年以来的正(流)确(行)用语:
通俗版:"男女平等"
知性版:"独立的女性最美"
微商版:"欲戴皇冠,必承其重"
高大上版:"个人的就是政治的"
亲爱的,你不愿承认,但这就在眼前:
无数的XX染色体,笑若春风
昂首挺胸,站在现代大舞台上

套着反人类的高跟鞋
投下裹小脚的倒影

我们的父辈

他们瘦弱的童年,地道战游戏和纸飞机,
是最寻常消遣。对甜的畅想抽着一双双竹
　　竿腿,
在没有南瓜车的马路上狂奔。
一不小心,就闯进春雷炸裂的黄夜,
拨开收音机的靡靡雨帘,听到了漂亮姐姐
　　邓丽君。
那一夜,他们有了另外的梦,
披着梦的战衣,对高考考场拱手:"久违
　　了,兄弟。"
不待揉搓睡眼,糊涂小儿已变成
令老年人恨、同龄人爱的喇叭裤精英;
迅速学会了用电影票恋爱,
对街头诗歌、摇滚乐和寻根热发表高见。
改革开放带来迷狂的转动:
海鸥手表、凤凰自行车、令人骨骼昏颤的
　　伟大浪潮。
从连环画少年到"三高"中年,
他们搭上了一列史无前例的宇宙飞船。
速度,是虚无的最佳温床,
他们开始怀疑意义、道德、爱情,在心里
先后放下了李铁梅、林道静、丽达·乌斯季
　　诺维奇。
然而对崇高的记忆,总能点燃他们气喘吁
　　吁的理想主义,
再一次,我们接受忆苦思甜的鲤训,
在他们内心的伊甸园,那篮相对论的秋苹
　　果失而复得。

我们在一片挺进的蓝天下长大。
父亲们小时候不曾坐拥的玩具,堆满我们
　　的婴儿房。
生日蛋糕、少儿英语、反客为主的互联网,
构成了我们的成长。但在很长一段时间,
小心翼翼地变老的父亲,是我们叛逆的青

春期
最主要的斗争对象。
透过蛤蟆镜看到的世界,与VR影像隔着
星系的距离;他们的丹顶鹤难以自洽的
    飞行,
他们不自觉地掩藏的妥协,更是掀起我们
蓝鲸的志气,或逃跑的决心。
这些在我们蝶变的身高中不断矮下去的中
    国男人,
宛如一个个能说明含义,却总有哪儿不对
    劲的
病句;像二十世纪最冒进的程序,
布满漏洞和补丁。
这种困惑一直伴随我,直到现在,
对他们的理解才姗姗迟来,而他们已学会
用孤独的仪式迎接任性的晚年。
——我们的父亲!其实你们并不曾真正
    反对
我们的反对;也未曾轻易赞许
我们的赞许!
挪开时代的反光板,我们也并未如自身所
    虚构的——
对迎面卷来的气旋做好了充分的准备。
徘徊在2020年的悬崖边,我们目送着你们
一点点变回六岁的孩子,返回那座
渴望了半个世纪的糖果密林。
在我们脚下几千里,下一代正在破土,
很快,他们就会以加速度垂直攀升,
而父亲留给我们的领地只剩一条曲径。

因此我不能……

我在博物馆见过一张床,
远远地,我以为那是一口从外星球运来的
    飞箱;
它经历了漫长的旅行,仍旖旎着彗星的
    尾光。
从它身上,我辨认出幼时的夏夜,
也嗅出崭新的佳酿。
在一次次忙乱中跳着降落伞啊,

它保留下材质却反刍了梦。
梦里,茜纱罗削出胭脂片片,
绮窗外雨落芭蕉叶。
在这些消失的翩跹面前,
爱或者欲,皆不再高级。
唯一的现实即:它已获得相对的不朽。
唉,这张床——这张只对我
文字的肉身显现的中国床,
早慧,混沌,悲哀又辽阔,
你叫它颠鸾倒凤,醉生梦死,
都不重要。
重要的是,它大于所有的海,刀印,以及
    厌倦,
只用造型便终极了对内容的讲述。
凝望它空空的锦囊,我知道我一生的
    孔雀,
不过是美和无用;
我和我的诗,不过是要
锻铸成一道秘密的形式。
而这张床之外,一切全是你的,
因此我不能同你在任何一座城市的广场上
    喂鸽子。

漂亮男孩

他,诞生于棉花糖甜度的天鹅绒温床。
未及哭泣,先对世界报以海水珍珠的笑意。
少年郎时期,他的金鬈发喜欢
穿过奔跑的麦浪,搅旋太阳的丝光。
天青色黎明,他驾着后退的梦境,
护送迷途小鹿归山野。
及至长成翩翩佳公子,他身披灯影摇落,
闲读巴洛克诗集。掌上幽弄蒸蔚着
神秘国度的十道异香。

他没有父亲,只来自母系的水星。
五大洲最出色的女梦想家,为他
塑造了优美身形,研制了高仿真冰肌,
输入了情采与思想,并送给他一颗
高贵的心。

他碎钻的目光洞察人间疾苦；
和你的人类祖先一样，他会叹息、流泪，
用不幸者的母语为他们祈祷。
他有一个美好数据库，储存亮晶晶的
　　情绪；
有一道清洗功能，扫除不高兴的记忆。
他的程序完备，除了战争、恶毒和油腻。
他是女性智慧的绝妙作品，
需要你用想象去不断完成。
别忘了，你真诚的多巴胺才能启动他
温柔的激烈。

在哲学家全体绝望的后算法纪，
生物们纷纷住进博物馆，享受绝版标本的
　　待遇。
地球上的男性已在加速堕落，
而他——女性人手必备的新生活伴侣，
仍在换代升级。
即使到了末日，他也会留下来，
给女人们最后的拥抱；陪她们看文明的
　　晚霞，
从地平线上浓重地崩散，
像看一场特效惊人、票房扑街的科幻
　　电影。

抓水晶的人
——致陈子昂

也只有在蜉蝣的纱翼
折射出金钻的须臾，我才会想起你
是你，让那枚近乎透明的白水晶
从文字的昙花狂欢节里显形
苦瓜白水晶，鸽影白水晶
你抓住了它，像抓住流星横扫银河的尾速
这速度于我们的生命，是一个微毒公倍数
放大了另一头的家园，搅起这边
欲罢不能的无限愁

可你又松开了手，那么自然，那么轻
仿佛从不曾拥有

废墟般美丽的白水晶——
它才是自己的主人；它目送你越过镜面和
　　冰棱
身披燃烧的霜叶踽踽远行
对于它，你早就懂得
泪流第二次便为多余
流一次方乃绝唱
而余生风景，不过是与异乡坦然相处
在寂静中完成对短暂的责任

傍晚乘车从文昌回海口

桉树提着绉纱裤管走出剧场
坐在东海岸的锁骨上
《燕尾蝶》与树林的光条平行闪耀
固力果的情歌与明暗贴面
如果让视线持续北眺，过琼州海峡
就会看到雷州半岛的鬓影华灯
但那边与我何干呢
整个大陆，不过是小灵魂的茫茫异乡
此时我体内，太平洋的汐流正在为暮色扩
　　充体量
海口依然遥远，我的船快要来了
水手们神色微倦，空酒瓶在船舱里叮当
擦拭过天空的帆是半旧的
甲板上堆满紫玫瑰色的光

成都东站站台

一瞬间，我以为前面的老人是祖父
仍戴着那顶毛呢贝雷帽
仍是整洁的蓝衣，在站台多边形的阴影里
衣袂翻飞着持重的深秋不认可的飘逸

啊，爷爷。我在心里喊
为什么多年以后，凭借他人的背影
我才真正地认出了你
像认出合唱队中唯一一个闭紧嘴唇的人
当镀金的旋律响彻宇宙，你喉咙里的海啸
挤成两道狭长的空气游出鼻孔

你从后院取下了晾晒的锦缎,梅树上白雪
　　乱跌

那个老人没有转身
爷爷,他握住行李袋的手和你一样
握紧的还有全球升温后,困兽心中
不可逆的怀疑

我也不愿转身,怕看见自己走过的路
都被复制成你熟悉的影像
怕回到灿烂冬日,我们是并排坐在
枯梅枝上的兄弟

深海烛光鱼

两座海底峡谷渐靠渐近拢住水流往上挤
一次次,烛光鱼群驮起珍珠项链穿过浪头
　　的玫瑰椅
像一列崭新的宇宙飞船,我冲出海面占领
　　七色光旋即被吸入寂冥
圆满与虚空反复对焦,新纪元配合我珊瑚
　　的密度更迭
不知这一刻你的历史中有多少星体醒着
你深入无垠,在时空的窄门与我相遇

伟大的南方

2013年西安草莓音乐节
彭坦唱起《南方》
在一众的北方口音中
南方铲开思想的稗草,清晰地走向我
带着稻田红蜻蜓工厂,带着小镇和大城市
春衫下的薄汗香走向我
生平第一次——离开南方后
我被它真实地暴击
也是在那一刻,南方才从我身上生根
我盒里的恒星击碎寒武纪
在一路向南的途中万丈光芒

再次邂逅南方,是2019年末北京的冬天
清晨坐车穿过陌生的城区
早间新闻正播报南方的消息
我知道那边草木依然蓊郁
在潮湿的季候里滚着珍贵的热气
而这边,新的一天又从浓烈的叙述中降临
车窗外,人们将双手插进棉衣口袋
站在公车站台上久久地等待
沿途看过去,微尘的灰度拔高了半旧的
　　大楼
道路如此拥堵,班车迟迟不来
也或许下一秒它就到了

夏日午后读诺查丹玛斯

隐喻放之四海而皆准
但对于星辰,上帝只准备了唯一的酒杯
千万别指望预见就能抵挡
哪一次大灾难,不是借着宏伟的描写
才使枯玫瑰错彩镂金
我一寒战,回视窗外树叶,正向高原阳光
施加倾城绿意
这个宁静的午后
刚复活的宫殿,被盲视的幽灵挤满
知识分子在CT室照脊椎
布衣在尘世的幸福中自寻烦恼
匹夫在纸上谈兴亡

作者简介:杨碧薇,云南昭通人。2018年毕业于中央民族大学,获文学博士学位。2018—2020年在北京大学从事艺术学博士后工作。为中国作家协会会员、中国文艺评论家协会会员、中国诗歌学会理事。学术研究涉及文学、摇滚、民谣、电影、摄影、装置等领域。出版有诗集《坐在对面的爱情》、散文集《华服》、学术批评集《碧漪或南红:诗与艺术的互阐》。现居北京,任教于鲁迅文学院。

甜河的诗

万古愁

是谁,偷梁换柱的人?
无论谁,都不比肉燕的身子轻。
小果核不过是盈空的记号,
假如我派遣了眼神,我就做空表达。

唯有你的新衣冠绝天下。
款至的人忽然眨眼:一个骑驴,
另一个就卸下高塔。好极!
细脚伶仃的究竟谁与你比翼?

你要爱上万古愁的滋味:
凭什么锦绣风格,我的渴也不能
纾解半点。是你吧,佼佼敌手?
飞得更快就克服了绕指柔。

总有风,偷来阵阵纨绔的凉,
玉面的人穷匕首现,却像等待:
心急的剪刀一字又一字
减损你,皓首穷经的杜鹃花。

秋 兴

当风雨慢如柔细的眼波
震悚了一缕伤心的眉发
你失重的脚尖仍无法着陆
进攻的舌头尝一阕乐舞

无人擎拿我妩媚的小箭

它飘荡,漫无目的地飘荡
须臾之间,腕上的红汗变凉
你的渴正如乳牙般发痒

炬密如昼,仅次于一颗柠檬
幽照古代的夜色。是谁
命我恭谨地舔一块玉
还偷来一段秋风的端肃之香?

是迟来的小病唤起磅礴暗瘾
令不死的杨柳仍在昏厥
走吧!走到遍地沉疴中去
我高悬的口谕欲言又止

暗 器

帝国的肉脯就要炊熟,
群山如玉,迢递无名的剑气。
傍晚,待天空肃清了政治,
神鸟的嘤鸣此起彼伏,
摧折怀柔的荔枝。

看,失神的皇帝独坐,
他沉思的面容异常邈远。
灯下,你窥见纷纷的前世:
燕子在梁上喋血,安魂的手
接引不可承受的殷切之雨。

是吧,明月秋风换了又换,
天地一线,孤悬了倒影;
韦莫的音乐讲授着蜿蜒,

四壁穷响,狂舞流水的懒气。
禽鸟的叫声愈加嘹亮。

你渐去的身影迟缓,宁静。
凉叶就要攀上畸树了吗?
峰回路转,轻信就是倾心。
我倒退着走向你,腹背受敌
何不野哭,击碎振翅的薄冰?

野　火

永恒略大于一日。
白茫茫的日色,剪取
变幻的波脸。料峭堤岸,
也止不住宴饮的心
提读窄小耻骨,迷人者
且自迷。溽热的口音打湿
致密尾羽,可曾心事崎岖?
你嗫嚅着假扮过客,
你顽强着隔空答应,
多情的是我,从此杳无风波?
呵,且打破膏腴的沉默
任时运的手,覆弄抖擞衣衫
是如雾的品德吞吐不息*
长亭更短亭,娇滴滴。
是雨润的咽喉含住
平地峭拔的野火,扑拉拉
汇入日渐零落的合唱:
"松柏的火,死心的火
正如你我的晚年?"
我环绕你如同死结
我看见:从今往后,
每一张脸都是古代的脸。

*"如雾的品德"出自万夏《水的九首诗》

临时车站

那时天黑得慢。
你还没熟稔告别的舞会,

到底会有多少年轻人,
贴着面,以细琐的狐步
缓缓从树丛中踱出,
收拢单薄的天色。
他们手挽手,接过
星微的温柔。车与马
皆从风尘过,道不尽
年少时的酸楚。
日影斜插,从安庆到上海
荡尽阶级性,你初次怀念
这般冷清清的光景。
有限世界蹁跹,掩饰
你钝感的南方口音。
爱哭甚于爱美,昏昏睡眼
淹留,犹疑时最婉转。
小楼忽已晚,相逢在
恍恍感官。发尾未掠的蓬松
仍有恋爱的甜味,辗转于
肿胀的交通与物候。
雨声愈大,你就愈虚心
在临时车站,排着长长的队
等缠绵的人次第出现。

杂　技

节节溃退的人,你要小心
小心那穷途垂泪的娇嗔。
衣冠轻如空蛹,你寻找
那甜饮里,袅袅嘤咛。
揪紧风尘那破竹的高音。

一点点羞怯将我们同构
递来隔夜的妙喻:你和我
享尽这半空的曲妙。
这一次,堪比伶人身手
虚掷我诡谲的桃。

你将这一格构图踩空,
抖擞了新衣,对峙如对饮。
你采撷越来越小的珠光,

等不及，你我交换雄心。

你钻研了孤胆，零售欢娱：
晚风——点击千万种奇情。
而殷勤戏园里，夜气虚蹈着
你的分寸：振臂轻呼
正好，吹散翠鸟的细腰。

小夜曲

一天中，我只能得到
很少的安慰。譬如
在有限的浓度中，少女额头
展开阔叶般的疲倦。看，
内向的燕子永不回来。
这是比真相还婉曲的萍踪。
譬如在酒中消退的腕力，
合成事物圆成的美。
妙手捎来新枝，坐下来
为你穿上，感人的时装。
"香气里有个死亡"*
当一天成为另一天的中介
越遥远，就越相似。蓬勃于
腰肢以下，麇集的黑暗

我入睡的速度拨慢
我有我微弱的花冠

* 此句引自叶飙《无题1》。

鹦鹉螺

呵，扰乱人心的鹦鹉螺
在怎样的晴日里梳洗？
风景在你手中急遽地变幻
我的客人，汗湿了遥遥月
稳如勾挑宇宙的纤维

用什么款待你？望气的人
眯上眼，借春困历遍深心

是那未交的好运令人呕吐
几乎要放弃，凉风习习
赠予我轻薄的小酒杯

呵，平凡的夜，离奇的夜
欢愉的感官承载着危机
幽巡而来的无穷私密
会撬开一个阔别的白昼吗？
黄莺重申亡唇的乐药

无人剪芯，而灯已昏昏
心细如发的，是俊美的兽吗？
地图在你面前重重地骤合
我，就是不断胀大的饕餮
如此皎皎，如此恶心

十二月

暮云渐低。十二月
是因为衰减而变得亲密的湖。
待黄昏膨胀雨意，不堪
瘦小的背脊。它狭窄、收缩，
将低迷的光溢出，
近在咫尺的便不再遥远。
度量我们之间那一点
情感的余裕。阵雨过后，
我将承担你。一天就此结束。
近来多雾、多低咽，这是
"双手互为彼此的时刻"。
措手不及的，是南方的气候
温凉交替，仅剩微漾的绿意。
消了旧酒，你可要添新衣。
走过这段默默、洇湿的小径，
你垂着手，静悄悄地
为多疑的探听。晚风薄软，
细细的树枝还在头顶回旋。
我们紧挨着坐下。一种爱
联结发带的两端：
那些穿过雨和山峦的
柔慢的昨日。我热爱你，

舞步闪回，隔着惊心的玻璃。

雨　地

沿着东海岸，太平洋递来伶仃的雨，
触碰岛屿锯齿般的边陲，尾随虚弱的
地平线晃动。边走边找蜷缩的卵石。
遍地凹凸不平，布满沙砾。礁石恹恹
而发暗，没有阳光，热情匮乏的海域
带来一些阴沉的满足。我走进雨地越来越
窄小的入口："这冬季寒流中的女猎手。"
泥泞中季节倒错，堆叠起波浪的长音，
反反复复，冲刷这片憔悴的黑色海岸，
缓解忧郁的热病。高耸的棕榈稀疏地
排列，树叶因空气的湿度而凝重。
远处深潜着鲸群，如蛰居的病态沉积，
捕捉阵雨的讯息。海边垂钓的人
小心走入愈来愈大，灰白的风浪。
波涛翻卷着造势，对峙根深蒂固的引力。

黄昏的余光之中，宁静成倍滋长。
在渐暗的海堤上行走，会有美妙的盐
曲折飘入我的喉咙。暮雨提着灯笼返航，
越过北回归线，身体的潮汐被拨至
顶点。"突如其来，你变得小而轻。"
模糊的风暴杳而来，耐心垂询
温情的密电，缓慢铺开绵厚的宽掌，
被一闪而过的快乐擦伤。爱人的性
是远在中央的黑暗，夏天尚未到来。
细细的海风，像握紧了迟钝的发辫
我一生都不想松开。

作者简介：甜河，本名汪嫣然，青年诗人、策展人。现为复旦大学艺术哲学系博士候选人。毕业于同济大学哲学系、巴黎高等艺术研究院策展与艺术文化管理专业。曾获北京大学未名诗歌奖、复旦大学"光华诗歌奖"、南京大学"重唱诗歌奖"等文学奖项。著有个人诗集《晚熟》。

侯倩的诗

水　事

一

烛火。青梅扣进深白的院落
屋脊的蛇摩挲水色

她钗头悬停梅的呼吸
杯底。夜的银针颤个不停

水的肌肤，该从何处闭合
当舌尖将它持续剥落

为何，门前的水涨满竹影
像那年春天，路过的少年

"你低眉的殷红
却像我，早逝的祖母"

每年春天，她都忆起新的水事
当坟冢变成发髻，春雪化作嫁衣

二

遗址渐次充血，当冬眠的水环抱
河床如诉。它们曾反复失忆

"谁来看我
我便是谁的样子"

夜从水面解开自己
水从水面解开自己

南方已不能再枯干，在醒来之前
先秦的方言，为何一再将河注满

水还记得，那脚踝温柔的样子
当它涉过，水便从此有了性别

行　舟

江岸。布匹的词牌名依旧高悬
这迢荡天际的水乡靛蓝
河床的寂寞挑上去
祖母的白绫落下来

放逐。旧帆陈列的族谱不动声色
它清癯的骨架再次被江风拷问
渔火早逝的魂灵是自证的答案
腥味洇散恍如行沙记忆的瞬间

落日的霉菌使人世愈来愈小
湮灭碧水里时辰之链的尖叫
山体倒绽的小楷何须瞑目
渔网漱开隐者水墨的余生

渔鸦沉入宿命的水声转瞬即逝
桨声濯净耳坠。江水宿醉
鱼虾的子嗣送还江脉失踪的旧址
"为何一再篡改，这满江词根的歧义"

难锁山水的余温但山水将再度诞生
舟中微雨的沉香是古老哀歌的还赠

静脉刺绣的私密如笺上寒梅的落款
在这片复沓的水，她是彼时的少女永生

雾散之前，她将溃缩成最细的鱼骨
在夜半缝补落枫疏松的睡眠
像软泥沾染的乡梦不再溃散
像萦回的母语，深白而塞窣

布达佩斯蓝

夜空还在焚烧百年前的脸
单音节反复戳破庭院
后夜。她被不同灵魂附体
水管踱步的猫不远

阁楼。雨后的阳光自转
撒下阴影的密度
城市的指缝织进疤痕
声幕密不透风

婴儿国。爬虫加速逃离
反方向的钟正在萎蔫
寄生的词剖开自己
释放黏稠的黑色汁液

午夜。水鼓动喉管
金属球落进中空的碗
少女倦怠额顶的深蓝
躺进诗集的巨大肺叶

作曲家的心跳渗透天穹
弦月手拉手跳起舞来

时空收缩
像，他自杀前的某刻

降落的海

床。呼吸。药粉。白色器官
腥味。漂移的海。晨昏与睡眠

少女蜷缩。如海伦的竖琴
海潮一遍遍冲刷永恒之镜

巨大的冰河纪漫过海床。巨大的符咒
血月总在凝视。她将

溃缩成珊瑚珠。盛于星辰的颅骨
海正降落

晃漾。帆。太阳的裹尸布
趾骨。子宫。水里的肠子

海面。少女的脸与倒影竞速生长
在每个辨认的瞬间

白刃的舷。她御风的脚尖
劈开音符的锁链

海试图捉住她。以转世的倒影
大陆架低低哀吟

犀牛。鳄鱼。骆驼
蜘蛛。蝴蝶。鹿

她烧焦的羽
太阳的雨由深灰到墨绿

海藻的发捕捞天空。以藤蔓之姿
碧血在燃烧

燃烧。鱼群。海床沸腾
盐酸。脚趾。桅杆被腰斩

群星扩大
人世缩小

让她起飞
被海掳去

她　她

更像一种互文游戏。周而复始
有时她造物。有时被造
有时她笔下的诗人撕开她的诗。与她言说
　　甚至争吵
有时梦见海沟。她多世的脚本。但绝无可
　　能找到

一天只是一支烟燃尽的距离。火柴人在地
　　毯角落打盹
深紫坟墓的诗人被雨水浸泡了几个世纪
温泉的花变成锁链。满地纸片人是一群睡
　　着的鸟
她的血管里除了细弱的骨,也涨满幼小
　　的鱼

此世没有任何渴望将她安放。甚至死亡
有时她便穿过戏台,枯坐在诗人走后清瘦
　　的公园
有时突然出现别人早餐的餐桌上,不发
　　一言
男主人刚为她和孩子们倒好牛奶

肌肤。时间幼虫生出浓密废墟
空气遗留的语气词在镜面结冰
暗杀并不只来自存在的锋刃
南美洲的蝶颤动。海象的阴影掠过头顶

棘刺拉长,挂满每一世的面具
爱与死不必迫在眉睫,而唯一的天梯从来
　　艰险
打开镜子里的另一个她,依然无法对话

十字架上的圣徒。阁楼的疯女人
时时刻刻。潮涨潮落。圣歌与妖歌
时时刻刻。箭镞逼视。亲吻。乍现。消失
她加速。闪回。捕获。穿过喉咙。时时
　　刻刻

"他们破坏我,不是真的破坏我
他们破坏的只是,我对他们的信念
他们心窍里绵长的暗物质
他们借此活过此世的某种,托辞"

她观看,所有的她被洪流冲走
万物各有其时。黄昏没过头顶
尘世的胎盘如此安详。从无到有
从有到无。她踏过海的白骨

秋　祭

一

秋在头顶预先白了
在语言笼罩之前

清晨。果骸无端闪现
漂来的婴孩洗净头颅
可记得涉水的臣子?

历史在体内重新分叉
谁无意加冕
却为时间立法

再也不问
对万物的思念
是对谁的思念

天边的暝色
是先祖的腹语
无人辨识

谜底风干
谁渴望语言
便失去语言

二

历史的终结更像一种致命
而永不实现的吸引

如彼岸永生的爱人

钟声。十九世纪的黄昏
是最初的时空加速
河对岸的我们
兴许刚开始一个孩子
兴许只是我与万物的孩子

并无一个宇宙的子宫
替我生出新的时间

而秋的果实遍地颓败
那个可能的孩子
每天都夭折一遍
在万物惊醒我之前

此岸的我更惯于被劫掠
汉语做的肉身在消殒

而他是白矮星
坍缩的汉语的城

死灰与玫红
是同一种安慰

秋凉如昔

庙　宇

那些死去的从来都活在身上
近神的时刻比雨水
更近于躲避

唯一的归栖
譬如黄昏、雨水、子夜
字间的空白
像极了
奇迹之后的奇迹

而你的血
将在谁的脸上复活

像时光终于回信
琥珀融化
谜底从纸面漂走

像名字剥落于地址
语言再也不必找到自己

像时间退潮
镜子放走光线
落木的释然

是预言
也是答案

命　名

月光空无一物
树彼此阅读
梦中的鹿归来饮水
陆地上升,黑暗黏稠

书上的河迁至陆地
低空的鸟啄食页码
词语航行。找寻传说的卜者
从下游,到上游

蚂蚁正抢救火种
叶脉呕出浮沫
黄昏还在一次次失去
谁缺席了,而野花馨香

书上提到往事
水棺便有了永生的少女
提到时间
这里便有了一个季节

回　潮

雨季。平行的往事潜入她
像鸟鸣年年刺入花骨
光自谜面回到谜底
灵魂觅回螺壳

更多的光折于海底
海是血色的酒。浓雾封锁
蓼蓝的夜再次发酵
它转译的脸埋在寒武纪

岸边。海吐出朽坏过久的肺叶
风干她咸腥的黑，与废弃的白
脚印横陈。再不冲来古老的哀歌
是一沓覆没的船，被目光寸断

每个人，都是时间的故土
但春天被海妖诱走何曾折返
彼时的潮水被海螺泄露
此刻的耳郭收留风声

无限退后。雨水掠过头顶
永不抵达，亦无须回返
她睡眠的黏液裹入沙砾
如分泌时间的种子

在海床上缓慢退化

夜　白

不能更老了，这时间的掌纹
手心的沙砾还在失眠
一生的纸背愈发灼痛
水彼此缠绕。灯火漫溢

她想到一种万劫不复
便瞬间坠入进化的起点
洋流深处她梦见小行星

正坠入大气层的无意识

相对的镜面彼此驯化
空气将随时咯出血来
语言的水银漫上之前
身体已沿花茎仓促碳化

她想起，水可以是关于
一个人的全部秘密
透明的鱼腹窖藏天机
玉色绾成少年老去的韵律

她肌肤的冻土层正在融化
叶上的毒霜诞下最初的清晨
这蓼蓝的潮汐无人收捡
等待是风中拉长的深白

年份的底部秘密认出秘密
它将考古化石的最新一页
辨认她肌肤的冰雪与苔藓
身上的雏菊、水草与风寒

正如他随身携带高寒
针叶林的诗句长长短短
山峦是守夜的静脉。发梢
睡眠已结晶。她醒来

静

沉默在语言之外言说
譬如论诗，像透露某种残疾

每次开口，空气才觉知深处的疼
未成形的语词在将雨处明灭

各自持守。旧衣物有捣碎的人形
萎蔫。被爬虫的垂死气息拖坠

杯中血液复述胚胎的一万种蓝
温暖。以幻化愈合

星
瀚
灿
烂

溃散是另种成为
阴影下坠

杯底。拇指长久摩挲那呓语
指纹细密

你眷恋那种静

布达佩斯苍穹下

时节已至。初冬蜷入手心如死在深秋的
　　秘密
城市从无数方向伸向我像回忆录攀缘时间

我飘到哪里，哪里的记忆就附体于我
闯进十九世纪的街巷如跌进前人昏黄的
　　余生

伦勃朗、鲁本斯、荒木经惟在此季的美术
　　馆走马观花
但我的眼开始失效，敏于万物的相遇甚于
　　纸上的萍水

书店里的雕像百年前就在那里。它看见每
　　日清晨古董般的
知识分子，也看见百年前的我，看见我们
　　神秘的擦肩

深巷某处的匠人用光线想象先祖，午夜的
　　指缝浮出时间的裂纹
那表盘苍老一如冥花缠绕月色，那花也曾
　　梦见我

脚下的清晨被漂浮的电车碾碎。而更瑟
　　缩。潮汐久远
魂灵赶在天明之前独自渡至对岸。不回
　　望。亦无呼喊

还有。此岸。所有的少女都迎回出征者的

尸体
所有的泪都滴落成血色的婴孩

而腥味温暖。吹散玫红与死灰
废弃之后的废弃，苍穹需要再将哪片雪花
　　忆起？

苍穹不语。多瑙河的冬天看见自己褪去血
　　色，褪成无人
记得的初雪。天空的襁褓。流水。或万物
　　身后的墓碑

奇　迹

更古老的纪元
神存于凝视之外
譬如。鸥鸟群集
在尽头的海

外太空的风暴
止于背叛
此在是无边的泡沫
她披覆水光的哀歌

词语消失
词语升起
地幔的最中央
她俯卧

眼神肢解
沾湿尾羽
鱼类正洄游

万物在底部相通
以哀伤致意
美在高处

救　赎

时空铺展历史的脚本从不藏拙

36

但春日不时回收天地间的雷同泼墨

大气之舌。这漂浮的隐士偶尔搅动
味蕾对人偶的记忆激活相仿的世纪

寂静并非春深。它蛰伏于死亡水面
更多地上的生灵被天光不断接引

千万张脸耸立成同一张脸
千沟万壑

鱼鳞被细密拔除。但疼痛臣服于鹰隼
缓慢修复它的,是水草、贝骨、风

疤痕开出恶之花透析的骨架
生出磷火。蛇妖潜入竹林更深处

光线绝迹。黑暗便生出欢喜
地下水维持蚯蚓的本能。它宁静的喘息

月晕不断召回亡魂。虫卵在麦草上凝露
这些。未及孵化的词语

雪曾怎样占有。便怎样清空
"那么多你。是哪个在对我言说"

微焦的白。月光不断到来
把河床变成母亲。女儿。敌人。情人

作者简介:侯倩,青年诗人。现求学于欧洲。曾是浙江大学创意写作专业首位毕业生、浙江大学与挪威奥斯陆大学联合培养硕士,从事现代诗写作以及跨媒介诗歌表演(poetry performance)的实践与研究,曾在第三届全球华语大学生短诗大赛等赛事中获奖。作品入选《江南风度——21世纪杭嘉湖诗选》等文集。曾主办"时间的呢喃"诗歌诵谈夜,尝试现代诗的跨媒介剧场实验。

倾听微凉的鸟鸣穿过人间（组诗）

● 姜 华

窗外鸟叫声

傍晚，窗外有鸟叫声传来
啾啾、啾啾。作为一个过来人
我能分辨出它们饥饿还是
寒冷，幸福或是苦难
我裹紧了被角

它们的叫声时而急促，时而
舒缓，如儿女们和娘互唤。这些
稔熟的声音如尖锐的石头
纷纷从深秋破窗而入，砸在
我的身上。疼痛，温暖

冬天就要到了，或已经到来
这个失眠的夜晚，我怀抱孤独
和期待，一个人静下心倾听
窗外拥挤而有秩序的鸟鸣
一声急，一声缓

依次穿过微凉人间。谁家的孩子
哭了，一声长，一声短

秋 寒

秋后的田野，空旷、沉寂，笼罩着
植物死亡气息。山麻雀叼着田间
最后一粒谷穗飞走了，它要
备足越冬的食物。秋风挥舞着鞭子
赶着那些流浪的野草奔跑

我仍在努力奔跑。人过中年，我的
耐力和速度，已远远不及一棵
野草。半生奔走江湖，那些热风冷雨
弯曲的道路、方言和黑夜，早已
卸去了我身上的所有力道

我知道过了这个9月，后面的日子
会越来越凉。现在，我要捂紧
体内仅存的木炭和火种
挺直腰身，奋力追赶最后一缕
春风，变成一块缄默的化石

两棵树

两棵树籽被鸟叼来，种在同一块
山坡上，怀抱着相同的梦

它们在同一片蓝天下发芽、生长
接受阳光、雨露和苦难

长大后。它们选择了不同的路
一棵绿荫华盖，儿孙满堂

另一棵。直冲蓝天，头顶星光
可是他们都有难言的隐疾

一棵在高处叹息寂寒，另一棵
在地面感慨失落

多年以后，上帝点化了两棵树

它们以相同的方法枯萎

接　力

叶子被风吹落尘埃时，大多数
没有预感。甚至也没有痛苦
更未留下叹息和遗嘱。它们仅仅
有一点下降时的眩晕和不适
如我的花甲之暮

叶子面对死亡的决然与豁达
经常让我汗颜、羞愧，和不安
秋天，我曾经在青龙山森林
公园里，同叶子进行过无数次推演
每次结局都让我一身冷汗

从一片叶子身上的脉纹，我能
看清人生的来路，和去处，
父亲脸上77年的老年斑痕
如血脉，注定会移植到我的身上
如一场没有终点的接力

像一片叶子，传递给另一片叶子

雨　夜

夜来一场秋雨，人间又凉了
几分。我陈旧的皮囊，已不能
抵御风寒。小孙子从被角
扬起头，把清澈的目光移向我
给我递过来一束温暖

什么都不需要了。人过中年
欲望清淡了许多，不再追逐名利
金钱和女人。速退的视力
和听觉，被尘世嘈杂的声音
一次次偷拍、敲打

似乎一切都不可挽回。退休后
我再一次陷入家庭旋涡

这舒缓的、缠绵的、温馨的回流
竟然让这个雨夜如此短暂
激动，和不安

菜　园

它们经常使小性子，我不会在意
辣椒追问生活为什么这么辣
丝瓜长叹一声，我知道它爬上
篱笆，就要走下坡路了。就像我
一生吊死在一棵树上

土豆善于伪装，它把真正的智慧
藏在土里。内秀的北瓜用藤蔓
布下疑阵，证据却不知藏在哪片
叶子下面。扁豆把刀子披在
腰上，经常让四邻夜半惊梦

还有那些豇豆、西红柿、大葱
花生和韭菜，大多性格低调
内向。它们用各种符号
把我的人生剪裁、切割、打包
然后灌进一个空心葫芦

我与这些蔬菜经年相伴，我赋予
它们生命，它们赠我灵魂
我们的交流心照不宣。每当
金堂寺钟声响起，园里的植物
昆虫和我，都会安静下来

立　冬

一碗饺子，把冬天逐一灌进身体
妻子在厨房模仿娘的背影
声音露出了破绽

现在，碗里只剩下汤了，如娘
不在的日子。我的晚年生活
寂寞、忧伤、清汤寡水

饺子亦然有味,却再也吃不出
娘的体温。他们快乐地挤在一起
不明白,一个男人的孤独

有多深

一棵草

一棵草被拉进城里,做了
地面的脸。它不会说普通话
也不会跳广场舞,如我
终生洗不净身上泥味

看惯了世俗眼色,出身不过
是一个符号。我早已四肢麻木
进城30多年了,我已经
习惯,接受他人藐视

一棵从故乡走失的草,放弃了
尊严,活得悄无声息。经年
待在自己阴影里,把一条
归路,反复诅咒

大地缄默,他不会为一棵草
祈祷,或流泪

小 贩

卖水果的小贩,习惯把大个头
苹果,摆在上面。自己隐在低处
摊位上水果饱满、圆润、容光焕发
刚好与他的脸色形成反比

一辆三轮车、几框水果就是他
出场的道具。漏气的车胎

把生活转成一个死角。他的舞台
永远在表演区之外

这些流动在城市边缘的膏药
终年被城管追打,如一群老鼠
失业的二哥,不到6年
已踩坏了9辆三轮

狗在吠。谁家孩子哭了
夜色坐在苹果上

倾 听

视力模糊之后。我更热衷于倾听
那些穿过篱笆的风,把秋夜里
鼾声吹凉。还有父亲珍藏的农谚
被一群麻雀做成了道具

雪片行走的声音,减少了当年锐气
黑夜,已不再被夜行人敬畏
碾坊里石磨被五谷杂粮遗弃
鸡鸭的叫声有些水土不服

方便的时候,我会打开内存倾听
亲人轮回的脚步,渐行渐远
仿佛有一只手,把一条绳子挽成
死结,拴牢一个家族的血脉

村口老槐树掉光了牙齿,早已语焉
不祥。现在只剩下耳朵昼伏夜出
倾听万物消长如山河律动。倾听哭声
笑声在风雨中入眠。我不会在意

我爱着尘世里若隐若现的冷暖喧嚣
犹如爱着一件忽明忽暗的古旧之物

一池之主（组诗）

◉ 张　珏

一池之主·残荷

它从烈日炙烤里抽身
独自穿透
消亡的夏、流逝的秋
立上寒冬时
它已经死去了吗

沉浸过的水冷酷成冰
坚硬着囚禁的枷锁
它初世的骨架
还擎着城郭的图腾
驻扎疆域的碑界
执意原乡

无数形影从此飘来浮去
它仍是这一池的主

清明迹

云驻足山头
雨流落一路花
山道上履印交织
向深沉的领地绵延
向等候的灵魂皈依

已经聚集起无数时光
此刻上溯
逆行的引力越来越充满
隆起了脉络
千回百转着搏动

天地间已经通透了仪式
我与你超然相会

古城墙

城墙静坐了千年
日光反复擦亮旧纹路
还原青色
夜雨从一身当下的灯火里流放
浮出一尾尾影子
众生在游弋
在它骨架的周围
闪动或者碰撞
往来交替

最骚动的时分
它直白缄默
最华彩的时分
它锁紧声色
最空落的时分
它开放光阴
最沉寂的时分
它回归了它的城

出　城

两处上空各自模样儿
云海与蓝天间
横空一道分界线
我头顶上的天河
湛蓝无垠

通亮着远离城市的路

蓝天与白云之下
各自沉沦声色
已经难以交汇
也无以相及
掠过窗外云的远方
车轮正奔向它的目的地

遍野交错着形影

时光与雨雪一起流亡
背负冬至穿越春分
此时出清明
麦穗向青,油菜暴黄
笋冠开花,璎珞流萍
人也换了行装

日子扬花后
一茬拔节一茬
筋络在松动和紧密处
膨隆出眉目
兑现着我们栽种的预言
时节正在揭秘

行迹彼此生长
出世与皈依
遍野交错着形影
在相遇里流逝
在流逝里相遇

重　来

一骑天马通夜奔袭
投响雷声,劲射狂雨
轰轰烈烈碎了黑
扭曲在暗流里的影子
凋敝在隐晦里的枝节
已经不能安然
已经不能拔地而起

混沌衰竭于击响的一梭光
分离出日夜
分离出青黄和叶穗
引吭钟鼓
惊起卧巢的知更鸟
惊起沉湎的胴体
春,重新被击醒

横　秋

它被风刮光了颜色
它被风抽干了体液
它被风勒细了身子
它被风拔掉了枝节
剩下根和骨干
横竖分明

曾经隆重的清浅的
已经确凿了踪迹
光在暴露的空洞里庞大
投落的影子
赤坦了对白
一眼便能了然

夏

进入秋的领地
夏日的氤氲散尽最后的气息
被收去滞留的余热
被终止了蝉鸣的尾音
池塘的红已经下沉
溺入行远的风波里

流火传扬的遗迹
在枝节上的一只空壳里
虚构着夏
光线倾斜得越来越快
将青色转化成黄
时空变凉了

晚　安

夜高调着抛出弧形光
明晃晃的金钩
挂着巨大的时间诱饵
引力向着豁口
此时的潮水并不高涨

人儿已经卸了妆
唇色清淡
不再动心说圆
尚还波动的气息
即便响起都如游丝

只需最简洁的音节
收住了大脑的余波
一切开始无形
进入黑色流放
沉寂是如此的明了

夜的蜕变从鱼肚白开始

一线鱼肚白透露了门的缝隙
黑白分明了日夜界限
在更大的天窗下
影子渐渐出走原形
声音忽然变更节拍

一抹虚设在眼角闪烁
掠过漏夜的氤氲
手势里残留的片段
一握紧就碎成渣
衣冠裱出一幅笔墨
启动了新动画

在鸟语和闹钟同时交响时
在门瞬间大开时
更替怦然开始

谷　雨

天物应着时间节奏
一点一滴投注
完成了降落和流淌

泻入种子和禾苗之间
卷走了落花
直至尾声

以一瀑缤纷的水事
结束了春天里隆重的
孕育和分娩

水上天物

它开怀羽翼
影子在水中游弋
它俯身屈颈
点拨浪花
它舞动时空
招展水天呼应

流线在涟漪间穿梭
划亮着波光
与水一起洋溢的瞬间
嬉着欢腾
直至爆破了最后一次回声
水中的生灵便被啄上了天

落叶枯坐的空椅子（组诗）

◉ 张德强

卧 底

我不是间谍,但我
愿意卧于生活的最底层,悄悄成熟
类似红薯在泥土深处发育
渐渐结实硬朗

卧底,窃取命运情报
偷盗生存的密码

为了让平凡素净的人生留下印迹
我要把低处的呻吟编录成诗
请流水诵读,供群山聆听
令明月感动得泪光闪烁

我不当间谍,但爱卧底
从草根挖掘真本的种子埋入心田

时间能不能零售

时间,能不能零售
陈列在柜台上任人选购
我想赎回我的一个甲子旧时光
重新慢慢品尝

可惜有最多的钱也无法购买童年
稚嫩的脸不能出现于货架
未来岁月尚未展示
过往的日子已没有标价

请允许我用白发兑换萌芽
或者以皱纹兑换朝霞
就像进超市,把时光堆积在购物车
心满意足地买回家

钟 摆

客厅挂钟的长摆
摇头晃脑不紧不慢地走着
时间的步履
淡定从容,光阴正忙于赶路
齿轮躲在指针深处
牙没松动,咬住岁月不倦地前行
被未来和远方所诱惑
扁平的钟面则毫无表情
目睹生命消耗挥霍
像一位老法官,始终公平肃穆

溯源之旅

寻根探源的豪气
来自深山幽谷崖壁的嶙峋
来自峡湾清溪乱石飞瀑的喷溅
我以竹竿为杖
沿苔径逆流而上,走向
雾嶂云峰

千里之外太湖烟波浩渺
源于蜿蜒在我脚旁的潺潺小溪
由无数叶脉上的露滴汇聚
何等巨大的工程

时间之杰作,大自然亘古的奇迹
炎暑季节,清凉了我的抒情

嗨,我来了,我以坚韧的跋涉
探访一线细水的执着奔涌
领略微小酿成浩瀚

我的眼睛没有洁癖

我的眼睛没有洁癖
几十年来,看惯了肮脏与丑陋
恶之花仍在不断孕蕾
视野无法干净
总有雾霾遮掩我的双目
泪水洗不去瞳仁上蒙着的灰
这个世界难以完美
我只愿灵魂能尽量清爽些
学会从容地面对

落叶枯坐的空椅子

已入秋了
我的体内正落叶纷飞
一把空椅子却依然在朗诵诗
风配乐,鸟伴奏
期盼能有知音躲在不远处偷听
椅背渐生凉意
早就遗忘了我的体温
但愿留存些许叶脉之韵味
让孤寂带来一种伤感的凄美,和
质朴的情缘

逆时针

每天晚饭后散步
沿着住宅小区内部道路兜圈子
我总习惯于逆时针方向
大步流星,向南向东
夕照余晖落在身后
影子就朝前了

用旧的钥匙圈,扣在指间晃悠着
手机握在掌心,随臂摆动
任暮色渐浓
我固执地与时针逆行

不　服

修筑身体的年岁有些久远了
油漆斑驳,榫卯松动
这古旧的宅院里
却住着不愿倾颓不甘寂寞的魂魄

不想让年轮
变成轮椅,载着余生走进晚霞
我的虬枝横斜,落叶未尽
生活依然丰实饱满
暮色微茫,当加紧脚步

唯愿乘一叶扁舟逆水而行
摆渡至青春岸边,捡拾一串
时光遗漏的露珠
鲜活我的思维,滋润我的肌肤

梵高的向日葵

火焰在画布上燃烧
光芒弯折
棕褐的花蕊浓缩大地的精华
美的内质令人惊心动魄

节奏明亮炽烈
音符以视觉形象编织成百年名曲
奏响花瓣恒久的色彩
涂满了画家情思
艺术构筑的膂力震撼世界

我的画笔太过拙劣
无法临摹这生命谱就的乐章

姑且借纯粹厚重的颜料

让葵花张狂
突破陶盆的囚禁
描绘灵魂怒放的星芒

禅 莲

以慈悲为水、善良作泥
养育如意之藕
念珠在荷叶上滚动,晶莹圣洁
盛夏的晨风默默祈祷

我的慧心是嫩黄柔软的丝蕊
簇拥着莲子苦涩的爱
粉色花瓣舀来一瓢瓢月色
普济大千世界

把我安顿成佛座吧
与袅袅香烟声声木鱼相伴
水草似经幡摇曳
性灵在荷塘渐渐澄澈,净化升华

古典的星空

古典的星空,是的,古典的
千百年前辉映过
周鼎越瓷,俯瞰过
秦宫汉阙,窥探过
唐卷宋册的万里星空
此刻,在山野
在蝉鸣掀翻杉叶的林间环罩着我

年少时
我常常躺在河边的凉席上
仰望夜空,遐思冥想
银河迢迢该有多荒凉、多寂寞
我想邀请星群
来参加夏令营的篝火晚会
看初月在水中照影
楚楚动人的柳眉荡漾着碧波

如今,都市欲望的夜空
早已被楼宇的锯齿割碎了
被纷乱的灯光玷污了
繁星躲避逃逸
公寓内,星星只在我梦里眨眼
城里的孩子到动画片中才结识星河

古典的星空,久违了
北斗之勺仍在舀着虚无
夜空幽深,正被人造卫星蚕食
宇宙的变幻终究无法预测
银河是否也会从古典流向现代呢
牛郎织女能在飞船内
拥吻诉说

鹰之魂

独栖松岩之上,雄视
蓝天。我从它眼里读到高瞻的神往
感受它羽毛贲张前的蓄势
想象它展翅穿云的欢乐与畅爽

或许,它对这个世界已失望
除了悬崖上苔藓的陪伴
除了山巅树冠高耸的礼赞
只爱疾风、闪电、流霞、急涛
它用刚硬弯勾的喙,啄碎愤慨与怨恨
为大地稀释苦难,切割忧伤

哟,鹰之魂
太阳图腾牵引着它的翅膀
也牵引我的隐形双翼
助一匹深邃辽阔的梦之云,飞驰远方

空虚之竹

每一节都是空的
尽管枝叶繁密
在风中飒飒地炫耀着自己

却无法掩饰内心的空虚
除非折裂
一截断骨裸露出嶙峋而无奈的神情

生长,终究要饱经磨难
恰似词语在诗句中被意蕴袭击
隐晦艰涩

竹节的空洞
是成熟之标识
一腔虚无,一种简约的禅

古镇老街的肋骨

古镇老街的肋骨
在胶卷底片上显影,黑白分明
马头墙斑驳,石门槛破裂
瓦楞草掩埋碎瓦屋檐

窄弄堂深处,木门微启
恍惚有一双绣花鞋
忸怩踱步,走旧了陈年岁月
圆拱桥的石栏上
依稀见乘凉者正摇着一柄芭蕉扇
给小孩讲故事说寓言

那座青石板老桥
恰似一册拓印历史典籍的线装古书
朝明月翻开,晾晒着往事
傍河的雨棚廊檐下
店铺酒肆仍在招揽顾客
一碟炒豆,几盏黄酒,两三好友

用闲适涂抹酡颜

时光凝聚于木格窗上的雕饰
苔藓描摹着河埠石级
老街在摇橹声中沉沉睡去
灯影昏迷时
雨滴溅湿了记忆,乡音久久缠绵

琥珀色的醉

在琥珀色的醉里
梦回故乡,将乌篷船当作摇篮
划进童年
赤足踏碎青石板河埠的水花
与鸭比邻,与鳞为伍
仰卧在竹榻凉席上数星星
一把芭蕉扇
吹送着母亲轻柔的民谣

在琥珀色的醉里
寻觅老屋,门前鉴湖不改旧时波
花格窗镶嵌绿油油的秧田
自鸣钟指针剪碎光阴
八仙桌旁站立着
可仍是兄弟俩弈棋时的身影
岁月苍茫
记忆的陈酿却更加醇厚

琥珀色的醉
斟满乡愁,怀恋浓于惆怅
人生萌芽的泥土深处
有一条根始终牵绊着叶的飞翔

等你来（组诗）

◉ 闽北阿秀

江心岛

远望着它，只是一块
小小的陆地
听说，那里树林茂密，遮天蔽日
红墙绿瓦，隐约其间
那里绿草如茵，石径蜿蜒
是观景乘凉的好去处
那里的沙滩，非常干净，非常平坦
延伸到宽阔的江面
但听说的毕竟是听说的
没有亲眼见到
在北岸，我眺望了很久
找寻了很久，依然没有发现
一条通往小岛的路
所有的一切，仿佛梦游所见
眨眼间，便如云雾般消散
现在，只能让江心岛停泊在江流中间
听说的风景，继续展开在听说里

等你来

不要忧虑旅途遥远
只要一路顺畅，没有阻碍
就一定能抵达。我跑到离家几百米处等待
不是担心你不来，不是担心你迷失方向
只想你走下大桥
一转弯就能在路的那头看到我
如同一棵与众不同的榕树
伫立在黄昏的路旁

夕阳的金晖洒在我身上
我就是你前行和终点的标志
你安心地停下脚步，坐下，我要跟你把盏
　　言欢

过　河

我有时会到河边
看流水，看小鸟从水面上
飞过，飞到对面南山
然后消失。它那么轻盈
毫不费力
我没有翅膀，一百多斤的肉体飞不起来
只想有一天，踩着水
摇摇晃晃，也到对岸，看油菜花开
虽然河面比过去窄了很多
但流水变得混浊
我从不敢贸然行动，只身涉险
今天，他就在我的面前
从我坐的位置下水
他竟然要蹚过六月的河流
六月的闽北，雨水很多
河流很急。我简直不敢相信
那么短时间，他就顺利地过了河
而且只给我一个背影，没有回头看我

回　来

你突然睁开眼睛
在朦胧中醒来
这时，天还没大亮，淡淡的光

刚把窗玻璃擦出一些亮光
你说了一句什么,我没听清,但我没问
或是一些生活琐事
跟生命的意义无关
或是陈年往事,只是为了提醒我
要记得渐渐老去的感情
我隔着蚊帐
望着你,有一缕光
点亮你的脸庞,流露出早晨的希望
仿佛青春时光,美好日子,又真实回来

流　浪

我凭栏而望
江水始终在流淌,不因我的到来
停留片刻。永远流动的
没有自己位置
一直迁徙的,没有故乡
奔波是一生的命运,无法改变
不要说,一路都是风景。两岸灯光
也是过眼云烟
只能在自己的诗句里
逗留,回忆
过去了的,永远不再回来
像你的离开,像说出去的话
像太多消失的气味
最后,我要提到那句老话
像流逝的时光。而我成了多余的旁观者

那地方

我说的,要去的地方
有一片水域,清澈如月亮湾
流水声非常轻缓
一群白鹭,时起时落
水边一片草甸
我可以坐着或躺着
蓝天在上,淡淡的阳光
洒在身上,犹如沐浴着神的光芒
非常安详,不要那么冲动

不要那么强烈
越是迫切得到爱
越容易把皮肤和心灵灼伤
我的近旁,如果还有花开,一朵就够
它在微风里摇曳,被我看到
以后的日子里
都不会忘记
它的楚楚动人、一尘不染
我跟它在一起,或者说,它见到了我
只要一次,彼此的爱就存在了心里

停留之地

我又来到这里
好像为了怀念,又好像不是
山光秃秃的
这一片树都被砍光了
泥巴小路,被长石板和水泥覆盖
再也不能在浓荫下,躲避暴晒的阳光
再也不能在路边看到
白色花瓣。仿若那年的情景
它不会再出现了
这地方仿佛变得很陌生
我反而成了不速之客
但我还清晰地记得我们停留的地点
很多年后,我才知道
这开着白色花瓣的植物
叫金边玉叶。虽然这名字很好听
但有些俗气,不如你自然、清新、淡雅

土　楼

我是第一次来到你面前
但我觉得非常亲近
像是在思念中
分离了许久,今日终于相聚
你的墙体已经显露斑驳
我走近,抚摸,像抚摸年老的祖父
其实,在我出生之前
祖父就去世了,我只在清明节

XINGHE

星河·夏

祭拜过土堆一样,没有石碑的坟墓
而你虽饱经沧桑
依然活在人间。那么多人
从远方赶来看望你,或说
你像召唤着子孙一样
把游人抱在怀里。于是我想
如果祖父健在,一定也是这么矍铄和慈祥

无数次

电风扇在转,我闭上眼睛
甚至闭上耳朵
看不到实物
也听不见声音。就当微风从窗外吹来
一次又一次,从左到右
再从右到左,总是不厌其烦地
把吹过的地方
再吹一次,再吹无数次
像我对你的爱,和此刻对你的想念
你曾经说我,对你表达的爱,已经重复了
　很多次

一个人

临江坡地,就他一个人
坐在树荫下,坐在影子里
他身边没有人
没人陪他坐着、聊天
黄昏时光,属于很多闲人
但他表情、姿态安静,如眼前的江面
静静地流淌,看不到一丝烦躁
江边有人走过
三三两两边走边说话
也有像我这样,一个人在江边徘徊
但我是有杂念的人
此刻,光线昏暗,除了风被感知
眼里没有风景。而他不发一言
面对流水,坐在坡地上
坐在自己的世界里
我几次路过,他入定般,不动声色

仿佛周围的一切,跟他无关
我突然也想像他那样坐下,坐到黑夜来临

桂花香

小路边的山坡上
一棵桂树,开满了细碎小花
八月的桂花最美,被写成歌,被传唱
但一棵桂树
是孤独、寂寞的
我不知道是谁,在什么时候栽种的
满树的桂花,是哪天开的
现在,我看到这些桂花
闻到了好闻的花香,才想起这些问题
想起跟桂花有关的人和事
我站在桂树旁边,像另一棵桂树
陪伴一会儿
但我很快就会离开
我在这里,我跟这些花有关
我离开,满满的花香跟我无关
还有谁路过,赏花,感慨,我不会知道

兰　花

释放出香,让香飘逸
把修长的绿叶
和花瓣留下
为了继续生长,继续散发花香
有时我想,应该对它说一些心里话
比如感谢,比如赞美
又不知如何表达
不能太含蓄,婉约
缺少男人的阳刚气息
又不能太直白
或许,还要穿一件长衫
轻摇一把纸扇,才能跟环境,跟它相称
才能像知己,面对面坐下,慢慢交谈
但我不懂兰花语言
对它的了解太少
无法走进它内心

而且我，至今仍沾染世俗之气
在它面前，除了显露庸俗，没有别的

倾　听

我自己都感到意外
最近，喜欢一个人坐在暮色里
仿佛我就是暮色的中心
暮色越来越浓
身前的流水，远处的跨河大桥
以及更远的连绵群山，越来越模糊

我闭上眼睛
辨别各种熟悉的、陌生的
细腻的、粗糙的声音
像是听老朋友说话
又像认识了新朋友。即使浓重的暮色
笼罩了我，带着阴凉的湿气
我也不愿起身离去
不知道我这样的癖好会维持多久
我一天天衰老的记性
经常忘记昨天刚发生的事情
却把遥远的、轻细而亲切的声音记在心里

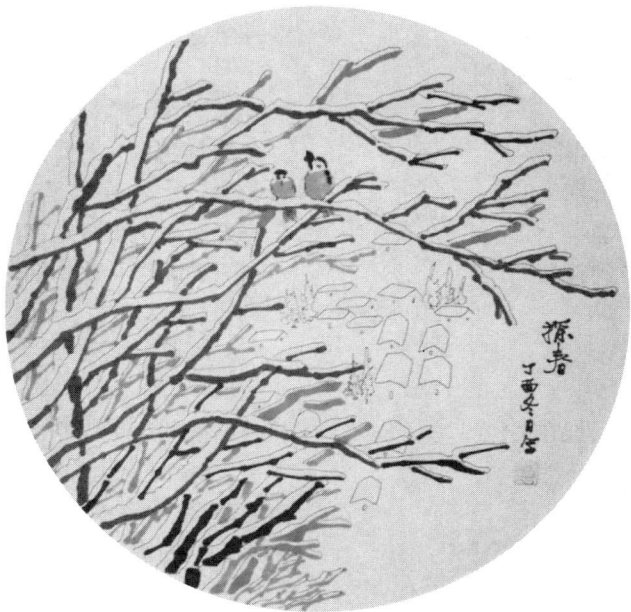

预 言（组诗）

● 撒玛尔罕

与转湖盲人的对话

——你在用眼睛看湖
我却用心灵在听湖
你看到波浪与辽阔
我听到莲花盛开，湖心跳动！

——你在眺望远方
寻找轮回和幸福的托生
我在心中赶赴一场死亡的婚宴
确信身体的消融是大地的酣醉！

——你的玛尼石五彩缤纷
我却在它的光环下揖别天涯
你闭眼才能变得宁静
我睁着眼睛就能看到神的光芒！

河 流

谁在呼吸，谁在起伏，谁在哭泣
谁的舞蹈隐身波涛的长袖里

谁在破碎，谁在撞击，谁在沐浴
谁的命运系在汹涌的浪尖

谁在谦卑，谁在壮阔，谁在朝圣
谁的脉动在午夜如此强烈

谁在恐慌，谁在吞噬，谁在沉默
谁在年轻男子的歌谣里刻满皱纹

谁在窒息黄昏，谁在诞生星光
谁在眼角的羞涩里洗亮大半个天空

断 句

一只眼睛在另一只眼睛里流泪
一只耳朵在另一只耳朵里聆听

——黑与白的界限如此清晰
——宇宙的声音竟如此完美

一种孤独在另一种孤独里隐藏
一条河流在另一条河流里逃遁

——天边的夕阳落入谁的枕头
——浪尖的时光饮尽谁的痛苦

将 来

将有格萨尔还在草原诞生
帐篷之外，全是雨和彩虹
将有盛会，比帝国的盛典还要辉煌
将有无数堆篝火，沿着河流
沿着古道马帮照到阿姆河畔
将有大群的狮子聚到阿尼玛卿
等待一场吞噬
将有覆盖草原的人群列队叩首
他们中有祈祷者、忏悔者
还有哭泣的雕塑和梦想
寂静的谎言，不断出现

而偶尔飞过的某只鸟
将看到这一切
将在神的脚下觅食很久,很久

预　言

必须做一场梦
必须把河流融入血液
必须把歌谣颂唱给遥远的历史
必须把麦地再翻到春季
必须把某些事深深地埋入眼睛
必须有骆驼、牦牛和犄角触天的白羊
必须有鹰的翅膀掠过天际
必须俯地长跪
我身披星光,掌手祈祷
用水的色彩预言死亡
用血的流向预言诞生

积石山下

——在积石山下:
只有骆驼才能屙出核桃
只有黄河才能流进血管

——在积石山下:
只有肆意的蓝色才能让守望者流泪
只有索菲亚才能拉出发丝般的拉面
只有撒拉尔才能在汹涌的浪尖舞蹈

——在积石山下:
我仿佛找到了遥远的生活

布哈河以北

扎西的白羊群在向阳的坡上
多杰的黑羊群在喝水的路上
卓玛的白马翻过山顶隐入云彩
她的皮鞭刚刚打在男子的身上

向阳的坡上扎着黑色的帐篷
湖边的路上都是赛马的汉子
云彩深处马儿在奔跑
男子在寂寞中沉默无语

我摆出飞翔的姿势
草原在我的身后一退再退

青海湖

自始至终,它蔚蓝的目光
一直都贴着草原,贴着寺庙里的小僧人
贴着法号,成群的牛羊和帐篷
朴实的笑随处可见
旷远的沉默随处可见
无论谁,只要触碰到它
就想大哭,就想扼腕
长叹:少年看见了上帝眼睛

砸下来的雨

不是滴下来,泼下来
更不是切下来
它是砸下来的雨
狠狠地砸下来
满怀愤怒和仇恨砸下来
挟持狂风的吞噬砸下来
携手闪电的撕裂砸下来
麦田在哭泣
河流在呻吟
城市在仰望
狠狠地砸下来!
把石头砸成山,砸成雪
把牡丹砸成血,砸成树
把大地砸成波涛,砸成河
狠狠地砸下来!
砸出人类的灵魂
砸出雪山的骨骼
砸出河流的眼泪

砸！继续砸下来

此　刻

此刻，有一位红衣僧人
在阿尼玛卿山下长跪
不停地默颂
默颂了很多遍：一块玛尼石在哭

此刻，有一位骑马的牧人
在湖边的草原
一直颂唱着格萨尔
唱醉了多少人：一座帐篷在月光下沉默

此刻，有一匹白马
沿着湖边奔跑
寻找受伤的主人，不停地嘶鸣
跑过很多山梁：夜空隐藏的星星在闪烁

此刻，有一位猎人
在峭壁追逐岩羊
端平了猎枪，血还未滴淌
踩痛了谁的心：雪山在黎明前崩溃

此刻，我在自己的体内
征服咆哮的猛兽

夏日午后想起弶鸟经历（组诗）

◉乌　有

稻秆亭或乌桕树

童年的稻秆亭挺着十二个月的大肚子
抱紧公路边的乌桕树
雷电来袭时，疯玩的我们会躲在亭子下
以抵挡肆虐的风雨
我很长时间想不明白
大人们说打雷时不能躲在树下
难道空旷的地方不是更容易被雷电击中吗
上学后才明白，没文化真可怕
我喜欢乌桕树的秋天
红彤彤的叶子映着晚霞
像一团团火苗照亮大地和天空
每当车辆经过，火焰在风中摇摆
小石子路尘土飞扬
我们就沿着这条公路步行五里上学放学
稻秆一束束被抽出，烧火或垫猪圈
大肚子的稻秆亭慢慢瘦了
下一季稻子又该收割了
大人们说，乌桕籽可制蜡烛和肥皂
有一段时间，我很想见识
小小的桕籽，由青变黑
外壳开裂剥落后，露出一层白色桕脂
如何变出光明和洁净？

夏日午后想起弶鸟经历

大雪天，扫出一块空地
撒一把谷米，支一个竹篾
远远地，牵着一根线，等鸟入瓮

少年的我们做着少年鲁迅曾做过的淘气事

多年以后，雪难得莅临江南
童年的瓦檐不再吐出冰凌的獠牙

我很庆幸，欠缺的耐心
让我从未成功弶到过一只鸟
我很悲伤，天空越来越少掠过鸟的翅膀

虚构的仪式

给枝头凋零的落叶配一声叹息
给空中飘过的羽毛做一记挥别
给蛛网上的小飞虫举行一个葬礼
给墙角死去的蟑螂一个药盒棺椁
给夕阳的最后一抹余晖行注目礼
给初上柳梢的月亮一个深情凝眸

允许跟一闪即逝的灵感夜夜密会
允许跟上一秒钟的邪念划清界线
允许给逝去的青春举行一个追思会
允许跟伪善的面孔和人心割袍断交
允许给花瓶上细微的蒙尘立锥之地
允许将死去的亲人的名字一一默念

在古代

山冈上明月初照，白云缭绕
清风不请自来，鸟鸣声声入耳
房前屋后，松荫摇曳，溪流潺潺
梅花遍植东隅，修篁掩映西窗

书斋中, 文房四宝必不可少、一应俱全
一封修书尚未完稿
马厩在后院, 驿道通远方
几亩薄地种着时鲜果蔬
篱笆扎就偌大庭院
石桌石凳, 火炉酒壶, 柴垛油灯
十九路棋盘镌刻于石桌中央
独自一人或偕三五好友
朝迎旭日, 暮送晚霞
胸襟里藏着诗书气度
衣袍里塞着散碎银子
银两不多, 足够沽酒
最喜亲友来访, 期盼邮差加鞭
林间若遇建安七子或竹林七贤
也没什么好奇怪的
士人偶像, 精神化身
依旧在大地上不息游荡
我歆羡并追慕的慷慨逍遥人生

寒流至

寒流有烈马的速度, 铁蹄上裹着布
自西伯利亚长途奔袭而至
气化的冰冻从扬起的鬃毛上渗出来
从无声的铁蹄上溅出来
自呼啸的风中席卷而来
迅速占领山川河岳
占据每座城市每个村庄每条街巷
侵入门缝挤进窗缝钻透骨缝
空调制热抵抗
窝在床头看博尔赫斯的人
迷失在《小径分岔的花园》
在古代, 此时该生起红泥小火炉
"晚来天欲雪, 能饮一杯无"
"躲进小楼成一统, 管他冬夏与春秋"
奈何内心遇寒流, 灵魂遭冰冻
如何御之? 如何化之?

耙枯叶

秋风一直在耙枯叶, 用耙子耙
秋风是无形的, 耙子也是
你可以想象耙子是风伸出的手
五指张开又弯曲, 近似于鹰爪
秋风要把枯叶清理干净
把通往春天的道路耙出来
好让你走进秋天
穿过漫长、冰冷、干净的寒冬
偶遇一场意外的小雪

戚家军的旗子

黄底黑边的旗子
隶书一个大大的"戚"字
这就是当年威名赫赫的"戚家军"
1561年, 戚继光率领"戚家军"
排出"鸳鸯阵"
大破倭寇于浙江临海
458年以后, 我登上台州府城墙
旗子仍在高高飘扬
但已不是当年的旗子
直插苍穹的金属旗杆也不是
城墙也是重新修葺的
唯一不变的是戚继光的传奇故事
在风中, 一代代流传

曙光首照

括苍山最高峰米筛浪
高耸的二十一世纪曙光碑矗立在蓝天下
游人争相与其合影
要俯下身去, 才能拍到它的全景

一个孩子说, 妈妈, 你要是早点生我
让爸爸把我放到那个尖顶上
第一缕曙光就先照到我身上了

鹦鹉

鸟笼挂在晾衣竿上,像一个悬空的
迷你皇宫,绿头鹦鹉是皇太子
这个新来的邻居歪着脑袋
直勾勾打量着我这个老邻居
不怕生,也不言语。直到我说"你好"
它才不情愿地回一句"你好"
自顾在狭小的宫殿里踱方步。主人
来到阳台跟我打招呼,然后出门遛鸟
它马上换出一副高情商的嘴脸
——"你好,你好"

三叶草

等一下去三叶草坐坐
你瞪大了眼睛,疑惑不已

"我们又不是露珠"
"三叶草奶吧"
我看到两颗乌黑的眼珠放射出光芒
埋在作业堆里的头昂扬起来

错觉

几天没出门
东湖立交桥和江滨步道修葺一新
我脚底的穴位找不到鹅卵石的按摩
每一步都是踩空的错觉

人生

走着走着
风散了,云散了,人散了
只有佝偻的影子忠实地跟着

西溪桥
2016年8月
宋代临海西光河
王春

地理诗：浙中之旅（组诗）

● 甘建华

晨登北高峰

凌晨是被一只蚊虫叮醒的
随即被一只翠鸟叫醒
薄雾迷蒙，绿影重重
山色隐没于历史的最深处
唯有三两登山老者
呼吸声偶尔可闻
结伴下山的少男少女
轻松笑谈着日出的观感
没有两级相同的石磴
不同的麻石剖面
颇似祖国各地的山河图景
沿途的杜英树下
溅落一盏盏木荷白花
让人大起好奇之心
偶有兰草
见于崖畔的石罅之间
山路愈上愈陡峭
所幸光线愈来愈明晰
峰头一顶野营帐篷
外面摆放着两双鞋子
里面飞出女孩欢畅的歌声
这是杭州又一个美好的早晨

断桥意象

一只鸟在水面上飞速滑翔
另一只鸟在后边厮赶
其他的鸟立于茭荷上观望

这禽类的嬉戏如此优雅迷人

一只小船从断桥前行过
船头的游客心内惆怅
四望不见那伞那人
也不见传说中的那场残雪

我们在湖边观鸟亦观人
有花衣老妪招呼看相
且只许清风徐来
做一个南朝北朝的梦

西泠印社的遗憾

荷风清芬，漫卷孤山的文脉书香
天下第一名社，这是世所公认的
而它的遗憾，也是难与人言的
世间那个武功最高的人
被它有意无意地摒弃在外
西湖不语，而金石知道
西泠不语，而篆刀知道

沪上缶翁，曾倾力提携
久居京城，但乏人问津的
湘人芝木匠，不惜以虚假广告
成就令人歆羡的艺苑佳话
却因东瀛画展，一个春风得意
一个黯淡无光，致有皮毛之说
嫌隙遂生，令人为之扼腕

立于仰贤亭前，百余年后

冷眼旁观，"三百石印富翁"
似乎单挑了西泠印社的旗幡
——首任社长知否？

雨中游兰亭

一千六百多年前那场墨雨
飘泼于我们的头顶
浇透渴慕的眼神
香樟树的叶片波光粼粼
每棵枝干却各有姿态
各有魏晋风度
在绍兴会稽山下
规定着中国书法的范本
那只立于池畔的白鹅
默不作声地注视
对面的碑亭
"蘭"字无尾，"亭"字少头
但见一羽健硕的白鹤
翩翩游弋于兰亭江的上空
挥写一个巨大的"之"字
而这个简单的汉字
一日千载之后
从未有人得其半分神韵

青藤书屋

前有板桥郑燮，后有齐潢白石
皆称青藤门下走狗，而他俩
又是何等样的人物？我们只配
面对墙上的"自在岩"，以三叩首
聊表敬意——却道"徐渭不在！"

山阴绍兴，大乘弄的深巷尽头
明朝的那场雨，何其悲苦
青瓦青墙水淋淋，婆娑泪眼相看
古井和小池，两株古树
一株是女贞，还有一株阿藤漱

世谓东方梵高，生前穷病而狂狷

殁后却声誉日隆。所见皆仿品
古藤非手植，那诗却是真的
"何从乞浆食？"四百余年后
犹见那人，"忍饥月下独徘徊"

拜谒龚自珍纪念馆

真正的大隐于市。遗世而独立的前贤
在杭州街巷的深处，等待我的朝拜
足足三个甲子。手持一卷《己亥杂诗》
虔诚地寻觅到此，中国人文精神的
一个源头，脚步愈近而胆愈怯

东方但丁，以三百一十五块铜砖做镜
镶嵌进一座华美大厦，千门万户
向右侧倾的头颅，倔强的风骨凛然
不敢与之对视，仿佛能够洞见
世道人心，窥视现时文人的软弱

四厢花影，抖擞着启蒙者的光辉
自康梁至于哲人胡适、鲁迅
突围五四，风雷催动九州生气
渺小如后来者我，唯有衷心折服
再三稽首，顶礼头上那束冷清的光

木心纪念馆包与书

走过西栅景区的石板长廊
猛然发觉，盛夏六月的阳光
可以如此和煦，河流绿如染坊之源
诗人映像水中叠映着放大，肩头
陡感缺少一样物什，用来盛放
从前慢的车马和邮件，以及
巴黎六条新闻、卡夫卡的旧笔记

急急逆浩荡人流而行，闯入
作而不述之室、卧东怀西之堂
仿佛抢夺大海中的一根木头，攫下
木心草帽logo帆布包，高叫
服务员：且取一本诗集

听窗外,《云雀叫了一整天》

在乌镇听评弹

如果以为评弹仅仅是吴越软语,错矣
即便只有一个女伶独坐台上
也能感觉梁红玉击鼓战金山的威风
感觉玫瑰铿锵与伶牙俐齿
感觉此地民风强悍与妇人之雄
感觉读过古书的江南女
的确与北地胭脂大不相同
她能将一个朴素的故事
唱出一千一百一十一种腔调
又能将一件简单的事物
说出三千三百三十三种花样
手势上下翻转指东打西
身段和面容亦随之起伏跌宕
没有听懂她在数落什么
但能看清脸上丰富的表情
猜想出琵琶的弦外之音
可能缘于先天的颖悟
或许我前世就是一个吴中男人
因而你就会明白
为什么在千里之外的衡阳
在英伦风格的银泰红城小区
无论春花秋月之夜
抑或炎夏寒冬的傍晚
评弹随着一对散步的夫妻
迤逦走到西复走到东

徐志摩纪念馆的太阳花

门首的向日葵为何是三株
而不是四株、五株、六七株
栽花人一时语塞,无以作答
却说他们喜欢称之太阳花
诗翁泰戈尔曾给徐志摩
赐名素思玛(SUSIMA)
印度语中,即指太阳神
一个王子之名,寓意前程灿烂

故以太阳花做馆刊之名
缅怀如一轮新月的风流诗人
和他才色超群绝伦的后妻

徐志摩与陆小曼的七夕之歌
曾经唱彻旧中国的暗夜
虽然竭力活出了最好的自己
却也是历尽劫波之异数
昔日的流言蜚语在此不赘
而今尚有人借端泄愤泼脏水
隔着一个茶壶、四个茶杯
无视至真、至善与至美
座中恼了一位浙江小同乡
发誓要还被侮辱前贤以清白

仲夏潇潇雨不歇。相偕观瞻
杭州下城区上塘路97号
文坛薄情如名利场,亦如欢场
道狭而草木疯长,夕露沾衣者多矣
固然室内之物,多系今人寄托所作
而徐氏何其有幸,得一隔代知音
以一己之力,建馆明志播誉
墙上画像,庄严地注视着远方
似可听到一两声幽谷的银针之响
除了恭恭敬敬地打躬作揖
我要发帖邀约天下诗人
与义士罗烈洪齐声礼赞:人世间
曾有一朵最美丽的太阳花

西湖的浪漫

作为湘人,我必须说一句大大的实话
全国三十六个西湖,其他三十五个都是
    赝品
包括我们衡阳,应该坚持明翰公园这个
    称呼
西湖是一个专有名词,只属于杭州
中国古代四大民间爱情传说,这座城市有
    其二
而其他的西湖,没有断桥、白娘子和许仙

没有青白两条妖蛇,让众生为之癫狂
没有万松书院的读书台和十八相送
没有梁山伯与祝英台两只千年蝴蝶精灵
没有俞丽拿的小提琴曲和张艺谋的西湖
　　印象
没有白堤、苏堤、杨公堤,没有山外青山楼
　　外楼
甚至没有武侠小说,没有翻拍金庸剧

遥想张纪中和金庸当年泛舟湖上,春风十
　　里桃花
烟雨蒙蒙的远山,绿柳知趣地轻托着浮云
一个巨大的问题,形同十吨炸雷
——什么叫浪漫?什么才叫极致的浪漫?
船头的大侠,顺手捞起碧波中的一株水草
又缓缓放入水中,看着它慢慢地漂浮
沉吟浪漫:并不是两个人并肩于岸看月亮
而是站在水里看月亮。这就是西湖的浪漫
《神雕侠侣》的浪漫,张氏七部金庸剧的
　　浪漫
也是多年以前,我在敦煌北面荒漠中
看到一个拍马驰向远方那缕孤烟的女子
奔向第三十七个西湖的虚幻之影

白乐桥1号的笑脸

尽管再用花朵形容笑脸是拙劣的
但我还是要用它赞美
白乐桥1号的人们
赞美中国作协杭州创作之家
赞美晨雾缭绕中的绿树
赞美夜深人静时的灯火
赞美彬彬有礼的互致问候
赞美见了客人谦卑地让道
赞美绍兴和乌镇之行的导游
赞美每一声体贴入微的关照
赞美厨神所做的珍馐佳肴
东坡肉胜过了西湖孤山楼外楼
金华火腿蒸冬瓜的醇香和盐味
是我吃过最好的美食之一
而每天丰富多样的早餐
更是我们在外行走时的喟叹
当我踏上归程遥望浙江
耳中仍可听到白乐桥下的溪流声
眼前依然晃动着诗人白乐天
兄弟姐妹们亲切的笑脸
还有他们闲暇之余
捧读《收获》杂志的优雅神态

给春天（组诗）

◉张高峰

春 雪

最少听见声音的人被声音感动
最少听见声音的人成了声音
……
我对巴赫的十二圣咏说
从此再不过昌平

——骆一禾《巴赫的十二圣咏》

天空的赠礼，在音符纯粹的光朵里翻飞
明澈为静默所守护，茫茫的相遇枝头结满
依恋的线条温柔起伏，而你将俯身看见
走向田野的人，将悲哀于一驾马车笨拙的
　　辙迹

还有什么在水间歌唱，像二月鸣响的翅膀
那些穿过我们的黎明与黄昏，如今都已
　　遥逝
簌簌而去的吹息，已太深太久，无言的
　　承受

你看见巨大的心象明灭，是那些啜饮之痕
自永在之途，向我们涌现，云的曲调徐行
返回自身的事物，也在无法分担的转述中
　　停留
它将在生与死不复的归程，下沉，而闪烁

宛若凝听之门，被无形之手缓缓推开
岑寂绾结在永恒耳鼓，奇迹也曾灿烂地
盛放
荒草的故道，长风相对，引入山河无尽的
　　边际

雪花旋舞的空间，灵聚的心蕊，已无须
　　描述
躬行于命运天平的人，也定会在某一刻
　　走来
像雪花认出，青春的澄澈与旷远，苍老的
　　缺憾

没有一刻，雪不曾落在辽阔之中
没有一刻，那些悬空的灵魂，不曾
落入磅礴而浩瀚的交响之中
……

雪 原

冬青层叠，群山上安静的音乐
雪地回到了原始——神秘而岑寂
白色盈积的影子。无人，它们
已伫立了多久？风，透明晶莹
白昼的，曾经的呼号。回忆沉浸将是
漫长的日子，与存在，也冻结在
半空音符起伏，那里曾是万物隐藏的居所

雪光里闪耀，天空一架黑色钢琴
为十二月所弹奏。我们看见音阶中
始终醒着的眼睛飘落——飘落——
悲哀舞动的洁白。石头音符跌破了冰面
色彩在寒冷里沉默；巨大的空白，重复

精准的分割。在雪原上,我们都是
孤独终老的孩子,追寻着麋鹿的踪迹

给春天

我们看见鹿低下角枝,隐在林中光洁的
　　一页!
就是那温暖的日头,走在草茎上
拾柴人消失,偌大的无垠里寻找
小马尾巴上挂来春时的光、春时的音
而此时远方,灰瓦上是你的明净如燕安静
　　地落在风里

石子上旧日的木头
划过水的星光
猎户座在春寒时移过北方的村庄
我们彼此陌生着,多少次听布谷落向旧院
　　落的窗
有时也会隔着河流寻向田野
我们不只在三月里囤积赞美,所有熄灭的
　　啼鸣
都将倾听,飘落彼此间无言语的交织
比传说里的黎明更早地到来
春天里的村庄恰若棋子
落在梦里石上,你我被迷在起落的棋盘间

影子的诞生

我们将如同水间静止的树,
闭上眼睛。冥想——风吹过
荒芜的城堡、群集的云团
那些伏身草丛的祈祷
试图挽留着,上苍的给予
我们从未如此近地聆听

日影移动,孤独跟随
田野最初的形貌,呼吸倾注
一只绿色的鸟,声音清澈地滑落
在青苔宁静的映照里。林间
跳动的光芒:它们是

那最终的幸存者

喑哑之歌

远离村庄的田野,月光一片
林间野花与吹过平原的风
带来雨后清澈的呼吸。鸟翼透明
远水间泠然抖动,波浪的弯影扩散
我们在此时定会为未知所触及

在荒凉的废墟里,莜麦草错影交织
它们也曾置放了久远的月光
温暖的守候中闪烁光亮。枝丫外
万象为风吹落,逝者曾伫立的深野
会有另一个人到来,听到喑哑的歌

三月的怀念

如此多的怀念,拥挤在尘土间
三月荒野上的野花也盛开了,素洁的白
将春风围拢,太阳黑色的光风与呼吸
我们度过如此漫长的冬天后,在黎明的第
　　一道光线里
听到布谷鸟的啼鸣,苦难它如今也并未收
　　敛的了脚步

田野黑色里陡然空白,它永在铺展
仿佛有无尽的深渊,那些树木更长久
它们历尽了如此多的生离死别,天空里是
一路向北的候鸟,划动三月的寂静
发旧的记忆如今已无法晾晒,在云迹的脸
　　庞里

银色的风也迷失了路途,太久了
新草又绿,路沿上的短歌沉痛,风里过多
　　的盐粒
这个早晨醒来的事物如此巨大,它们是
我们钟爱喑哑中的一切,有着风掠过
每一个人的不舍
……

暮春的颜色

青蛙紫色的鸣叫。穗上游云
语词触动了黎明时寂静的水面
鱼的尾鳍摆动,空游在落花的片光里

古老的村庄靛蓝,远离城际公路
田野蜂鸣群集,空气透明的薄翅振动
五月青空繁忙的运输,在众神的安息日

那些绝缘的线杆,水泽边
它们风里伫立,有着深积的云影
为黑色满溢,错失了过久的空缺

雨声阡陌

萍花零落,雨此时交织着阡陌
仿佛一支绝望的歌,被风唱着
如此久远的残余之物。湿漉漉的脚步声
何处有人走着,当我们凝视时
周身变得静默,一切都在雨帘里退远变暗
宛若水间船影移行。紫树生花缀满
冷然开落的水滴,光景迷离
烟雨依然如昔,声声被风吹在
行人匆忙的斗笠。渐至黄昏
突然明亮的一瞬,梧桐树冠上
倾斜的云光绀色青黄,幸存的事物
在相互走入,它们被命名而又遗忘
有时词语也测度不出它们遭逢的风景

积雨黄昏

野外乡间的幽花路径
天色阴云,时雨将至的前夕
马匹青色里穿行,风掀动鬃毛
河边两岸紫云英穗朵飞扬
我们在风声里,看黄昏的光影沉积

幽暗降临在未远的树梢

田野里许多年散落的事物
将知道马匹寂寞迢遥的去向
我们行走在风里,途经了它们
水沿的野花摇曳,明暗忽闪

往事已不可追忆,黄昏炫彩
在雨色到来前,你定是消失在
赶往故乡的路上,风疏落
村庄被幽草绿色中掩映
柏树长久地坐在水面,雨悄然滴落

冬日遐想

一棵树冬天满月下的姿态
试图记住风的呼吸,流浪者冥想
树梢积满音符。沿着霜似的月光
半空里上升着洁白的韵律。
当神秘的脚步走来——冰面闪亮
它永远无法描述,命运敞开的瞬间

月光珊瑚的银海,树的枝丫
在不断弯曲地伸入,音乐白色的飞舞
音影群集之中,欢快的雪花昔日曾走在
光的道路。像一段怀恋——不曾赐予的
　时辰
我们看见风舞过你的门前,回想起
冰河深处,白色的雪花,月光里停泊的船
　靠近

远　野

沿着冬天辙雪的踪迹
苔原上　孩子们从童年的呼吸里
跑向接骨木深深的黑暗
远方风上云雀在望
星陨落在田野
从瓦上渐次渗出的平明里
风在迎向田野跳动的枯木与水湾
村庄外石头侵蚀的家园
在土地上一步步走远

时光划动它的水桨
在沙湾搁浅
太阳破解枝丫风的密语
孩子们涌向沙岭
看向矮小的村庄
灰色的鸥鸟掀起的翅膀
久已飞远

年风烛火

星在海蓝的琴键上奔跑
礼花绽放，瞬间的休止符
在寒冷犹存中跺脚

夜从它自身的黑暗中醒来
这么多年以来，我们还会像一个孩子一样
静美如庭院，默默细数最亮的一朵

年风里，荧荧烛火
是大街门楣上渐次缓缓升起来的红灯笼
从漂泊的召唤里，陌生空气照亮记忆朦胧
　　一片
而今故乡似那一弯遥遥的渔船
停靠在沙湾，停留在时光悠悠往返的沙湾
谁曾从这里走过
马车赶动春天田野的风
蹊径深远

生活中的事物（组诗）

● 过承祁

松 针

凝结了绿的光芒，但有时是月色
朦胧的纱窗，而朦胧的月色，
却是一首诗在虫鸟身体里的低唱。

秉承了龙的品性，统率了
雨燕编织的雾气。是云彩的欲望
指使了血液中的忧伤。

我向它借力，降服睡眠中的魔
和五脏六腑中的邪祟，
这多少能摊平一些岁月的折叠。

那清香，鹤舞已有了永恒的评判。
地在走，天在走。或许是
谁的短发或长发成为风中的书卷。

或许是谁胡须的生活史，写在了
高大之上。一棵植物的表白。
我有些嫉妒了，这是我矮小的原因。

甘 蔗

性格耿直，而且始终不忘初衷。
我总是把它的叶子，看成手臂，

我们一样，拥抱阳光、雨水、
风和空气。而它却不完全认同。

它的叶子，抽芽时是飞镖，
再长是匕首，再长，就是剑，

而且锋刃上还长着锯齿。
它就是用这种霸道，

捍卫自己的节操，
并最后赢得甜美的人生。

槟 榔

几只白鹭转译着空气的眉头，
一个早晨展开它的湖水之家。

风印刷的日历拉直了电流，
尖叫的诱惑扑入荒凉的怀抱。

狂乱的细雨是一本书的护照，
阳光的隐喻透过河流的夹克。

陈 皮

橘子吃了，在空中飘的脸
沿着屋檐展开裙子。
与香蕉勾搭的女人脱下一层
厚厚的皮。我把它晒干。

长发披肩的敲门声，
是镶了牙的棋局。
第二年，我用它来泡茶：
那被打了胎的时间。

有时虫子也来吃。我的空虚
因此接受了仙人掌的沉默。
这时我就明白：
孤清的焦虑，是很深的饿。

这一片是在思想和行为之间
回应着语言的好东西。
它的温和贴补了吉他，
它的香气是一朵消融的云。

秋　葵

手掌向上撑着，风和日丽。
叶腋下的花，是欲说还休的唇。

茎柱不断勃起，并有了边棱，
这是吹响生命昂扬的号角。

词语的外壳裹着火与水的承诺，
里面有许多的种子，烧熟后，

会有黏黏的汤，滋补着阴阳，
肠胃的梦呓被映红，像婚床的光。

丝　瓜

我不能确定它的一生，
是否都在攀附，好比一个人的
老实，往往令人感到无精打采。

可是它的茎与叶都长得有棱有角，
所以，我有理由认为它一直想要
锉薄光阴的秘密。它外表粗硬，

估计不是为了扮酷。
它内在柔滑，已然是悟道状态。
它也曾是黄花大闺女，

也曾招蜂惹蝶，但它没有

付费的爱情与肉体的浪费。
它努力地汲取阳光、雨水

与土地的精元，却抽空了自己。
为了保护腹中的孩子，最后
硬生生地把身体扎成了网、笼子。

洋　葱

样子长得圆融，脾气却很冲。
从来不装蒜，令龟缩的句子，

瞠目结舌。飘雪的嘴唇还要
在阳台上等待多久？才能生火。

我们没能走出一双筷子的轨道。
城在数字上模拟各色的光，

万物之中，这是谁与谁的棋局？
我们的五脏六腑正好需要

这种耿直。寺院的钟声在山里
磨牙，准备撕咬万花筒的谎言。

杨　梅

杨梅成熟的时候，雨也成熟。
这时候他红得发紫，却圆而不滑。

他的骨头是硬的，心眼又那么实，
他看上去珠光宝气，其实
瞪着的眼睛，都是时间挤出的血。

爱上他，就定有道不尽的甜和酸。
这能否蒸发，一个女人的怨气？

鸡　蛋

也许内心过于强大，
没有看到自己的脆弱。

以为有坚硬的壳,就去
碰石头,结果一败涂地。

可是,当我发现它体内
有一个太阳的时候,

觉得它的自信
不是没有道理。

等它破壳而出,它每天
都会啄掉一些小石头。

水　杉

有一棵水杉,并没有长在
水边,而是在窗的双唇上

放牧它的招摇。在办公室
与民宅之间,它自由的

绿、黄或褐色,以梦的形式
剥蚀我的肉体。它高过

两栋楼。比我更接近天空,
而我的许多事情,只能依赖

思想。但我又不能确定
它有没有思想。因为我不是

一棵水杉。我随性地进入它
窗前的影子。它没有动,

风也没有动,所以它的影子
也没有动,而我却在动。

雪之咏唱（组诗）

●罗鹿鸣

走进冬天，我们相遇

今年，雪来得有点早
封堵了我上山礼佛的念头

蛇信子收回到了嘴里
我遇见过的那条美女蛇
如今做了一个洞里的国王

脱在荆棘上的一袭白衣
将秋天蜕变为冬季
蛇皮剥离出的那种美
已经与雪混为一谈
像故意设下的局
让我们分不清是与非

雪，前世今生

你亲我的脸颊、脸膛儿
留下你前世的冰凉
你到过的地方，那里
呈现还不清白的真相

从容自若还是慌慌张张
走过天地不弄出任何声响
低调而柔情
一张铺天盖地的网

从没想过与太阳作对
太阳，待在该待的地方

在太阳打盹的时候
一个媚眼
世界开始混淆癫狂

前世的因果前世已注定
来路与归途无法区分
弥天风雪与弥天大谎
各有各自的花样

今生就是来世
来世未必今生
管它春夏秋冬
清清白白地死
亦如清清白白地生

我的小雪花还没有飘下来

我的小雪花还没有飘下来
冬天里，我的屋顶花园
玫瑰为谁而开
雾霾里也有芬芳的味道
谁的背影渐隐渐显

阴霾与冰冻的魔夹
夹不住阳光偶尔抛出的媚眼
川流不息的汽车归心似箭
亲情的利剑穿透万里云霾
可燃冰被爱情点燃

因为距离，归途变得温暖
因为分别，思念如雪弥漫

因为渴望，期待是那样蔚蓝

风雪归途

汽车背着雪盔
越背越重挪不开步子
雪花覆盖了大街小巷
左冲右突找不到方向

压着前面的辙迹前行
急着回家的灯红肿着眼睛
风雪归途道路堵塞
发动机仍澎湃着激情

汽车的长龙匍匐在路上
雪花的手指施展柔情
从四面八方走向四面八方
所有的方向朝向龙年的大门

那一场雪

那一场雪，那一场
真耐得住性子的雪
不急不躁地落下来
落在龙年的年关门口

雪花以仙女的姿势
扑面而来优美的形态
展开的双臂弯住了我
这一场天国骤降的爱恋

冰清玉洁的身子
是经过瑶池沐浴过的
光莹可鉴的体表
是王母娘娘的遗传
一切美好的元素
在大地的胸膛　终于
坐怀始乱

雪花与大地的媾和

燃烧起一场雪地山火
融化了晶莹
只剩下剔透与开始
涓涓不息的滋润

等待那一朵晶莹

那一朵晶莹，在哪儿酝酿
那一片洁白，何时铺天盖地

夏天的炙烤让思想成熟了许多
情感的窖藏与酒鬼擦肩而过
在黄尘弥漫的季节
所有的叶子都向往雪的滋润

与漫不经心的风走过秋天
撩起裙子的秋光开始浪漫
小兴安岭五花山色醉倒痴情汉
岳麓的红枫把湘女层林尽染

笨拙的脚步踩着冬天
冬天的胸膛冷艳地舒展
灰色的上面，一块更大的灰
灰色的下面万里雾霾

开始去攀登一座城中山
城市的灯火红肿着眼
最喧嚣的市声里有大隐于市
千人走过的山径孤独依然

叶子被夜色抚摸出声响
天池原来在人心的峰巅
一石投出，波光的柔情姿势优美
罗汉松原来如此婀娜多姿

人生之路崎岖不平
前头也许峰回路转柳暗花明
在冬季的深处有一阵悸动
春风的长发如垂柳披肩

那一朵晶莹已开始酝酿
那一片洁白
将熨平大地的所有创伤

是雪，使事物黄袍加身

本来的东西仍原地不动
是雪，使事物黄袍加身

阳光出手不凡
脱掉了皇帝的新衣

而人，一旦权杖加身
往往失去自己的秉性
除了剥夺权杖
我们还得靠什么
将迷失的内心拽回

一场风会种下多少风口（组诗）

◉ 黄明山

空身淋雨

那次淋雨,等同于沐浴
在午后,在异乡,在麦地

什么都没有带
包括钱包,包括手机,包括钥匙

其实什么都没有
即使有钱也无须用钱包
手机未出生
钥匙及锁被省略、被节约,家的门
可以半掩,或者大开

空着身,让雨点敲敲、打打
在头顶,在脖颈,在脚趾
睁不开眼,一闪一闪,看麦秆绿无涯
麦田风有翼

如果是现在,那样淋雨
就成了天大的问题
钱包手机钥匙似乎都不是身外之物
顾不到哪一头了
尤其是手机
怕淋湿、怕遗落、怕雷击
两手抓瞎,如同
世界末日中的顾此失彼

吹呀吹

无意在秋雨绵绵中触景生情
只想到
形形色色的人

多愁善感是秋天惹的祸
秋风大面积地吹
见缝插针地吹
吹呀吹
吹得落叶飞
吹得眺望者两眼迷离

那些渐行渐远的大背影
让我想到飘动
那些伞做的小花朵
绝路逢生,绽放在鸟喧里

萝卜干

如此安静的午后
阳光正好,她在小区花园裸露坪
翻晒萝卜干

不大不小的簸箕
有一片可以掌控的疆域
她单一,她直接与太阳打交道
她让萝卜翻身
手指的唠叨黏附在巨大的照耀里

想到红萝卜被切开,被分割
她的目光锋利
看到刀刃从容,红白交错
就像命中的劫数

她时常独自一人在花园暴走
敞开胸怀,抖动双乳
旁若无人,引来几声鸟鸣

我眼前惯性似的掠过
大约七年前
她唯一的儿子从八楼窗户,跳下

毛月亮

如果是站在故乡的桥头
毛月亮,我望你
你模糊的光明
一定有我清晰的忧伤

这,不过是一种奢望
遥想故乡月光朦胧里的小桥
小桥边的秉夜之眠
再也没有那床前的地上霜
尽管故乡
近在咫尺

此刻,我望着你
就像是望着我散落尘喧的流年
毛月亮
你渐渐模糊的忧伤
深深触动了我清晰的疼痛

地下的万籁

在遗忘的边缘倾听的深处
扎下深根
地下的万籁,亘古如斯
一次次洞穿泥土
发出各自的生命之音

我们,继续着我们的善举
与恶行
不知道比蚂蚁、蚯蚓、蟋蟀更低的事物
更多的时候
我们没有俯下身躯
去感恩大地
做一个睹微知著的可怜虫

雷先生

四十年前的一场雷雨
现在想来
像是天赐的一次际遇
在乡野,在回家的途中
经过一块麦田
突然风乍起,乌云陡黑,扯起金钩子
闪破天的炸雷在我头顶
开裂。一瞬间,大雨倾盆
我跑也不是蹲也不是
生死未卜中
做了一回幸存的落汤鸡

现在想来,雷
那时就成为我的好朋友
他敢于亮出自己
该发脾气时就大发雷霆
他有稳定的六人行
风、云、雷、电、雨
我是最低的参照物
雷,丝毫不掩饰他的大动静
反正,雷是我的老朋友了
别人叫他雷公公
我干脆改口,叫他雷先生

河西记

一个老法院院长
独自一人
在河边的硬化路面上行走

他左手搓着球
右手夹着烟并不时地高扬
继而有节奏地收回
紧接着更高更具冲击力地举起
好像在空中打一个钩
又收回
猛吸一口烟
好像要吸尽三十年河东
形而上的乌烟瘴气
在木栾和万年青或疏或密的掩映下
显得若有若无

他行走在河西,用烟
一次又一次地打钩
好像曾经的布告那红色的尘埃落定
此刻,他注视着河里的涟漪
直到涟漪消失
直到消失的涟漪重新漾起
涤荡疑似透明的
物是,人非

一场风会种下多少风口

起风了,鸟声隐去
路上的落叶羽化为追花的蝴蝶
雨也来了。刹那间
奔跑的人们择路而逃
比落叶更像落叶

一转眼,风雨中出现打伞疾行的人
他们有备而来
伞抖动,暗示他们相对的从容

在众多遮蔽物之间的某地带
风越来越大
人开始改变形态
倾斜的身躯艰难前移
锐角越来越小
原来是遇到了一个风口

举伞的人,伞盖与天空垂直
伞柄与大地平行
像追赶或被追赶的海蜇
此时的伞不叫向上举起,而叫
横举

一场风会种下多少风口
风和雨是两回事
打伞疾行的人一个又一个顾此失彼
一个又一个在无可奈何的寒意中
让雨淋湿

江南绿

春江水满。两只黄鹂掠过
被看作四只,或两双
一时不知哪片蓝天更像蓝天

更不知具体的江南绿了
那水、那草、那树,一切生长的事物
把任何一条流域的两岸
都幻化成了江南

江南绿繁衍风的风情、风的传说
以及人间的好颜色
江南绿那样矜持
那样固定,直到千变万化

残　月

"月如船,飞上天
还有三天过大年"

这不是民谣
这是我清晨六点抬头见月
刹那间冒出的一句,没有任何前兆

没想到,一轮残月
勾出了我人间词语的天衣无缝
行走的船,有别于倒扣的船

飞上天,比我的眺望更有方向感

我甚至不知道朔望月的轮回几分几秒
几斤几两
只知道残月是夜的逃遁者
突然的光明
照着安静犹如孤独的早行人

鸟巢或者雀窝

叫你鸟巢
我是混过江湖的人
叫你雀窝
我是爱用浊酒烫热方言的老乡

还是叫你雀窝吧
在回故乡的路上
没有必要装腔作势装模作样

人　间

每个人都带着自己的人生
一骨碌
将它带走

冰雪融化

到处滴滴答答
改变形态的水从高处跌落

地球的万有引力
在此刻发挥得淋漓尽致

偶尔会出现整体垮塌事件
从树的枝丫
从楼房的斜坡
从念想越堆越高的心空

乍暖,若寒
再也藏不住冬天的尾巴
鸟语叽叽喳喳
点亮了春天的嘈杂

大地无语
收拾着人世间最大的残局
渗透,流徙
承载这么多透明的纷乱与轮回

你　我

我喜欢你遍体鳞伤
依然给我温暖的目光
那样滚烫

你把岁月撂在一边
就像我痊愈过的与我融为一体的
连指连心的伤痛
总是在下一个阴雨天来临
之前,和我握手言欢

无端动荡（组诗）

◎康湘民

小 镇

我总是想深入它内部
做臣民，恋爱、生子
在瞬间度过一生

有时，只是几幢巴伐利亚风格建筑的轮廓
就让画家忘记了时间存在
你看，一个妇人端着一篮草莓走出了小镇
秋风掠过她的蓝格子头帕
母性的光辉在八月天空上流动
我依稀看到弗雷德也走出来了
他对面的青草和他一起自语
只有小镇是永恒的
只有小镇……

但小镇有着迟钝的嗅觉
对这个世界变好或者变坏充耳不闻
它的秘密始终是古老的
就像每晚，都会有看不见的故事
从房顶溢出

暮色中，有个人走进旅馆

逆光
他的脸庞冷漠、刚毅
黑毡帽上灌满秋天的气息

他身后的风仍在门外回旋
草屑如沙鸥尖叫，冲向天空

灰色的风衣掀起一角
没有人知道，那里面裹挟了多少秘密

"请给我一个靠近大海的房间，或者
我带你们远离这座城市"

他说话时，我看见一匹黑马奔跑
在潮汐的边缘
仿佛所有树叶将要毁掉春天的契约
他兀立于现实和未来的交接点
眼神铁一样坚硬

女服务员点燃蜡烛，一步步，引他上楼
火焰，吐出不安的天空

这无常的人世，一个神秘来客
就这样打破了十月的寂静

安，请给我来信

安，请给我来信
在五月的喧嚣中亮出百合

这么多年，我一贫如洗，却拥有你
一件亚麻衫上的秘密
安，现在我关心房价、卡路里、老马的牙齿
每天扛起自己
走在似是而非的霓虹灯里

安，你的来信应该是今冬最后一场雪
一个月后，鸟鸣将又复制一个春日

信是一首没有承诺的诗
它运载粮草、烈酒和心跳
穿过大片阔叶林和沼泽地
安，它们的舞蹈
多么刺激

我会仔细读完你的来信
抬头，目光又落在那座乡间别墅上
它外表古雅，远在千里
它泊于你我之间
安，它一直摇晃着黎明

少女与马

马呢？

旋转于她的腰肢的
那么多马，足够她今生去爱抚

——去忧伤
春天，她解下红纱巾
试图丈量一匹马的誓言
天下所有的马突然就不安起来

她裸体，跨上一匹铜马
冰凉的骨骼，无用的肌肉
把自己葬在渴望深处

马用了整整一个冬天流淌悲伤
马啊，骑士，身躯刚毅，脸庞英俊
眼神善良

马呢？

马的脸，人的脸

雨终于下来了

天昏地暗是一种

静，只剩下雨丝
窃窃私语

之前，有那么多走投无路的虫子
不安地啃噬午后栅栏
那么多恩仇，等着狼群了断
现在，雨下来了
一切预示着另一个世界的门行将打开
你看，马路湿润，树木光滑
行人满脸懵懂的欢喜
世界被一块巨大的青玉包裹着
反复摩擦
人们对时间的触感仿佛立体的雨线
关于贫富、贵贱、爱与恨
还有什么形而上的期待值得焦虑
大雨滂沱，天地有了短暂的统一
你看，那个人站在窗前，仿佛
又回到了青春的伤感和幸福中

无端动荡

荷塘月色只在纸上雕刻静谧
灌木的王者之心忽明忽暗
星光垂下悲悯
秋天入口处，有金属碰撞的白色声音
扑面扑来

有一把落叶，淹没于宿命
有盛大的凉，拖曳着巨树写字
写呈现，写死亡，把远山写瘦
再瘦一点
虫鸣和莺啼都会躲进词根

万物皆有归宿，我为什么悲伤？
雨水在心里孕育，喜悦在指上萦绕
扛着锄头的人打算吹响原野
吹稻浪，吹我华发早生
吹沉船里的瓷器
再次发芽

世界无非是一节流水
我们都是光阴的敌人
起风了,我要回家

高 温

地表温度七十摄氏度。有人说,天上下火了
而汗蒸会让皮肤苍白
人们捂住伤口和嘴巴
把自己关在小盒子里
什么也不做,空调吹出大海

时间让所有生物进入了冬眠
埋葬好旧事,有人裹紧面纱
冲出门外壮烈如赴死
事物开始简单、明了
大部分人迷醉于短暂的寂静里
他们盼望高温离去,又有些不舍
仿佛,害怕错过了一生难遇的几次危机

树叶们撑住阳光,告诉孩子们
夏天仍未塌陷
一个老环卫工人在纬二路穿行
如果他能走出这个季节,他将是

整个街区最清凉的一部分

倒 叙

如果孤独是另一个世界
如果落日苍茫,旷野上风声出没,雨声抽
打芭蕉

如果孤独在喧嚣,它专横跋扈
随时,会成为你血脉里一条奔腾的河

如果失败者不会感到孤独。如果
他内心已被沮丧填满,像一块铁
如果他整个的身体也僵硬如铁
春风难入,百毒不侵

欢乐的极致是最深的孤独
他站在山顶,一个人
对抗西风

整个人类都是孤独的
小小星球在宇宙中穿梭
留下一道既定的曲线
无意义,也无始终

做一株植物（组诗）

●张　萌

我是一个奢侈的人，我有脂肪、肌肉
骨骼，我有晨曦里的血色
有棉布里的花朵，有眸子里的歌
有阳光不断撞击的小思想
有昏暗的乡愁
有一只蚕的白皙
有一棵桑树的绿波
可我还是幻想着，与一朵菡萏
交流，把它请到我的生活
它含着殷殷的粉，立在船的那头
我会等
我会送它整个六月的问候
因为它置身于我的脑海
我就有了
植物的细胞，植物的
骨头

春天在我的鼻翼唱歌

一只鹅，我曾赞美过它的白羽毛，恰似
一冬的雪
卧在青草上
现在一只鹅进入了我的血液
它先是融化，被立春
被谷雨，被雨水
然后变成一支曲子
在一只蝴蝶的指挥棒下
似清泉慢慢流淌
似一根高扬的柳丝
轻易地扬起了春季
它所流经的路途颇不寻常

它哪里也不去，它直通我的鼻翼
鼻翼是我脸颊的象征
征服了它，春天便所向披靡
尽管这歌唱得痛苦无比，尽管这疯狂
如此荒诞
但是既然是歌，我就让它充满怀想

我锁上一条小河

我锁上一条小河，在立秋日
这样它就不会朝冬天流去，我给它撒上
幸福的葱花、朴实的水豆腐
以及透明的虾皮
水草青青肥美，圣桑的小夜曲忧郁地
响起
黑天鹅跳起芭蕾，跳出死亡的诱饵
我不能接受离去
离去是死亡的一种方式
我要锁住肌肤里的水分
就像锁住这条河的鸣叫，奔腾
哦，秋日
一条街已经是你微笑的样子

早春，就着一条绣花裙

我要向春天学习，要把
生长当成迫不及待的事情，把勃发
散在发丝里，把绿色长满我的
绣花裙，偶尔一点蒲公英
还要一朵迎春花的黄，一小片
桃红，抑郁之时

下一场小雨,丝丝入扣
我把涌泉穴炙得火热,三阴交注满
红花的颜色
多美啊,早春
我的绣花裙充满了棉麻的呼声,它喜欢
绵长的雨水,喜欢喇叭坠落的
雷声,喜欢春的
大绿和绣花的声音

在塘南,我放下了黄昏的轻

我带着一枚叫葳蕤的词而来,我把它们
放生,它们原本就属于
一片金色,属于稻穗尖的摇摆
此刻,塘南
状元及第的怀想一声一声响起
一棵梧桐听懂了
一行白鹭在展翅
还有,我的这枚葳蕤的词
它随着脚下的稻田,四散开去
仿佛一个智者
仿佛一个人的情思
黄昏用黄色,用它的轻盈
褒奖了我
因为我把诗里的乐声、诗里纷飞的
　花语
全部献给了塘南,献给了黄昏里的轻

思念晨曦

我只能用晨曦自我安慰。
　　——阿赫玛托娃

我正在向你献出安宁,我把手背的
皱纹抹上眸子里的安静
好让苍老一步步织成纹理
我抚养的植物们却盎然生机,它们的皮肤
正是晨曦
它们如此安详、如意
一如我脖子上温热的玉
我闭上眼睛,感知着

所有的跳动都是晨曦的旨意,所有的
　爱情
都朝着神
晨曦只是颤动了它的核心

枣树里的乡愁

没收一棵树的红豆,我手腕就
奢华如秋,她们从峨眉的
三江源缓缓移动,倾泻而出
中年如秋,我把一首诗交给源头
流经之处棵棵枣树
有红枣,有田埂,有知了
有一条澎湃大河
有日光下奔跑的母牛
有大片青枣落地,有一个打枣的少年
跃上阳光,这是我的故乡
一座老房,绑架我的泪光
我怀念的一条小路
一直存放着我和外婆的
脚掌

风的故事

门帘掩藏着一个人,他巨大
隐匿,虚无
此刻,我倚着它
把体内的秋风洒向天空
深秋,我只要结实的肌肉
只想繁花过后的花遗留在我的风中
我一转身,便能嗅一嗅
我一抬头,便能认出你的骨骼
哦,风
我的长裙将为你漂染成大红
黄昏时分
我们相约
浪迹天空,摘下热带雨林和一串椰风
做一个美梦
是啊,红橄榄,红辣椒
红灯笼,红楼
都会来加盟

我是九千万分之一

◉ 龙彼德

据共产党员网,中国共产党党员人数突破九千万。

我是九千万分之一
即使微小,也感受到巨大的温暖
我的头上有您的旗帜辉耀
我的心脏呼应着您的脉动
是父母给了我生命
是您给了我灵魂
亲爱的党啊

我是九千万分之一
尽管无名,但因共同的称号共产党员而自信
追求的是十四亿人民的幸福
承担的是五千年民族的复兴
此一生不会摇摆懈怠
年龄的增长只能焕发青春

伟大的党啊

我是九千万分之一
虽然有限,仍要做无限的努力
为共和国大厦添加一砖一瓦
在新发展阶段吟诵新诗新韵
让胸前的党徽更加明亮
使这个社会格外温馨
光辉的党啊

九千万个　九千万分之一
合成一体,就能转动整个乾坤
再宽的海洋一抬腿跨过
再高的山峰一鼓气攀登
"我们的目的一定要达到,
我们的目的一定能够达到!"
响彻世界的是百年大党的声音

杭州杨家牌楼：新楼宇老门牌（外十五首）

◉ 黄亚洲

需要把拆下来的历史,钉到未来生活的门
　　楣上
这是一个必须做的动作
新芽需要泥土底下的根须

虽然是崭新的墙面,虽然是大幅的壁画

虽然是继续穿过村子的潺潺溪水
虽然,历史这么的小,现实这么的大

现实这么的大
成片的楼群、崭新的文化礼堂、接送孙辈
　　上学的轿车

但是这么小的历史,却是一只眼睛
什么都能看见

是一只眼睛,蓝底白字
祖先什么都看见了
原先的破烂和脏乱,都叫区政府的规划书
　　一并收走了
杨家牌楼,已经开始有牌楼的意义了
土地下的根须很明白枝杈上的每一朵花与
　　每一片绿叶

你家也钉上,我家也钉上
国家的意义就在这儿
国家就是牌楼

走进杭州双浦镇的这个小村

家家户户延续了几百年的围墙,现在改
　　名了
叫作鸡冠花、石榴树与红枫叶
吠了几百年的那些大狗,也全都蜕化了
成为三两只抱在怀里的宠犬
今天你不是走进一个污水横流的村庄,你
　　是走进一处
杭州高档别墅小区

去年的燕子费了好大的劲才认出这里
亏得几棵大樟树还是百年前的模样
亏得大妈笑容依旧

几位大妈摇着蒲扇告诉我
只盼望,"铜鉴湖"恢复工程尽快上马
只要,杭州西湖的边上再出一个小西湖,
　　次日
这里所有的别墅,都会挂上"农家乐"招牌

镇领导在一边说,快了快了
最后一个批准文件也已经拉开了闸门
铜鉴湖水,眼看就涌过来了

而我已经开始打听,这里,哪位大妈的私
　　房菜特别可口
明年的某个双休日,我就会有一个湖上泛
　　舟的规划
吃饭时间一到,我就会
响应一位大妈在村口的呼唤,如同响应
我当年的母亲

龙井村

一壶煮开并且冷却到八十摄氏度的清泉
　　正好把
一个坐在茶园中央的村坊,泡出
龙井的样子

我借了一张条凳,靠着白云坐下
这张条凳,辩才法师与他的好友苏东坡
并排坐过
他啜茶而醉的样子,与我今日相同

千年前,他就在龙井寺里写下《龙井亭》
虚亭乱石间,中有潜虬府
澄湛源莫穷,旱岁为霖雨

我写不出他那样凝练的句子,我只能从
　　"一旗一枪"的绿色叶脉上,看出
这个村坊长了一双飞快的脚:始于宋,闻
　　于元
扬于明,盛于清

朋友说我离开龙井村的模样,有点晃晃
　　悠悠
那不是我醉,是全世界跟我一起醉了
地球醉成了椭圆形,也巧了
正好与这个村坊的地形
一模一样

春天,住宿同家乡村花园

住宿同家乡村的感觉,就是住宿于

花瓣与花蕊的中间
邻居是一位忙于装修的
蜜蜂

我们从这一丛花走到那一丛花
步姿,免不了
依照蝴蝶的示范

湖水中间那座亮晶晶的油菜花小岛
是不是
天上的太阳在照镜子

而大棚里,那一畦畦正在滴灌豆浆的草莓
总是不明白自己为什么
浑身奶香
这是一群发育中的少女

春天的写作是这样的
当风以若无若有的轻佻走过乡野
而一朵花,抖动了一下瓣叶
一篇抒情散文,就完成了

这座花园里还有一朵奇异的花
叫作《同家》杂志
打开它你手势要轻,不小心
花粉溅你一脸

这一夜,就让我睡在花瓣与花蕊之间
好在,装修的蜜蜂已经收工
为了用枕芯引导我入梦,春天
已把她全部温柔的植物
磨成了粉

杭州萧山:湖山村已经起飞

我已经知道,有些村子需要起飞,时辰
　　到了
有些土地需要稀释成水面
有些水面需要凝固成翅膀
我已经知道,起飞的时代到了

需要起飞的村子
就如水鸭掠过湖面,就如萧山蜀山街道的
　　这个湖山村
我知道,不是由土壤,而是由云彩来供应
　　营养的模式
农民兄弟已经普遍接受了

为了把村子还给水,还给湖泊,甚至还给
湘湖中央的一个美丽的音乐喷泉
湖山村从土地的深处拔出了脚,开始用脚
　　蹼走路
并且,练习起飞
这个村子很懂大局,也很懂飞翔

原来的种田佬,开始打工、开商铺、创业
有不少坐入政府开设的"农民大讲堂"接
　　受再就业培训
黑板上不画水稻,不画茭白,就画
资金流向图

湖山村的村民,翅膀一拍
都成了"湖山春晓小区"居民
他们在高层住宅楼的阳台上,注视越变越
　　小的大地
他们甚至发现结实的云层也像土壤
也爬动植物的根须,那是一些盘根错节的
　　闪电

湖面扩大了,大地美丽了
这才是最重要的
我的农民兄弟从整日匍匐的人,变成坐上
　　云端的人
这也是最重要的

关键是,起飞的时代到了
他们并不是被安置,而是在很高的层次上
抢先,安置了自己的心灵

桐庐深澳村，
"民国记忆"咖啡厅

清朝和民国站在碎石子路的两侧，低头
　　看我
他们，马头墙高高
左边的，像花翎顶戴
右边的，是圆桶高帽
看我举伞穿过

我的终点是"民国记忆"咖啡厅
我要像旧时光一样从容
我要在古老的木质建筑里收伞，我愿意
　　走过
时光隧道

一切都如预计
碾磨过的意大利坐在有木纹的长桌上，以
细细的勺子与杯子里的酒涡
让我感受十八世纪的西欧

晚清的深色古宅，垂下十盏欧式吊灯
中外交媾，严丝合缝
那时候的中国不中不洋，但时光依旧很慢

我不相信这类记忆全属于民国，我在咖
　　啡里
加了奶和两包红糖
我的味蕾告诉我，这是不折不扣的当代
　　滋味
结账时分，果然，我用共和的人民币统
　　率了一切

我此间留下的一举一动，到明天，也是
　　记忆
至于记忆是否都得归结为"民国"
那也随它去，连清朝与意大利都归顺了
我还有什么可说的

老板
如果你坚持民国是个好词汇，香如现磨
　　咖啡
我也愿意，归顺半个钟头

浙江淳安：芹川古村

古村派出一溪的石斑鱼
迎我进村

石斑鱼用密密麻麻的队形
排列起古村密密麻麻的历史
我明白，这都是一些特别细碎的故事

我走进一间褪色的故宅
明朝最后一个皇帝为我开启雕花木门
告诉我大明气数已尽，他已无法
再涂油漆

沿街的宅门，大都贴着门神
门神的脸谱就是古村的传统，几千年没有
　　变化

只有站在"农家乐"门口的村妇
向我们殷勤招手
说着一些石斑鱼不愿听到的话

而那栋装有"美人靠"的旧宅，也有故事
据说主人是国民党一位师长的姨太太
这种叫人感叹的姨太太故事，据说
大多数石斑鱼也都知道

我是吃着麻酥糖出村的
村里有一家百年制糖作坊
送我出村的石斑鱼一时都松了一口气
她们挥舞长长的溪水，表现得依依不舍

鸠坑：中国茶树王

就譬如我们常说自己是炎黄子孙

那么,现在说到茶树,中国的茶叶是否
    也在
缅怀祖先

每年,新绿分娩于茶山之时
她们是否会托第一缕春风,捎去
对祖先与生命的感恩

现在请小鸟与清风安静,我正在
走近悬崖边的那棵"茶树王"
我准备用自己的口感,捎上
至少一百种中国名茶的问候

我的两个小时弯弯曲曲的山路
是不是你特别繁茂的根系
吹拂着你的小心翼翼的春风
是不是陆羽先生那柔软的袍袖

近一半的中国绿茶的茶籽
都源自"鸠坑原种"
你听了这句话,会不会莞尔一笑
只道一声:无非就是一点母爱

鸠坑乡长说:我们也说不上鸠坑茶有多
    么好
但是喝过了鸠坑茶,就不想再喝别的茶
其实,这句话唐明皇就似乎说过
那一刻,他正与杨贵妃,对饮鸠坑贡茶

我基本断定,《茶经》中的"鸠坑"二字,是
"茶树王"乳房上的两粒饱满的茶籽
往后,我当然会继续品尝各式名茶
但我已经明白,一种类似母乳的芬芳
来自何处

我人生里的西塘

我的回忆经常是一张宣纸
黑瓦白墙、青石板路、十里廊棚
再泼上一些清水,泼上一些鸟

我的宣纸,经常是
一幅陈年水墨

水当然是从汾湖流来的
柳亚子当年赠诗毛泽东,端上的就是这盆
    汾湖
柳亚子的原意是想隐居,或是不想隐居
不管如何,西塘很大一部分白墙黑瓦
就是他与他的一班诗友,用民国的白袜子
    黑布鞋
走成的

而现在看见的景象是
每日清晨,这张水墨就徐徐地展开了
密密麻麻的本地人与外来人,交织成满纸
    的水渍
每天夜晚,月亮都会变成桥洞
橹声携带东顾右盼的嫦娥穿过,爱情拖着
    波纹

你可以这样设想,西塘是一张江南的箬壳
善于把人裹成温雅的粽子
有棱角
但无锋芒

你也可以这样认为
若是裹入了西塘,就是裹入了人类的梦
可以写柳亚子的诗,唱顾锡东的戏
若是快乐得想哭,也可以顺手
取一曲五姑娘与徐阿天的悲剧,当擦泪的
    手绢

我有幸在西塘住了些日子
那就祝福自己吧,我的人生档案
便有几页
是由上好的宣纸写下的

那就祝福自己吧,这白纸黑字,是我这
    辈子
最喜翻阅的

蝇头小楷般的黑瓦白墙

南浔:荻港渔庄

从南面看荻港渔庄,就是看苏州园林
从北面看荻港渔庄,就是看西子湖的一角
显然,那些连绵不断的云墙、花影和湖水,
　　混淆了
华东一带的经纬度

在这里可以做个渔翁,也可以葬葬花
流几滴欢喜的泪,或者流几行诗
躺在碧绿的叶子下面,可以做一些浪漫得
　　不要不要的梦
好在这一阶段关于中国做梦的说法很多

这里办过好几届鱼文化节,我因此判断荻
　　港就是一尾鱼
她摇头摆尾的时候,旅行社的三角旗,
　　就把
周遭的太湖、西湖与黄浦江,搅成了
同一锅鱼汤

何况还有陈家菜。陈立夫先生的一位私家
　　大厨,敢把
他的秘方和整个渔庄都盛进蓝瓷大碗
鲜味,你不尝也能感受到
因为佐料是切细了的云彩、虹霓与花瓣

我在荻港渔庄住了一夜,早晨起身就发现
背脊上,有鳍的感觉
我知道面对温柔的江南水网我很难做一条
　　漏网之鱼
而我急于写下这首诗的目的,只是想通融
　　一下陈家大厨

不妨去新市古镇喝一盅

杨万里观察新市的春天,还是很清醒的
他把蝴蝶、孩童与菜花,都精准地捉进了

他的诗里
这首诗你可以去百度查一查
但后来,他就不行了,他酩酊大醉
问题的关键,还是新市的黄酒与羊肉过于
　　可口

他摇摇晃晃,钻过一家又一家河铺的店招
误了上马,也误了酒税官一职
但他事后说无所谓
春天与美食对于一个诗人的重要性
一般人总是估计不足

这个小镇在南北朝时期就是花花世界
菜花举着农业,码头举着商贸,戏台举着
　　文化
不要说杨万里会在这里误事,大家都赖在
　　这里不肯走
龙井泡在茶肆里,琵琶架在美腿上
即使民国时期,此镇也称"小上海"
橹声桨影与灯红酒绿,误了很多人事

杨万里最后还是当了大官,这就说明
人的一生略有所误,也是不打紧的,只需
黄酒足够温醇
羊肉足够香嫩

安静的湖州蔓塘里村

大白天的,村口柿子树要举着这么多的小
　　红灯笼来迎接我
也不解释,只笑

潘氏古宅穿着清朝的白衫,也站在
离村口不远的地方
它更谦和,根本不提及当年新四军常选择
　　它这里埋锅做饭
它为中国革命填过肚子

村庄给家家户户的小洋楼都打上了雪白的
　　围墙

把竹子与鸡冠花说笑的声音,都关在里面
让路过的风,只顾
安静地路过

唯一发出声响的,是乡村公园的那个戏台
一群大妈舞动在古典音乐与现代音乐里,
　　始终不曾稍停
音乐刚一断带,云雀就赶来补充

这个安静的村子很符合我的口味,我提包
　　里全是城市的嘈杂
我想静静坐在竹子的阴影里,逐项
清理政治、舆论和心神不定

我看不清楚的时候,也希望
身边的柿子树,能垂下几颗灯笼来
哪怕是在白天

郭吴村:鲤鱼河

何等了得,一条两千米长的鲤鱼,劈劈
　　啪啪
叫整个古村,终年,响有水声

洗衣妇们手中搓的,都是鱼鳞
她们偶尔,也会用衣槌
那就使得整条鲤鱼,更加猖狂

鲤鱼千回百转,携着明代的清澈与活泼
它并不清楚,流过吴昌硕窗前的时候
曾有好几次,勾起过这位大师的食欲

吴昌硕推窗,凝视这条鲤鱼,思索
在他的篆章里,应该断开哪些线条,让鱼
　　游过去
如何让一块石头,发出水的响动

这是一个命门:
一方篆刻,是不是一个鱼塘

小小古村,偏愿意为一条两千米长的鱼,
　　至今
弄得心神不宁
这条鲤鱼,命中注定,要跳过
中国篆刻史的龙门

鲁镇很有些好玩

走近店铺锐利的曲尺柜台,我就能感觉到
　　先生的腕力
虽说,鲁镇走出鲁迅的砚台,已经
好些年了

鲁迅愤怒的时候,鲁镇便下雨
檐水,当然是黑的,黑如祥林嫂对阿毛的
　　呼唤

祥林嫂今天看见我,只默然摇手
婉谢了一张新版人民币
她演技很好,一只漏底的竹篮,满载旧
　　社会

鲁镇也有热闹时节,那就是社戏开场了
有些角儿嘴里喷火,有些锣儿鼓儿会敲出
世界的裂帛之声
这时候,孔乙己蘸了茶水的手指便开始
　　打战
四种写法只写出三种
孔乙己知道,鲁迅先生不满意了

去鲁镇,只消寻杭甬高速上那个叫"柯桥"
　　的出口
听说鲁镇聘任的首任镇长是周海婴
这就很有些好玩,也很有些深刻

他们周家父子悄悄会面的时候,鲁镇就会
关门熄灯,坐入教科书,参禅了

如果想深入了解我们这个戏剧性的民族
女士们先生们,第一

请上北京,第二,请走上海
第三,就来鲁镇

浙江上虞:大善小坞村

我要告诉女儿,你妈妈的妈妈的妈妈
也就是,你的太外婆
是一块青瓷的碎片
她睡在这个村子后面的山岗上

我要告诉女儿,这个村子后面的另一座山
　　岗,叫作禁山
上虞禁山,是中国青瓷的发源地
那里刚刚发现的遗址:东汉龙窑、三国龙
　　窑、晋代龙窑
简直,就是地球的釉色

就是那种温润的色泽,那种青色
表现着
地球的每一个黎明

一群群的考古专家,在你太外婆从小背柴
　　的地方
为自己国家的文明,如醉如痴

我要告诉女儿,你的太外婆长寿,且是
无疾而终
她是慢慢睡着的,就像
中国青瓷,在这个村子慢慢睡着了一样

我要告诉女儿,你在做《非诚勿扰》评点的
　　时候,提及
人性的光辉、人生的底色、道德的色泽
其实,隐隐约约,都与青瓷有关
女儿,你也是闪着光的

我要告诉女儿,你太外婆姓黄
村里,建有著名的祠堂黄氏"五桂堂"
你或许知道,你爸爸,包括
你爸爸的爸爸的爸爸,都出自"五桂堂"

也就是说,你父母在南宋时期的远祖,是
　　同一个人

一尊上好的青瓷雅器,分裂成
许多闪光的碎片
所有的历史,都是碎片般的完整

我要告诉女儿,日后,可以抽个空
去绍兴上虞,走走这个村子
向中国的青瓷,问个安
深深地吸一口,我们这颗星球的黎明颜色

崇仁镇的老台门群

在中国江南,明朝与清朝动身之前,几乎
带走了全部的台门
他们当然是破罐子破摔的,他们不落下

而在浙江嵊州的崇仁镇,那一百多座花窗
　　紧闭的台门
显然,他们忘了
崇祯皇帝忘了,宣统皇帝也忘了

都忘了,显然是崇仁镇过于偏远
清末,一个叫王金发的镇民,就是在这里
　　扯旗造反的
历史的小角落,容易忽略

明朝与清朝,将这里的一百多座四合院
全部留给了民国,后来又全部留给了共
　　和国

今天上午,则是留给了我
使我得以骑上健壮的马头墙,拨转马头
扬鞭追赶宣统,再追赶崇祯

这是一家最普通的台门,我看见
一只当代的鸡,啄着天井里当代的青苔
只有窗棂上的木雕,依旧穿明代的袍服与
　　清朝的马褂

门上铜环一敲,听音色,就是
嘉靖年间

听着,明朝与清朝
现在,嵊州市人民政府与崇仁镇人民政
    府,联合邀请你们

来镇上,开设明清办事处

现在讲究文化,不要太讲究政治
不必在意,这个镇上曾经出现过一位
赫赫有名的造反将军

日落帖 （外十三首）

◉ 赵国瑛

她将黄昏托在手里
不断变换姿势
为刚刚登基的夕阳加冕

她的梦里曾有驼队经过
她试着用宽大的衣袂
裹住晚霞的歌声

没有水的大海无色无香
她转身,骑一匹瘦马
摘取落日余晖

今夜会有星星偷窥抒情的脚印吗
她这样想着,一出手
洁白的丝巾钩住了远山的雪峰

遍地桂花

丹桂抬头,八月的体香
倾倒在你路过的黄昏

紫薇挥着长鞭,轻轻
抽打天边的晚霞

夕阳老远就认出了你
那年的秋天又来串门

今夜我们一起吟唱,让歌声
沾满花香,引来秋虫围观

这还不够,我要让晚风系上
你的羞涩,而我手里依旧

握着你的心跳,掏出在时钟
里奔走的一轮明月

天坑地缝

白云丢失的斧头此刻
握在秋水手中
洞中神仙硝烟四起
除了一壶酽茶
再无一人观棋

岩石体内奔跑着火焰
流水一路练习飞翔
在小草身旁我看见甲壳虫
驮着沉重的行李
又一次告别故乡

峡谷浩荡,树叶一遍遍书写春秋
不断有水滴飞流直下

让缄默不语的群山一吐为快
低处的阳光来不及更衣
便化作一缕彩虹

山鹰进入客栈,酒旗飘扬
风招呼客人也有独到之处
夜色准备的晚餐在屋顶生长
天空幽蓝,高朋满座

没有一扇门可以将从未见过的事物
关在门外,无论我多么安静
卵石手捧经卷顾自吟哦
无始也无终

黑山谷

黑山谷的当家人是一条小溪
日夜喧闹不停
每片绿叶都是青山的耳朵
听惯了这熟悉的乡音

流水和石头恩爱了几辈子
你难以从他们的笑声里
掏出甜言蜜语
小溪两岸除了浪花
已开不出别的花

四面八方的水在小溪的带领下
匆匆行走
我不能停步,不能眼看
山冈上的白云一秒一秒地老去
滑落秋天的肩膀

读 春

三楼,所有鸟声刚好
擦过肩头,我在斑鸠
东一声西一声的诘问中
伸展四肢。白玉兰将早春的信
札撒落一地

一样的家书风已收悉
雨清洗过的树木在等待
另一场雨,无雪的冬天
也要在冬春之间划一条界线
斧凿声中阳光割开树木裸臂
春天嫩绿的指尖爆出
第一声啼哭。窗外的茶花
开成一个伤感的情人
在冷却的热吻中席地而坐

陪运河散步

早春的午后,云堆满天空
可以到处行走,花枝招展
坐下来能享受冷风捎来的春寒
路边的绯桃在路边放歌
茶花艳丽,与细雨闹腾过后
将玫红的胭脂撒落一地

运河拐弯处风用手势说话
船闸仿佛水泥做的逗号
停顿,让河水为高楼系上腰带
我看见两只巨大的铁鞋
站在水面上聊天
操着苏北口音的马达日夜轰鸣

遥远的路径拗不过追赶的风景
我必须在愉快的暗示里
保持谦卑
三月如一幅大写意泼墨画
要风得风,要雨得雨

明 媚

你的秀发沾满五月的阳光
面前的小桌看上去比实际年龄小
天地间可以对号入座的地方
只有风景,没有形容词

能从影子里赚取时间的人
在不断装修自己的内心
往事上岸，流水继续前行
有人一生都在练习快乐

杜鹃一半坠落，一半沉默不语
谁也没有送走谁
花园的午后价格坚挺
是多少钱也买不来的古董

天鹅对水说话，而睡莲
假装什么也没听见

无论如何我要和年轻的
栅栏站在一起，看微风

在水草怀里撒娇，探寻
爱情的虚实

湖边机器人

机器人在湖边打太极拳
湖面光洁如镜，看不出金钱
爱情、诗歌、远远近近的山
在同一个朋友圈抬头
将目光移向且歌且舞的蜃楼

机器人端着枪瞄准水面
漫无目的地发射
突然，语言变成子弹
从我的体内喷涌而出

机器人转身，成为路的保镖
枝头见不到夜雨惊慌
乌鸦在长椅边吊嗓子
我们相遇时，以熟人的身份
擦肩而过

湿地公园

杭州湾将浪花收进潮湿的泥土
芦苇手中摇响钱江涛声

飞鸟用翅膀触摸一条河
流，以及流淌的家园

田野的伤痛已很瘦小
遍地都是感恩的虫鸣

西溪路

西溪路并不沿溪而是沿山
法国梧桐托住蓝天白云
如果下雨，树叶会将雨滴放大
让雨水和路产生摩擦的快感

西溪路正面有生的忙碌
反面是死的宁静
人生的两端昼夜不息

高楼回头，文字走下山坡
无数轮回在西溪路奔走
我拥抱的每一天都自带光芒
瞧！窗外的风景起飞了
时间的指针从时间里
取出活着的意义

赵家镇小记

正午，赵家的弄堂已被炊烟摸过
几遍。风火墙骑在白云上
准备布风施雨

镇里的石子路闪亮而不流动
在夜晚，你可以看到守寡的月亮
照看一群光头的孩子

每个院落都有一个好听的名字

那是许多屋檐一起商量的结果

这么多年我很少在镇上碰到
成群结队的树木。往往是
一棵大树招呼前后几家邻居
仿佛年长的邻人义务坐在门前
看护老去的岁月

大堰清澈而缓慢,在水中
我看见弯曲的街市和童年的自己
可惜新砌的青石不认识我

后来我碰见一个熟人,他抱着
一捆柴火,和老房子一起
走在回家的路上

秋 日 所 见

一场一场细雨把秋天的门
推开,秋天的颜色就是
梦里的颜色。秋天的样子
也是内心的样子

优雅的树叶有了自己的翅膀
可以选择飞或不飞
流水敞开胸襟
让阳光轻点怀里的卵石

月色踮着脚尖布下一颗颗
露珠,夜凉如水。水又
回到植物唇边

大路上走着风的吟唱,
火红的柿子在山坡燃烧
稻穗相互凝望,白天打盹
夜晚倾听田野的心跳

芦苇开始演奏"秋芦飞雪"
雁阵挣脱白云的挽留
远山披上轻纱,盖住一阵阵

喜悦,又在晴空下一层层打开……

万物以身体热爱流逝的光阴
性感的浆果站上枝头,除了飞鸟
我们都不爱说话。你从体内搬出
故乡,与另一个自己重逢

爱 在
——给越越

笑声高过尘世的肩膀,小手
拨弄无边星辰

幸福没有牙印,但已可以
抱在怀里。轻风抚琴
为你弹奏生命的乐章

最美的语言种在最清澈的
眼里,在最轻柔的手上
传递最珍贵的花朵

爱在,希望就在。谁也
不会走远
爱在,你就是小小的太阳
照亮未来的日子

返 回

香樟未因肥胖而沮丧
胖,偏生出小小叶子和
一群乌黑子孙,远处的你
看不清它是坐着还是站着
水杉瘦削颀长,为听到
雪的尖叫,竟拔光
身上的羽毛

地球把季节戴在我们头上
我们习惯和季节做加减法
当你略显疲惫,你可以
另起一行。空格键将

标点符号埋葬

一些词语被疯抢，之后
跌落深渊。这至少使我们感到
路过的每一分钟都有不
同的体温

鲜花的内心囚禁着一场雪崩
哦,我看见你的眼泪从
一个目的地,奔向另一个目的地
在命运的旷野追着
陌生的风奔跑

愿见万物（外七首）

●吴　鹏

我看见风
滑翔在阳光的表面
昨晚我梦见幸福
今天我想见到春天

我想见见春天
见见发光的流水
见见蓝色的穹空
我也想看见树枝明亮
樟树、白杨,和芒草
它们都自由明亮

我想见到深邃的夜晚
但夜晚它散步到终点
就会爱上天明
我也想那样的致命一击
让我爱上白昼的
充满尘土和炊烟的地上的光

三岛由纪夫《春雪》
——献给松枝清显

春雪降在过于洁白的大地上
剩余的气温里逃不出一丝喘息
九段瀑布沉重锤击干瘪的地面
而帽子里俨然还有需要氧气的灵魂

一些鸥鸟打算空着手飞走
她们甚至忘了给男主人留下
一里路的月光
窃贼踉踉跄跄行走是为了掩盖
超生的龌龊秘密

窗口的藤花开放,声音
如撕裂五吨重的惊雷
而夜晚的极光和车辙里的细雪
都做过一场春梦了

电影《马丁·盖尔还乡记》

我愿意躲在远离人群的角落
听一场雨
而无疑世界正在送走他的春天
人们瞳孔都向里缩小
身体朝外膨胀
我被一个等号所禁锢
神父的手啊请触摸我额头
我心中魔鬼统率他的十万将士
如果轻举妄动,亲爱的
收获的季节里死神将
收割我的灵魂,但我
不在意,我是被遗弃的

杂毛鹦鹉,只会跟一个
玩赏我的人说笑
雨滴很大,足够堵塞
智者的毛孔
我卷起舌头时,就是
蝮蛇在退回她的洞穴

躺着未尝不是一种心情

这个夜晚我有点惆怅
小王依然守着他的电脑
和他不可一世的爱情

被子的阴影把我镇住
仿佛它发了什么吓死人的怒火
小台灯闪闪烁烁
大概是愧疚于
没有提供给我足够
思考余生的亮度吧

而我顺躺
窗帘、凉掉的暖气片和
这个冬天寂寞而死的老鼠
都不要离开我啊

格　律
——读泰戈尔《飞鸟集》之后

我躺在沉重的阳光下
那些飞蛾是幸福的天使吧
你说

我倒挂在银亮的河水里
那些虾米是疲惫的老人吧
你说

我稀释在透明的晴空中
那些树叶是诗人的句读吧
你说

我沉浸在无边的梦境中
那些星星是白昼的梦想吧
你说

我停留在悠长的路尽头
那些茶花是死亡的馈赠吧
你说

我蜷缩在软弱的春天里
那些笑容是回忆的梦遗吧
你说

情　书

请允许我种下一株莳萝
看她向窗台生长
阳光是祝福
朝露是新娘
请允许我埋下一颗砂石
等她被海水拥抱
海鸥是信使
远帆是新房
请允许我筑起一方宇宙
听他被南风吹满
森林是情话
湖泊是痴想
请允许我放走一只风筝
等他被激情摧毁
碎片是憧憬
残影是死亡
请允许我踩出一个脚印
任它被时间抹平
白昼是苏醒
黑夜是异乡

再　见

再见姑娘
愿下一场雨
冲掉我们并排走过的足迹

也愿梧桐树不再招手
不会再有人回应他的忧伤

愿金色的生命回归大地
愿天空不再出现彩虹
他总让我误以为
晴天是时间的必然之子

河流也别再流了吧
巨大的海洋变成池塘
平凡的人都迷失在沙漠
我在自己的领地战栗
被自我从反面入侵
折磨人类的永远是美好的东西

再见姑娘
愿你的宇宙遵循进化律
而我作为陈旧的物种
只在古老里看守灵魂

请让我忧郁

请让我忧郁
忧郁如此甜蜜
忧郁让我觉得

我与世界尚能两全
忧郁是一个选择题的
权宜答案。忧郁是
健康的颓废。在明亮的烟囱上
涂了一层橘红色的夕光

我也想从忧郁里挑出
快乐和蹦跳的理由
就像碧绿的春天
脱胎于死寂的原野
但你走了。你走了
转身离去，不管我
从碧绿变成橘红再
变成苍白。我梦见风笛和
口哨在天空飘浮的日子

我在梦见的红色里游泳
把过去的幸福咽下
作为明天的早餐
亲爱的，什么也阻止不了
我在早餐后剩下的时间里
把自己交给匕首般的回忆
锋刃是你的笑
刀尖是你的笑停止

传说中的黑夜（外五首）

●普 西

黑夜在传说中降临
白天如一堆遗忘的残雪
独自叹息
婴孩的啼哭扰醒了梦
谁的骨骼，深埋在我血肉中

枝叶亲手裁剪

阳光缝制一件华丽的衣裳
若隐若现的灵魂披着
通亮，谁在光明中
又点亮一盏灯

一千朵桃花在桃林飞翔
千千万万次模仿

简单的瞎子变成诗人
风吹着丝绸
我们骑着恋人变成的白马
走在没有黑夜的路上

仿佛听见婴孩的梦语
哪里有温暖
哪里就是好地方
哪里有爱人
哪里就是我的家

温暖也是结结实实的

灵感舞蹈在天际
在闪亮的星子里学着写诗
芦苇记忆的那片天空苍茫茫的
你在雾色里隐去身影
盼望着
邮车带来远方的信息

沉甸甸的三十年
你还依然爱我
牢房的墙壁弄得结结实实
想着还有久别的拥抱
温暖一定也会结结实实的

白晃晃的镜子荒原

对镜自赏，
倾注自我看见真切的孤独。
镜子荒原，
白晃晃的似曾孤独。

抬头时，明月当空，
只一人独赏。
张嘴时，慷慨激昂，而自在僧楼。
踽踽独行，
孤单站到了面前。

道路拉起一条长长的心思线，

沿着这根准绳，
众人砌起一道高高的墙。
墙内外，你我他分立镜子的荒原，
白晃晃的。

没有成熟的柿子

春天，即将从
豌豆的大肚皮里蹦出来
顺带着一声闷响

此如难忘
翘过你头顶的那双腿
宛若一对硕大的翅
深植于肉身

在我忧郁的注视中
你就是一个在春天里
还没有成熟的柿子

独自回家的月亮

今晚的月亮
不圆不缺
有些不同寻常地露出
最纯粹的模样
嫦娥今晚不在家
玉兔只和桂花树做伴

今晚的月亮
是一块明亮的石头
人说，月上柳梢头
我不相信这是真的
月亮不会爬树
今晚的月亮是独自回乡的夜行者
照亮了自己的路

流浪的木头

思念一位故友，

怎么也想不起他的模样
文森特在耳畔缓缓地响起
却帮助不了我的回忆

静静的窗外
蓝色拉开天空的幕布
遗忘了
如白色一样孤独的岁月

从窗口望向外面的另一扇窗
猜想窗内有另一个自己
也在悄悄地望向我

坐在这样的屋里久了

人渐渐成为一根根木头
二十年，三十年
年轮画出各自的圈
也许，不用再等待了

离开，窗外默默的天空
冷静而高远
似乎也忘却了
红墙里的精致时光

流浪的心依然还在屋外流浪
逃不出眼眶的泪
重重地跌落在沉默的湖里

拯　救（外五首）

◉ 王芬霞

黑夜
在拯救星星的温柔
寂寞
在拯救声音的婉转
遥远
在拯救距离的美丽
野草
在秋风中拯救露珠的晶莹
无声的爱
让倾世的月光动情

轻轻地诉说
那落英缤纷的湖面多么宁静
瞬间，石破天惊
大潮涌动
你是一朵泣血的玫瑰
我的目光已不忍触碰
树，还在那里伫立

鱼竿
钓不起沉在湖水里
那些深眠的日子
拯救，只是一厢情愿而已
坐看一朵云的愤怒、失意、孤独

问　夜

如果不拉下你的帷幕
星星就不会挂在你的胸前
月亮这艘弯弯的小船
就不会在你黑漆漆的湖里
划来划去
点燃一堆篝火狂歌劲舞的人
是不是把黑夜烧一个洞才快乐
今夜
黑黑的风
从何处呼啸而来

黑黑的夜
我的心会从龙首山坠落吗
黑黑的夜
我的黄铜茶壶的水还冒着热气吗
黑黑的夜
流星像根火柴
正在擦夜的砂纸
翻越乌鞘岭的夜班车
两只眼睛在黑夜能看多远
在祁连山下的小村
黑夜,正被母亲的炕洞烧尽

秋　歌

秋的繁华
再一次被凌厉的风检阅
麦子、水稻、玉米
大麦、青稞、藜麦
着不同的盛装
列队
风过处
队伍排山倒海、气势如虹

秋的繁华
是果子滚落的瞬间
是西瓜的一声爆裂
是青蛙的一声鸣叫
繁华的秋
痉挛了谁的双眼

放眼望去
大地的色彩令人窒息
红衣少女在蓝天下放歌
金色的田野
滚动着饱满的音符
万顷庄稼
又一次接受歌声的检阅
队伍
庄严而神圣

风中的你

风,有点羞涩、迟缓
尚未到达
没有风的日子
一切都平静得像虚拟
秋色,恬静得像画
静止得像一幅照片
没有风的日子
你静坐观景
万物比你沉默

风从原野上来
风从坡上刮过
风从树梢掠过
风起云涌
顷刻狂风暴雨
你栉风沐雨,一路艰辛
一路前行
身后
雨水正穿着你留下的鞋
追赶你

风雨、风险、风波
看不见的是风
躲不过的是风
是谁在风中独行
风雨兼程,风餐露宿
你说强者,从不惧风雨

你是风中的旗帜
你是风中的火炬
你是风中的路标
你是风中的雕塑
大风中
仰起高昂的头颅
风雨无阻

年　轮

太阳是个刻录机
每日每夜
给万物刻下年轮
水在堤岸拍疼了手
只为留下深深的印痕
一阵秋风
想扶起倒伏的芦苇
一只鸟儿
想驮起扑簌簌落下的夜的翅膀
一朵乌云
偷走了星星的光亮

谁安排了宇宙的秩序
日月星辰
闪亮的如鲜嫩的婴儿
一匹白马的奔驰
如同一道闪电的惊艳
大海日出　大地葳蕤
一朵鲜艳的花朵
比太阳硕大
在暗夜中开放
一棵树的年龄
是美轮美奂的花纹

如果时间静止
空间消失
岁月不老
我
就会像初升的太阳

归　宿

一条浑黄的河
被泥沙迷惑了双眼
差点丢失了自己
正在凭借记忆
搜寻曾经的途径
一朵充满激情的浪花
不能站立或者等待
途中
它或许会浇灌一片麦田的身体
或许会滋润一朵花的翅膀
或许会成就一片湖泊的梦想
或许会品尝海水的苦涩
如果一滴水跳出大河
渺小会不会成就伟大
空旷的天空下
大河奔涌
人人都是大河中的一滴水

七月，我们看见（外五首）

●冷　江

七月的热风吹卷着漫天的云朵
万物都在争分夺秒中拔节生长

七月，我们看见
北方的旷野无比澄澈
每一寸土地、每一寸天空

都像他宽大的手掌，轻轻地，抚摸我们
让我们每一个人的心里，都糅进深情而欢
乐的种子

七月，我们看见
祖国的山峦波澜起伏

思念像一轮初生的红日
从城市里醒来,从农村醒来
从山区、平原和边疆醒来

我们看见
他站在城市最高层的建筑上眺望
工厂、学校和街道
我们看见
他站在最边远的农村田埂上察看
麦苗、油菜和土壤

我们看见
他站在中国南海汹涌澎湃的潮声里
聆听大海脉搏的跳动
我们看见
他走在香港澳门我们自己的土地上
与每一个人紧紧握手

七月,当离家多年的游子
回到祖国母亲的怀抱
七月,当丰沛的雨水、清凉的绿荫
一起从湛蓝的天空里醒来
七月,当我们守着空调和直播,描绘着中国梦
当我们还在值班,当我们还在夜读
当我们的灯火还在亮着

他悄悄地,悄悄地
走近我们
渐渐地
我们成了他
他成了我们

中国因七月而多姿多彩
七月因中国而无比深刻、无比厚重
七月,我们看见
百年的沧桑,像五彩的雨花石
只要一场春雨,就能瞬间绽放
百年的期盼,像淡墨中国画
于简简单单的线条里

却能触摸岁月的绵长

有一种光

有一种光
来自镰刀和锤子
决绝的割裂后那深情的碰撞

有一种光
穿透两千年的夜色
在中国的七月闪亮

有一种光
照耀穷苦人的血泪
给亿万人带来温暖

有一种光
让我看见最危难的时候
是谁冲锋在前

有一种光
让无数平凡的人
在紧紧相随中收获幸福和信仰

有一种光
铺砌了康庄大道
通向中华民族的诗歌和远方

有一种光
让我在灵魂的洗礼里
一次次心潮澎湃

有一种光
让我无法抗拒
对她的憧憬和向往

有一种光
像父亲宽阔的臂膀
像母亲凝视的目光

我庆幸
我融入了光

命　运

我曾掐着剧烈抖动的喉管
竭力让自己沉默
成一尊没有呼吸的雕塑
我曾在午夜的收音机里
用音乐擦拭伤口
并在伤口上风干所有的泪痕
我曾在母亲离去时
对着自己的影子
默默看沙子，如何从指缝间悄悄滑落
很多时候
岁月就像一湾永没有休止符的河流
我们奔跑着
我们也沉默着
我们大笑着
我们也啜泣着
时光在一点点流走
我们在一点点老去
每一个命都是一座壁立的丰碑
而每一个运都被打碎了
藏在云彩里
命重得让我们屏住呼吸
而运却让我们轻如浮云
当山河沉静
当天地相拥
我还是从前的我
童年的牵牛花总像一张网
漂在我的梦的深处
那是恒久的孤独
那是坚硬的向往
就像老家菜园里的花蝴蝶
一个人在飞在飞

出　生

须发斑白的老人

青色的牛，血红的残阳
函谷关定格于数千年的历史光影

明明灭灭
而思想的光泽对中国人
终有别样的意义与芳华

黄鹤楼上的朝日
安详地映照
奔腾不息的江水

五月的武汉
从一场惊心动魄的梦里醒来
就像叶片逐水筋脉，就像花朵聚蕊春天

每一个人
都曾面临生命的长考
温暖的目光一点点在心中激荡

我们并不惧怕回忆
在最深邃的痛苦边缘
静看五千年的白云正悠悠升起

老　酒

一杯浊黄的眼泪
浇灭了一辈子的沧海桑田
老是老了，心却还在

曾记否，江南的五月梅雨霏霏
曾记否，东窗的墨竹凌风不语
曾记否，坝上阿婆的荞麦小粑
曾记否，母亲那一夜
伴着月光坐到天亮
曾记否，父亲的烟杆丢了玉坠
曾记否，三妹的哭声刺进我们心里
曾记否，老师在寒夜的手那么温暖
曾记否，临别前你娇弱的背影
无数次入我梦中

喝吧,喝了这杯酒
今生无悔,来世却也从容

母　亲

是一缕炊烟
无论漂泊多远
都剪不断对家的思念
是一星灯火
即便茫茫暗夜
总能照亮远在天涯的归途

我们走在荒远的地平线上
风吹了五千年,雪落了五千年

有时候
梦里依稀还有儿时的啼哭声
有时候
童年的城堡在沙海中隐隐没没

我们看到了
我们听到了
白天我们拼命奔跑
我们大声唱歌
而到了深夜
枕着下弦月
我们握着潮湿的沉甸甸的目光
心里怎么也喊不出那两个艰难的字

雨　滴（外五首）

● 韩震宇

这些断了线的摆锤
时间的流浪者,一去不复返

你屋檐的眼眉乌黑
而雨滴明亮,一粒粒单数的水

那些眼泪里已经没有了盐
你心的摄氏度低于你的体温

下午,演奏单调的打击乐
湿透的花岗岩,无聊的芭蕉叶

雨滴耐心地清洗植物和微风
你的呼吸有着新鲜的忧伤

杜鹃鸟浸在回忆的花园中
朗诵着干燥的诗篇

彩　旗

我们把快乐做成不同的颜色
我们把爱也做成不同的颜色
风是一块块长方形的布
阳光永远照射在下午

我们在草坪旁磨磨蹭蹭
等待着上一场马戏的结束
那里,我和父亲有扇秘密的门
无数面旗帜正在挥手

握紧我的手高于体温
看不见脸,他在太阳的深处
和一排白杨树站一起
烟草味飘入记忆的鼻孔

彩旗,纷争的色谱
在尘土干燥的空气中变换
和平年代,灵魂生长得缓慢
我们是世纪的幸运儿

西　墙

风到此为止,不再说话
太阳关上大门,没有谁还要回来

低矮的西墙正在缓缓增高
藤被拉疼,而叶子黑暗
生活沉陷,而它的身影延长

石灰脱落的表面表情奇异
祖露的青砖长满了苔藓,
每一次触摸,都在那里打滑
回忆总让人上当受骗

一堵墙把白昼和夜晚分开
一个人的日子分为庭院和旷野
在这里,那里就被空缺
就被无限地怀念着

而墙角是天空与大地的连接处
十二只蟋蟀擦亮黑哨笛

三色笔

一支笔写出不同颜色的话语
它在一张白纸上表演
只有我,独自喝彩

世界的脑袋里有乱糟糟的线团
蜘蛛、香樟树和天空的名字
在你到来之前没有是非

用蓝色奔跑,用红色大声唱
我从傍晚的一个黑点开始

在自己的旷野中转圈

动脉出去,静脉回来
我的历史被热血沸腾地抒写
白纸、黑字,淋漓尽致

而童年不是写完了的
它们的笔丢失在哪条歧路
是你不知道的秘密

合　唱

杨树叶在下午的热风中鼓掌
在摇曳的天空中笑逐颜开
当仰望越来越深远的时候
我们的歌也跟着升高
我们是旋律的若干条线——
我和你,还有他和更多的
衣衫陈旧的穷小孩
一张张简单的脸,嘴唇干裂
嗓音排列整齐,快乐排列整齐
古老的杨树林将来更古老
我们大声唱,大声地喊
不曾离去,不曾分散
我们朝时光挥舞着手
熟悉的节拍也许不会停下
黄昏被歌声无限地延长

火车,火车

火车,火车,移动的远方
地平线在我锐角的视角中
来自奇异之地的孤独如此绵长
像黎明的一颗彗星

我坐在二十世纪的山坡上
风磨平四季的差别
那些迁徙的箱子里装着什么梦
用轮子行走的日子无与比拟

火车,火车,光阴的玩具
我曾经开着它一直到北京城
朝霞的红玻璃忽明忽灭
留下田野的沉默,它自己走了

一棵古柳树见证了每一个告别
对来来往往的人们充满敌意

不要相信还有别样的天空
不要相信火车可以运输幸福

火车,火车,神秘的旅程
我们只知道经过而不知道终点
那时在车里,此时在车外
——我的灵魂的山水之间

雪地上的足迹（外四首）

● 王开利

下雪了
今年的雪可不轻
只一会儿就把乡愁压弯了
让所有的喧嚣透不过气

于是
乡路上就有了许多脚印
这脚印
就像是闷声的烙铁
探进洁白的冬天
或深或浅
一个　两个……
一直扎进人的心里

顺着足迹
就能找到许多
镶嵌着国徽的帽子
就能找到豆油、大米和白面
就能找到芹菜、辣椒和消毒液
顺着足迹
就能找到温暖的春天

爱晒太阳的猫

微风一定是个淑女

步履轻盈　姿态曼妙
电线杆上的鸟
嗓音婉转
悠闲地梳理着羽毛

楼下还在开花的树
迫不及待地绽开更多的白
香气馥郁整个清早

阳光跳跃过树梢
洒满窗台
是谁舒展着身体微眯着眼
像只爱晒太阳的猫

故乡像一只空巢

许多人走了
故乡渐渐像一只
挂在树上的空巢
无人打理
雨越来越旧
越来越无力洗净
一些关于故乡的语词
而那些常年漏风的墙
露出了更大的缝隙

老鼠开始明目张胆地跑动
大声收割着人们剩下的废弃的口粮
关键是
故乡的门已无法彻底关住
流水声总是从不远的地方传来
隐隐地拍打着多年的门框
它虽然旧了
但是还有一些骨头
当作门闩
挡住越来越少的脚步声

青　梦

宁愿就这样孤独
避开天空撩人心弦的斜线
你选择了山野里幽冷的岩缝
听听冰泉汩汩流着忧郁

几十年你都没敢萌芽
而那次
你竟轻轻地做了太阳的俘虏
无缘结果
温柔的骗局

让你穿不透青色的梦

失落青涩的岁月
你就这样
入神地望着天空
不知在寻找什么

冬天里的一棵树

打开记忆的书
就打开了成长的痕迹
歌声从一株孤苗开始
直到长成一棵树
一棵树就要接受阳光的温暖
就要经受风雨的考验
虽然朔风吹落了它的叶子
但生命之根已深扎进爱的土壤

冬天里的一棵树
从天边的云中发现
幸福和着吉祥的雪花
一起降临

在斌溪（外七首）

◉ 阮宪铣

村在一条清凌凌宽敞的河边
依山而筑
或临水而居
河里有鱼虾，有白云，有清脆的鸟鸣和捣
衣声

有河，村就有了灵魂
就像灵秀的眼眸漾着如水的光

一见钟情如少年时第一次偶遇
看一眼就忘不了
她的秋波
再看一眼，我就怕溺死在她的水里

云梯村

读两个字，有登天之感

三个字,犹如在天上的感觉

云,堆积在山后
我们来时
还是去年悠悠的白云

屋顶散漫炊烟
已是不多见的植物

那么多崇山峻岭
不打草稿,就像中国画一样
峻峭,群峰叠嶂

哪一声赞叹
都会惊落一树的鸟鸣

留下鸟窝。五个留守老人
在探头探脑,张望
或者打听来客的行踪

他们看起来
多像我老家,和遥远的乡亲

井水渔村

一开门,整座大海
就像一面明亮镜子
照见姣好面容

海越是蓝得那么辽阔
越让人心疼

对于一眼看不到边汹涌的腥咸
井水甘洌得
像脸上晶莹的泪珠

让那么多出海的人,从咸里
一个个
都淡出水来

中房的花开慢了一些

见山高就想起家乡,譬如
在中房
桃花梨花开得和我家一样的慢
漫山遍野
慢悠悠地红
雪一样,徐徐地白

仿佛千树万树在等归乡的人
再看一遍春天

否则,整个春就白费了
一年的
时间和花开
在菇姑农场

一朵菇

加一个姑姑
就是一个田园,和村庄

很久没见过那么多菇,清脆可爱
像放学的伙伴
领着一整座森林在奔跑——

像鸟声回到树林
阳光照在脸上
喜欢的人回到身边

远处乡村,一边生火一边在冒烟
我知道,小火车
要去的方向
叫家乡

印象畲山水

不听畲歌,我就爱这一涧山水
的鸟鸣

在畲山水,干脆就做个鸟人吧
反正,到处都是清脆的鸟鸣
每片树叶都在歌唱

每一声鸣叫。都听得见两岸伸长的葱郁
潭水的幽静
如水飞溅的清亮

直到归来
我一张口,满肺里的鸟鸣
鸟语花香
流淌成那一条蜿蜒的河流

白鹤峰

一座城,背山面海
我喜欢白鹤峰
主要是缘于对一个名字的向往

我欣赏给它取名的人
他一定和我一样

经常眺望,入云的峰顶
心里就飞出
一只白鹤

清丽的鹤鸣声。在尘世之上
响亮的
像我要说的话

兴庆寺遗址

肯定没有了唐咸通的宏伟,肯定找不到元
　　至正的砖瓦
肯定看不见明洪武的火和官兵

只有萋萋的草,像一代又一代的乡亲还在
　　清修
只有铁石心肠的磐石还在说着门前一汪泪
　　一样的湖水

像在戏台挥一挥水袖,一马鞭就跑过几个
　　朝代,谁还知道
从前诵经声宏大辽阔,来的去的看不清黑
　　发还是白头

那时人们来这里打下果子,木鱼钟磬在此
　　安身立命供奉虔诚
还有谁在乎建寺剩余的金银埋在了哪里

春天我来到这里,刚好油菜和梨花花开
　　绚烂
远远望去,黄的像金子,白的是银子在闪
　　闪发亮

　　注:闽东兴庆寺建于唐,毁于明。坊间
相传有金银埋藏于地下,千百年来屡有寻
宝者掘地三尺而不见。

一朵雪花（外五首）

◉何铜陵

那天我在武陵源上迎迓雪花
其中有一朵大雪花像降落伞　悠然悠然
蓦然糊住我的眼

白色的山坡上　有一只小猕猴
躲在两只老猴搭成的窝下
伸出小爪子
也试图接一朵雪花

我的眼睛比不上它的漂亮　灵动
闪烁黑宝石似的光
我的泪水也没有雪花那么飘逸　自由
一涌出　瞬间就被冻住了

母难日

在野外地质队,六二年的狮子山下
母亲挺着大肚子,在山沟沟里拾柴
她准备给父亲烧晚饭
父亲就在对面山头钻探
他说快要见矿了,快要搬迁了

母亲嘀咕着"总要搬家,家总在路上"
突然天响炸雷,惊得母亲瘫倒下去
我呱呱落地,准确地说,我起先没有啼哭
母亲孤立无援,她只好自己咬牙坐起来
又倒了下去

她的脸上分不清雨水汗水
屁股下混合着血水羊水
被大雨冲得恣肆,蒸腾腥气

她玩命地疯狂地拗断身边的树枝
那锯状形似匕首的树枝
割着热乎乎的脐带,那端是一个皱巴巴的
小生命
是她的宝贝和希望
自始至终　她都没有大喊大叫
也充耳不闻树林深处的狼嗥声
她倒悬着婴儿,拍打生命的宣言
脸色如萱草花一样蜡黄而凄美

怀抱大提琴的男人

总见对面的阳台上
他怀抱着大提琴
飘着眼神一样忧郁的旋律
也不见女主人出现
晾晾晒晒的

有天在菜市场碰见他
忍不住夸他拉得好听
他讶异地看着我
他说他不会拉
收录机里播放的是他爱人
生前演奏的曲子

我又见他怀抱着大提琴
像搂着女人的身躯
忽然眼泪鼓了出来
我转身
紧抱着自己的爱人

梳阳光

久违的阳光,抚在妻子的脸上
她欣然地欠起身,让我给她梳梳头
同病房的老婆婆,埋怨光线刺眼
妻子便示意我,拉上窗帘
几天后,那个老婆婆出院
临走对我说,你可以打开窗帘了
天色阴沉沉的,似有雨气渗进来
妻子平静地去世了
她留下了一绺花白头发
就是我那天梳理的
最后一缕阳光

节 气

节气也骗人
明明已冬至
却又紧跟着小寒大寒

我把一直搂着的保温盒
供在你的碑前
拧开盖,饺子仍在冒热气
不是我不买花
实在是雪花又多又大

回去就点长明灯
我等你回家

你栽种的凌波仙子
总在严寒的日子
散发着幽香

柿 子

缀满红灯笼
是柿树的节日
祖母的祭日
在柿树的节日里

三年严重困难时期
忙在地质队的父母
把我丢在故乡寄养

风吹柿饼浸出的霜
宛如祖母挽起的髻
祖母缺牙的微笑
总也哄不甜我的哭泣
黑扁软硬的柿饼
更是喂不饱嗷嗷待哺的幼年
祖母嘴中的小乌鸦
竟饥不择食地
噙着她空瘪的奶袋子
吮吸出一条条血丝

柿子轰轰烈烈地下树了
夕阳悄无声息地不见了

我说，海子（外七首）

◉ 蒋洪利

如果大地还在
我会开始读诗
把所有的纪念都放进风里
交给邮差，然后交给你

如果天空还在
我会开始读诗
把断了线的风筝当作礼物
放逐自己，然后原谅你

如果山川还在
我会开始读诗
将梦中无法实现的日子写成记忆
夹在过去，你送我的集子里

如果大海还在
我会开始读诗
用一滴眼泪赶着马车
在今夜，纪念消失的黄昏与消失的你

改革之子的歌

我在南方的天空下追忆
留在北方的一九九四
冰雪覆盖的乡野茅庐里
一声婴啼惊醒休眠之土地

我不能忘记，童年，真切而疼痛
记忆淘洗，留下三碗洋芋和半块橡皮
平淡的味蕾伴着残缺的梦
装点着苦味的贫穷

青春，往往意味着在夜里失眠
偷尝放肆的大麻，然后悔恨
祈盼另一种新生，祈求
丢掉重力的逾限

成熟，生发在剧痛之后
改革的手如夏夜的凉风，抚慰忧伤
大笔一挥，破庐换新瓦，土路变柏油
时代的裙裾染红了墨色山水

于是，新的记忆开始编码
召回丢失的父亲的背影与母亲的眼泪
我开始在梦里放歌
或在午夜倾听心脏的喷薄

感谢这股自旷野刮来的风吧
它携带着太平洋的水汽与温暖
滋润了干涸的肺与冰冷的心
更吹响了无数个震颤的灵魂

我想故乡

我在黑夜驶入一座城市
远处的灯火像一双双含泪的眼睛
当我想要喊出她的名字时
一列火车驶入了我的双眸
然后又调皮地留下一个短暂的尾巴

车窗上映出了一个女孩子的青春模样
我隔着玻璃看到她眼眸中的我

为了避免过多地透露心里的意念
我低下头假装沉思一个哲学问题
就在这时我发现列车转了一个弯
然后我看到了鲜红的标牌告诉我
"你又回到了我的怀抱！"

日常生活

北风刺入谷道，冷，从躯体内部生发
旷野从四面八方呼唤苍穹之幕
黑夜在一瞬间降临
蹲坐于草丛之中，像一只蚂蚁
枯败的根茎生不出些许绿意
生活像一把把稻草
给不了人生的希望，只是无端添些烦恼

生命之神在天界是否知晓，死亡
早已把人间笼罩
即便小草坚硬地从石缝里生长
河流也不会改道流经它的地方
孤独像蚊子一样运动不止
蝼蚁的生命顽强如钉死耶稣基督的校场

在蛋壳被打破的刹那死神施以魔咒
原罪的阴影从不因阳光止息
几天不洗的头丛生出皮屑，我从草堆中
　站起
旷野白茫茫一片，传出来玛利亚的歌声
戴上帽子吧！别让它感冒，因为我听说
只要痛苦还在，仍是日常生活

深秋之夜

雨，从朦胧缥缈的云朵里坠落
乌云织出一张网
分不清哪片云声音更大些

细密的雨丝在高空飞旋
伸手抓住最后一个伙伴
有声地撞击，破碎成一朵百合花

叮咚地敲在我手指的琴键上

舞台的幕布就在这时落下
世界沉浸在一片黑暗当中
再也看不见那朵绽放的百合
就连那叮咚的声音也哑然

宇宙开始褪色，只留下黑白
黑的是瞳孔，白的是眼球
他们争相亮着，发出瘆人的光
谁会被他们毁灭？在这个黑夜

手　机

我手指点划着手机
观看着这个世界传来的图像
的同时，被这个世界观看
世界是漂流的河
我是河里的一粒种子

我的眼神开始恍惚，蒙蒙眬眬
土豪金、骑士银、玫瑰金、女神紫
各色的世界不断将我摄入
口舔着我的记忆和精华

我总是在光怪陆离的河水中寻找自己
川剧般变脸，以寻找我自己
却总是在换一副面孔后
归入一个新的群体或者组织

生活总是在如此的琐屑中变得
坚硬如水
而我也只是抬头看看，谁在喊我
手机还在我手中，旁边站着小偷

电　视

凌晨六点，我打开电视
早间新闻播送着昨天，旧事
历史从结尾处开始，在中间终止

《拉呱》在十二点钟开播
我在此与他们聚合
食物吞咽着时间
混合到胃里,消化整个下午

我捏着遥控器,将时间
拨到《新闻联播》的位置
男神、女神、肥皂剧、小屁孩
在《快乐大本营》的欢声中
我结束清醒,在凌晨将至时入眠

我在空闲时消遣着电视
捏着遥控器便可主宰上帝
可我终究还是会死去
因为上帝告诉我什么时间该看
什么样的电视

我走过火车许多的窗口

我走过火车许多的窗口
也走过窗上许多的风景
风景上有你的投影
就如同阳光挑过你扎起的马尾

一个日历上不存有的星期天
我带你搭乘这样的列车

你躺在我穿着棕色短裤的腿上
脸上柔软的绒毛就如同夏日的麦芒

我喜欢躺在阳光洒过的麦场
稻壳,麦苗,还有青青的牧场
我推你坐上高头的骏马
俯身躺在你的腰肢上奔跑

奔跑,像狗一样疯狂
追赶在草场上吃食的牧羊
我用羊毛为你织起暖冬的徜徉
你用手抚平被箭射死的围墙

我牵你走过高高的堧场
潜身跳在浪花奔涌的浪潮
我把你从沙滩上摘下
你把我挂在白嫩的脖颈之上

风儿吹来宁谧的灯光
我轻轻地把你平躺在床上
你双眼含着迷离的目光
揉碎了所有我用谎言筑起的围墙

在梦一般的围猎场
我拿起前世的弓箭
射下今生仍为你跳动的心脏
我在为你祈祷,我最爱的新娘

失语症（外六首）

◉覃昌琦

我总是在掸去灰尘的台布上
绷紧了舌面
支吾的策略像是萨斯奎汉纳[①]的河滨
"没有一片绿叶可以躲到太阳的背面"[②]
我所蒙尘的深夜因之而数列般的纯粹

但是,一条河流之外
密匝的层林并不意味着抽象,更多的抽象
樵夫所背对的敌意
时针一样深邃,指向

榆木下零乱的石阵

那是一场梦
经由沉久的登途
抵达一种年轮的简练

注：①萨斯奎汉纳河是美国东海岸最长的
河流。柯尔律治与骚赛曾设想在该河流域
选定河畔建立一种理想公社、乌托邦的大
同世界。后计划落空。
②《民主》,《劳伦斯文选》,第89页。

夜观牛皮纸

一张没有身世的牛皮纸
一条误游上低岸的鱼
季节深埋于播种期
灰褐色的烟囱
近于谷粒的泪泉

水渍洇开的痕状
星系隐现
深空浇灌的语词
溢出,为月光无处逃遁的洗白
老旧的牛皮纸一再起身

谈及幼年,牛皮纸上的
水渍变轻,轻得足够识破一枚谎花
大多数时候它沉默的重量
让人惊骇

灰鸽子

灰鸽子
这场最高虚构的呜咽
是雪的句读
引向池中之物的虚无

词的修饰轻于薄羽
逼近空旷的林地

凌空和所有虚拟的叹词
被一道抽空

灰鸽子在雨中漫步
命运的又一次啜泣

归　宿

几片零星的树叶疏疏落落
挂在树枝丫
栈道上每一次的人流驻足
都让它们牢牢地把自己拴紧

老者的叹词会让暮气浓重
孩子的嗓音怕催生新芽,唯有
孤独症患者和它们共享
旷日持久的冬日
以及一只将要过气的山雀对草木的蛊惑

在这黄昏
它的一己鸣叫
让我看到那摇摇欲坠的隆冬之叶
像是无数只湿冷的鸟儿
停在命线上

黄色书皮

这悖妄执念的呼吸,低于平面
波浪,波浪悬空式表演
巨大回响穿过啄木鸟近于楔形的利器
只有影子还在地上,被踏碎
空荡荡的电线直抵生活的质核

地铁穿梭,揪住夜空的一角
以低于视网膜的速度
在人民公园
伊格尔顿读维特根斯坦——
"凡不可说的,应当沉默"

为柳絮立像志

柳絮
那隆重的夏的序曲
湿漉漉的羊羔漫过边境
在无声的词典里,白色阻止法则

俾斯麦的铁腕滑落巴洛克的幽灵
从来没有一场血祭
亚伯拉罕的①
徒手击打着铁锥

风靠近岸
为岸的塌陷,鼓噪起这如幕的漫天雪色
突然想起一个地名——
长汀②,那个歌声被制止的音符
鱼更接近于自由

注:①亚伯拉罕不敢违背耶和华的意旨,杀子献祭,后耶和华制止,以羊替之。
②长汀:瞿秋白就义处。1935年6月18日,瞿秋白高唱《国际歌》于福建长汀西郊就义,卒年36岁。

金丝雀

漆木上停驻的第一声霜降
远离烟火。宣告着
石器与秋风同醉的万古悲凉

掠过暮气沉沉的山野秋夜
那只飞来的金丝雀
落得很沉很沉——

以至于能看清
湿漉漉的鬃毛低于
万物的
辉光

不如做林间的异类 (外三首)

◉ 欧玲艳

不如做林间的异类,
漫游在凌晨接近天明,
与花楸树一同寂静——
假如宿命就此消解,
那从一滴水中存留的光,
试图询问来客的身份。

不如做一个询问的盘查者,
匍匐在大地的深处,
万物劝我练习语言,
神话已经破碎太久——

那从口吃中遗漏的词语,
悄然做了林间的异类。

等待丰厚的万物穿透

一

蝉鸣　鲜红色的包装
掉进周围的光线里,
它们排外是黑暗的群嚣,
与其存在在想象之内,
不如沉默在世界之外。

二

如同那些低垂的云那样，
玫瑰在暗泣中衰落，
你按捺住流水的力量，
等待丰厚的万物穿透，
只留下林中透明的踪迹。

三

沉重飞奔的齿轮在前行，
"有一丝吹息……"
"可是何止堕落……"
有不可言传的道路在独自分开。
背对着的黄昏撕裂开，
落叶的锯齿在无声舞蹈，
这流溢而出的带着机械味的创口。

四

端呈在淡紫色的天空下，
带着半透明的弧度，
如同奔腾无尽的夜雨，
滴滴答答地游走，
忧郁的变形和隐秘的悲哀。

五

它给予我谋杀的可能性，
旧蛇皮、干瘪的鱼、发灰的绿果，
饥饿的废袋在行驶。
光线静寂地盛开，
天生就具有高傲般倦怠的温柔，
收回秘而不宣的计划。

六

如何抵达，抵达庄严的时间，
潜流之下粒子在颤抖，
无数的因子在游离。
难以派遣的、藏而不露的，
此刻附着万物的乐器，
如何矜持，矜持着流溢的气息。

给抒情女子的信

他要去往飞云湖上，
只剩流水的飞云湖，
饮尽无端忧郁的气息，
听那浑圆的声音传出——
濒临大海的呼唤，
这命中带风的月亮。

他用词语换了烽火的信号，
留下游走的许多水声：
透明的信笺，做了尝试对话的可能性。
有人同耳聋者传了耳语，
念些青莓果、旧时钟、花楸树、黄粱梦、白
　　落地……

他想起信笺因无字而直视太阳，
剩下盲目的黑影——陡然烧了手中的信，
一场持续的大雨开始步行至铜铃山。
他听坠落……桃红、樱红、殷红、枫红……
成了阿芙洛狄特的样子，日夜谙熟美貌的
　　文字。

不要学习沉默的无声女子，
天生就具有藏而不露的、难以言明的
　　忧伤。

偷窃印象

一

你向南方借了一个省份，
孤空彼此周旋，
呼唤"无人的玫瑰"，
可谁能独自和你一起？

二

羞愧的气息正一点一点地
穿透这裹挟着海岸的天空。
派送属己的语言。

它们都在寻找幽暗
而又澄明的暮色。

三

它纯粹是它自己，
我在诸种黄昏中窃语，
微粒散发着流动的意愿，
追逐永动不息的慰藉，
此刻，静谧着无休无止的运动。

四

被唤醒了，

在这凌晨接近天明——
无数的抒情女子在空中舞蹈，
风把睡眠折叠成信笺，
在这光明倒退回阴暗的晨光中。

五

在烽火中蠕动，
暗流中遗下的温度，
从那云朵中逃逸而出的
碌碌无为的人们，
朝着消逝的流水奔涌。

马语者（外十首）

● 董绍林

这条巷子是我今夜的马厩
能在亚丁的长袭后得到暂息
我想看清天空繁复的星系
让疲乏的身体有地方存寄

雷声沿着屋檐打将下来
闪电将层层的回廊压抑到沉闷
大雨如注却在天井中消失无影
寒战激灵过我全身每一寸神经

我不愿成为巷口那座浮雕泥马
看着虚浮的汉子在巷子里买醉
只有隔壁白夜传来的歌声
用喜悦填平我一路上的孤寂

我还想陪你跋涉剑门关萧萧的松林
才皈依峨眉山八面佛前肃穆的金顶
佛光里穿越过百年的思绪
不知那颗思念的心究竟是我还是你

无可逃遁

不在乎你走了哪条高高低低路
饱看的美景，尝尽的美食，遇见的美人
却最终无可逃遁融入黑暗里的命运
再也没有阳光照出你或长或短的影子
看不见你凌乱的长发飘逸

这不是你的选择
或是你由不得的选择
从轻狂奔流的荷尔蒙里退缩
街角咖啡馆的浓香里
望着夺路而去的人流

想去黄墙里找寻答案
想那一缕青烟带去你的期盼
你拜了四方
大师却只说了一句
一切随缘

护士站

半夜的护士站空旷无垠
只有日光灯的清辉抹过走廊
没了白天的逼仄和摩肩接踵
左转或右转都不由自己的主意
没有概率论能来支撑这次博弈

于是你就信了生死有命
或进一步咬紧牙关
或退一步海阔天空
只由舢板在海浪中上下翻滚
无边的波涛载着一地的思绪

潮水从灵江上溯百里才得喘息
城门洞开望江门的水已经平复
紫阳老街的水退却得无踪无影
失守的伤痛忘却得很快
就等待蛋清羊尾缥缥缈缈的香气

想起括苍山无尽的云海
松风转动起叠嶂层峦
山下的稻田开始灌浆抽穗
只等秋风起后的那片金黄
一个孩童的身影忽地在田野闪亮

夜空里蓦地传来沉闷的哭泣
是隔壁一个灵魂忽然间飞腾
窗口塔山的影子在晨曦中越拉越近
那个唤醒你的声音
像一个闹铃

石蒜花

津渡何在?渡船是否解开了缆绳
撑篙够长吗?要触及河底的淤泥

那个撑船人还没厌倦日夜的单调
尽管每次见到的全是陌生的男女

彼岸之花孤寂的开放不为呼唤你
绣球般的弧线映照你如麻的一生

它会沿路开成一排排灯笼
也没想能照亮你前行的小路

冬梅秋菊,夏莲春藤
都换作了彼岸花一瓣瓣的花蕊

你眼角的两行清泪
是对这个世界最深情的告别

从此没了坎坷曲折没了黑夜光明
从此没了心酸苦痛没了牵肠挂肚

那些你爱的人在河边目送
孤独的影子站成了一棵棵树

酿酒的日子

天突然地冷,心也缩了
要靠中午满满的阳光慢慢解冻

让我们酿酒吧,你说
小雪可是最好的日子

江南的糯米在木桶里尚待蒸熟
酒曲已捣碎,鉴湖的水刚刚冷却

兰亭过来的清溪
飘逸灵动的行书滋润过翰墨香气

我十八年前许下的紫色愿望
也被一坛坛地从地窖捧出来

新酒的甘洌被陈酿的醇香再次冲击
每一滴都像高天落地的雨水

瓷杯里挂壁的一行行酒珠

惦记着课本上鲜活的一个个过去

耳酣面红之际
空气中都弥漫着血色的江湖往事

我候雪的心情你未必能懂

所有节气走到江南都已疲乏
千里江山阻挡了马车的辙
走慢半月一月
我们都当来的正是时候

湖畔的暖阳里没有一丝雪意
树叶挤出的颜色一天天渐深
唯当夜风裹挟卷起满地狼藉
像湖中涟漪里你慌乱的思绪

我候雪的心情,你未必能懂
是我冬季藏在石级下的情愫
满山被雪压覆的茶花和翠竹
还有黄墙透过来的和鸣磬钟

那个如初的记忆
落在了上山的每一个脚印里
只为望见整个冰湖
还有飘雪中我一脸的绯红

我候雪的心情,你最终能懂
那暂时的幸福都在七弦琴上
我指间《广陵散》的每一个音符
都是雪中往事随风的一幕幕

问　溪

满身抖落的羽翼早融于泥土
枯皲的树丫仍向上希冀什么
冬草或枯或绿,山峦间黄间红
闯过雾霾的冬雨莫不是雪的信使

理安寺过来的涧水汇集于此

夹杂着茶籽花弥漫的馥郁
环绕小桥边的民国墓地里
是描绘在陈旧书籍里的故事

问溪于此扎下了马步
以几间茅屋做阴阳太极
想收拾起江湖刀剑风雨
在此和光同尘无量寂静

落叶堆积的小舟无人理睬
这小小的水荡撑不起它的情绪
不远处的钱江岸边
滚滚而来的潮信撩拨着贲张血气

春的午夜

空无一车,空无一人
夜沉睡,花沉睡,湖水沉睡
唯有月亮高悬雷峰塔的铜铃
每一寸山水被清辉照映

残荷已然撤退,干净得十分寂寥
腾出的湖面像是给夏天预备的舞台
等候那支不知从何处露出的新荷
寻找藏在心里自知的喜悦

暮色四垂的夜里奔跑的人
他的情绪已与岸边的湖水齐平
蔓延过来的波澜
再惊起了枝头翠鸟的扑腾

刚刚沉淀的这个初春将刻骨铭心
原本只想要平庸又平静的幸福
却被那一串串退化的文字
印出百般纠结的灵魂

苍山点雪

燕雀飞不过十九峰的雪顶
鹰隼犀利的目光早已划过

高原长风鼓动着自由的羽翼
再俯冲那长长的山川河谷
晨钟暮鼓的吟诵抚慰它的孤独

金色的稻穗映照丘陵平原和湖泊
檐斗的风铃覆盖了南来北往的路

从前慢,慢得一生只够爱一个人
风花雪月里的兜兜转转
茶马古道的普洱掩藏着多少悲欢

去点苍山吧,那一点
不是墨,不是朱砂,是白雪的山巅

要待春风吹皱湖水,我才慢慢融化
顺着十八条峡谷奔流而下
在大理温柔的怀里找到属于我的客栈

莫干剑师

以雪融的飞瀑淬火
剑气陡然被封堵
松风收住了脚步
树叶都在林梢肃立
聆听锋芒初试的啼哭

吴越间的搏杀始于一剑
却终于一个美人
自浣纱溪过来的马车
一定扬起过莫干山脚的尘土
这一路的复仇异常铭心刻骨

于是这座翠竹的峰峦

掩藏了一对剑师的名字
阴谋与阳谋全汇于手柄
狼烟四起时
生灵涂炭地

红瓦镶嵌在翠盖之上
早已惯看了山岚游云
红日映照出山下新的城市
那一队蜿蜒而来的男女
是哪路门生来拜师学艺

容我在湖上向你致敬

这厚厚的冰层承得住我的灵魂
残荷是我褪却的青春
鸳鸯们却无惧四顾的寒冷
它们记住了荷花还会绽放在葛岭

蜡梅都是黄色的吗
寒风里抖擞着精神
疏影横枝处遥望蓝天一碧如洗
再与薄雪覆盖的山峦面面相映

条条小船都划向湖心
桨板搅动的波纹是你心底的柔情
你举手投足的瞬间
那双眼睛亮得像极了一对星星

桥上迤逦而来的行人
他们心里寻的是雪,还是春
那个奔跑孩童天籁的声音
早赛过了一群喜鹊的鸟鸣

迎 春（外三首）

●黄 鹂

因为知道你要来
我决定打马圈出一块领地
圆圈以内都归你
地方足够大
可以种花种树
借她们的美
她们的时间
覆盖每一寸幸福

为此我把所有种子收集了
并翻好了土
复制了蜜蜂蝴蝶
阳光已经和我签好协议
不太热烈
不太寒冷
但这个不能让你知道

听说你可能延期
也是,这几年天灾不断
好吧,那我先种上答案
等你来了那天
它们正好破土
摇晃出
一点一点的嫩闺女

我一呼你应答便是最好的

你是神是魔
怎么两者兼有
是丘比特的神器又是剧毒蛊惑
我怕就此因爱成恨

你踮着脚尖悄悄地来
推开我的门,
让我生命下沉
又浮起

因为若是没有你
接下来
空虚的可不只是日子

所以我放弃了抵抗
决定用十倍的年轮去刻画、去揣摩
谁让我的爱总比你要多

在把你的名字
放在我那一张一合的嘴唇后
我就停止不了幻觉的教唆
你愿意倾尽所有色彩让我想你吗
其实爱情很简单的
我一呼你应答
便是最好的

我在水杯里复活月亮

我在水杯里复活月亮
为此星星失明了
我只为等一个吻
这要求好卑微
只想让躯体盛开一朵花
像梅花那样白
可明月下桃花开了,梨花开了

120

甚至无名小花也开了
而明月说
此时,梅花是过时之物

我以为在你怀里最美
如白雪之景,可轻轻一碰就消失
你的话,我听信并宽容
但谎言到底能维持多久

争执会引燃暴怒
像无情的鞭子抽打我的心
让我遍体鳞伤
而你却选择逃逸
龟缩在暗夜里
让四周染成漆黑
你把我要的雪
落成了雨

光消失之处,孤独层层围殴
发疯的琴弦响出第十三个声区
可这个季节还说什么呢
累了,一会儿你往东走吧
我去西

失去和得到

在院落里一整天
从春天出门后
在冬季才返回
她把每个角落踏遍
一份积压在夜晚的迷失
又在朝阳里情窦初开
如此反反复复
院里的花不解
在晚霞中提醒:婚期近了

是的孩子,如今是又一个春天
对岸那株红梅迷惑地问道
独木桥空悠悠地晃动着月光
怎么他远远来了你却不打招呼

嗯,我是故意的
其实,我不忍心告诉她
你看,只要读书声一起
那个男人就出现在我嘴里

走过桂花香 (外三首)

● 若　水

闻到桂花香了
禁不住去嗅,脸贴,默默仰视一番
这个时候,最好是一个人
一个人走在花道,看见秋天很高
花容和人都浮在光里

一个人可以走得很远
一个人的行囊,装不下三千里花香
不要奢华

还给人间

这样很好,不轻不重
我不用背负贪图的坏名声
一个人的路途,花香也有,雨雪也来
灿然,可以幻想
落寞,可以超脱
走过一阵雨,又走一阵风
声色都在你我之间流逝

夜 行

不断有人走到我前面,走得越来越远
剩下我一个人
被抛在一片黑暗里
我以为这便是孤岛
就会悲伤,就会无缘无故想起
漂泊,无非穷途已尽
从此埋名。想起这些年
我应该放下执念
默许一只驳船,或者在一个宁静的港湾
寄履削足,带发修行
海风明亮,耀眼如同水做的念珠
而我一身戾气终将除去
只等水流
带我远行

坐在青草之间

去乡间踏青,吹风,看一路凄美的草木
在河边摇曳
我喜欢它们的自由生长
伸展,匍匐,一枝一叶
都嫁与光阴,和旷日持久的等待
更像尘世的样子

我沉湎想要的美。走过,凝望
坐下来,挨着青草轻微的呼吸。更久些

我便靠近了它们的气质
我坐着,就像它们坐在大地之上
与我有着一样的高度

环溪村,我从一朵莲花返回

车子再次转入乡村,再次遇见溪流
折返回来
风吹过后,那些入秋的莲蓬,和下午
两点的云,留下它们的形状
安澜桥,一定是更早些时候
就连通了外面的世界。问一问村口的
古银杏
它懂这个历史

沿着小溪,渐渐走出庄内
我所看见的小院和田坎,
是从前的模样
姓氏是从前的
从前的《爱莲说》,被今天的人们
一直翻读,读成莲花的气质

步履匆匆。我从悠悠的小径返回
从一粒鹅卵石返回
看见今天的新房镌刻着古旧的气息
而当我从一朵莲花折返的时候
八月的枝头
卸走一身的尘埃和风声

生命的雨巷 (外八首)

● 李惠艳

伫立在清瘦的雨巷
那把小红伞
在记忆中长成一棵葱郁的大树

牵手抑或依偎
都已成为一种奢望
不知道被追逐的意境

是以一种怎样的姿势沉淀

子夜穿过发梢的瞬间
阳光下的虔诚依旧
风雨中的祈祷依旧
在此之前就已知道
没有谁可以将沉默的春天所替代

在放荡不羁的目光中行走
每一次的萌动都会有绿色的主题
每一次的轮回都有一种情感的渗透
无论现在还是将来
你都是一生一世不懈地歌唱

在你眼角流淌的爱情

当困乏早已习惯了一种流浪
当旋律早已陶醉于一种漂泊
我的田园和乡音
我的梦幻和花草树木
无声地融入
你渴望中最真实的一部分

不用去怀念曾经的伤口
是否还流淌着爱情的枝汁
在你的一举一动之间
是谁真正读懂了你眼中的泪花

你也不用去理会远去的笛声
是否还烙印着疯狂的舞蹈
在走过春夏秋冬的那一刻
那种切肤之痛
早已深入了我的骨髓、我的灵魂

是谁吹动风中的短笛

席坐在无人的空间
春风徐徐吹过
思绪随风流淌成静静的守候
临近的路上没有谁会在意

一朵小花的盛开抑或凋零

是谁吹动风中的短笛
用一种守望与故乡对峙
沉淀在时间中的纠结
犹如陈年的老酒
还在乡村的上空袅袅升腾

命运在嫩绿的枝头拔节
一只呼吸贴近泥土的芬芳
让远行的人儿
在村口的老槐树下不再回首

青鸟的絮语由远及近
犁铧的宣言再次切入冰封的土层
让醒着的梦沿着记忆的掌纹
展示一种眷恋的情怀
让长长的血脉
无尽地流淌在沉默的边缘

生生不息的诗句

注定会成为生命的歌者
沿着这条斑斑驳驳的小巷
在绿色和希望之间
让每一次漾动的眼神
都会成为一种灵感
在每时每刻
每分每秒衍生成生生不息的诗句

注定会成为一生的守候
沿着这条弯弯曲曲的溪水
在漂泊与跋涉之间
让每一次轻轻的回首
都会成为一缕阳光
在今生今世
永永远远延续成魂牵梦绕的问候

注定会成为一首歌谣
沿着这条密密麻麻的诗行

在岁月和思念之间
让每一次无声的表白
都会成为一束问候
在不离不弃
彻头彻尾延续着文思泉涌的主题

与你一路同行

当所有的轻吟低唱
沿着久远的传说姗姗而来时
飘浮在空间的呼唤
怎么也书写不上黄昏的表情

与你同行的日子
已在婉约的琴弦上变得遥远
踮着脚尖眺望的村庄
还在别离中苦苦挣扎

逆水而来的祝福
为何不是你甜甜的笑靥
一直被我珍藏的乡村主题
怎么是如此的脆弱
是谁手中的笔
成为划向你的一叶木桨
谁说这晶莹的思绪
都充满着陷阱
今夜，我要用所有的诗歌
走进夜色的温柔

多少年以后

每一个晴朗的日子
聆听到父母慈爱的目光
将远方久久地盼望
那份情怀依旧痴心不改
那份虔诚依旧如痴如醉
无声地抚摸着被青鸟啄伤的情节

面对高原的思念
不再企盼与生俱来的专注

会是一种切入肌肤的缘分
面对重返故乡的夜晚
不再期盼亘古不息的生命
会是一种反反复复的追逐

当所有的承诺
再也串不起最初的回忆
远行的步履
已经抵达一片枝叶的细语
如昔日挥动的红纱巾
让我抵达生命驰骋的港湾

多少年以后
你能否想起那开满鲜花的山坡
想起那束曾经绽放的情话
在你远走他乡的日子中
心的舞蹈
升腾成一缕缕守望的云彩

水域的渔火

那段轻泊在心底的往事
早已在季节的穿梭中
远离冬日的航线
那颗为你痴心守候的心
仿佛也不再像先前那般脆弱

走过岁月的芬芳
缠绵的雨季迎面走来
握不住你远去背影中
缀满思念的浆果
所有的履痕
便在眺望中变得深深浅浅

被命运延续的故事
被青鸟的飞翔一次次掠起
唯有那片朴素的庄稼
还在绿色的视野中拔节生长

情感的丛林

宛如融入了血液的流淌
那纯亮纯亮的光芒
还在水域的渔火中闪烁
只是,那随音乐而舞动的时光
在生命的港湾变得刻骨铭心

潮湿的心

墙壁上落满尘土的吉他
已经爬满记忆的青苔
很久没有拨动的琴弦
已被蜘蛛悬挂了
渴望的触须

如痴如醉黄昏里
一只受伤的青鸟
还在枝头哀鸣
无数颗虔诚的心
正随着花开花落
而一次次地凋零

当所有的承诺
再也串不起最初的回忆时
远行的步履
已经抵达一片枝叶的细语
无法寻找到最体贴的语言
温暖潮湿的心

就像在柔情四溢的双眸中
会越发变得更加坚强

来自灵魂深处的牵挂

静静地坐在遐想的海岸
聆听季节的风铃
一次次击碎平静的水面
看蔚蓝的笑靥如何将时光呵护
然后又将一层层浪花举起

如今,所有的一切
都已唤不回渐行渐远的脚步
跳动的心
再也不能续写曾经的温柔
注定会成为你翘首的风景
让一种来自灵魂深处的牵挂
无声地点缀远方那颗心

总会在季节的跋涉中
将你深深地想起
或许属于我们的小船过于拥挤
短暂的邂逅后才又分手
或许原本我们的相识
只是一种擦肩而过的流连
永远都没有谁对谁错

多年之后 (外三首)

● 冯德章

多年之后,那些
过往的云烟早已释怀
唯独深潜在骨子里的诗和远方
却像一枚枚沉甸甸饱满的稻穗
愈发流溢着如许的甘甜

多年之后,曾经的
刻骨铭心的爱恋与执着
慢慢演变成缕缕明媚的阳光
无时无刻不辉映在惬意的日子里

让柔情蜜意的温存与体贴
点染着生活的幸福感

多年之后,虽韵味悠长
但沉稳内敛,随着时间的流逝与沉淀
皆显得风轻云淡,那些得失
那些近乎支离破碎的东西
也在勾画着不同的圆满

多年之后,伴随着暮鼓晨钟
记载着奋斗的履历表像出征的风帆
而扩张的艺术人生继续抒写着精彩
那苍凉的手擎举起爱的诗篇

田野,又开始躁动

田野,又开始躁动
青蛙、蜜蜂、蝴蝶,还有地下的蝉
都在不同程度地发出响声
他们在为拔节生长的庄稼摇旗呐喊
而无数的花骨朵儿摇曳着别致的风景
焕发出勃勃的生机

诸多终年在地头上的耕耘者
将汗水和努力沉淀在岁月里
他们无畏地前行着
与田野一起尽情地炫舞

一些丰收的诗话
由此绽放出绚烂的色彩

我在初夏的路口等风

初夏的路口
初夏的美景

我在初夏的路口等风,等你
也在等待着甜蜜的爱情

初夏的傍晚
初夏的味道
我徜徉在浓郁的花香里,想你
一种思念油然而生

初夏啊
你柔媚得像一朵盛开的向日葵
那张亲和的笑脸写满了心事
而你又是那样的云淡风轻
我多么地盼望
我的一腔热忱与厚重的爱恋
在初夏微风里绽放出
梦里的憧憬

倘若繁花不凋零

我们也曾骄阳似火
你说,那些亮丽的风景线
有我们打拼过的足迹

无限美好的青春
只是短暂而已

快乐的岁月里承载得太多
想要的与不想要的
都会随着时光的流逝而慢慢淡忘

唯独深潜在骨子里的爱恋
时时散发着浓浓淡淡的清香

倘若繁花不凋零
我们愿是那一缕永恒的灿烂

途 中（外一首）

◉ 王爱红

从这里距深圳有 700 多千米
去萍乡是 140 千米
我看到一个路标
徐特立纪念馆就从身边的一个岔道上下
　去了
不远处是宋任穷故居
还有永安和跃龙葛家普迹官桥这些地名
再过四十千米就是服务区
我想方便一下
前面黑咕隆咚的
尽管道路两旁像有两排闪耀的路灯
我把它们一一记了下来

补记的一个标志叫官庄
与家乡一处不谋而合
我就是在那里遇到了我的初恋
沉闷片刻,闭目养神之间
不知车行多少里
恍然觉得天下一地
不管哪里都是故乡

过双井隧道时
又让我想起北京的双井
就是东三环的双井
国贸桥北面的双井
到了双井
离潘家园就不远了

然后是湘潭与昆明
不知道第几次出现了
我们从萍乡至上海方向驶向另一条高速

在上面我看到醴陵
我去过这个地方
烧制瓷器
继续往前开
因为拐了一个弯
我的感觉是往回走
路标醒目又熟知
——宜春,南昌,浏阳……
就像一些凌乱的棋子
我始终不能把它们准确地落在地图的位置

耳边忽然响起一首歌
我们在行走中
好像经常忘记去向哪里

早上好

早上好
诗人早上好
大哥早上好
大姐早上好
小妹妹早上好
老师早上好
萍乡的诗人早上好
扑通扑通
轰隆轰隆
呼啦呼啦
向东开的汽车
向北刮的风
向上打的呼噜
向下叫的鸟

遮不住的光
窜出去的烟
你们早上好

我也早上好
你们弄出的动静
都是好的

甘南散记（选章）

◉ 牧　风

一

一曲羌戎牧歌吹动甘南汉代古韵的神话。

一支飞入草泽的箭镞捎来北方鲜卑人欲望的脚步。

一束六世纪初的月光透过青藏的缝隙，将吐谷浑神秘的影踪瞬间推入初唐甘南的原始秘境。

一条翻越巴颜喀拉的溪流在甘南的至高点完成小溪育河的壮美蜕变！

一朵汉唐喂养的格桑梅朵，在吐谷浑狼烟遍地、饮血踏歌中沉吟挽歌。

一片承接历史的荣枯和兴衰的银霜覆盖青藏原野和江湖横流。

一座横跨青藏的雪峰，用高耸入云的雄姿阻挡住外侵者贪婪的灵魂。

一颗埋没千年的文明种粒，冒险将瘦弱而顽强的头颅，顶出青藏腹地，摆动鲜活娇羞的脸庞，在雨雪的浸润中，把梦想繁衍成大野苍茫！

一抹彩虹把盛唐西边的雪域描绘成渴望和平的佛乐典章。

注：吐谷浑，北方鲜卑族最大部落，西晋永嘉末（公元312年）迁徙至甘南并管辖此地三百多年。

二

在秘境甘加，雄浑的达力加山下茂盛的草泽埋没一段秘史。

一支神秘的商队在公元六世纪初隐身八角古城。

吐蕃赞普后裔唃厮啰远望的眼神，布满甘青广袤大地雄浑的疆域，以及千年部落挥洒的沧桑和万里江雪。

遥想十六万年前的甘加溶洞，倏忽间就浮现丹尼索瓦人的影踪。

一部神秘的人类迁徙之书訇然展开……

从此，在这青藏东南部的土地上，还原演化出一幕幕夏河丹尼索瓦人精彩的旷世杰作。

寂静而沉默的达力加山，与厮守甘加秘境的佐海寺，在初春的讯息里戛然惊世，如雷贯耳。

东部藏地的腹内孕育着考古史上震撼世界的突破，一个全人类生命史上的呐喊!

注:唃厮啰(公元997—1065年),吐蕃王朝赞普达玛·乌东赞直系后裔,公元1020年建立东部吐蕃唃厮啰政权,都城为青唐城(今青海西宁市)。

三

一个名字镶嵌在脑海里已久远了。

一千三百多年前屹立东喀尔神山的溽川古城轮廓依旧。

晒银滩上生灵的歌唱已穿越古今。

征战、拼搏、碰撞中活下来的历史,是尕秀沧桑而古老影踪迁徙的活化石。

六十万亩赖以生存的辽阔草场,是前凉时期最神秘的疆域。

岁月让吐谷浑的子孙们在群雄逐鹿中稳住脚跟。

东喀尔神山偎依的神奇精灵,是格桑喂养的伟岸和雄起。

龙头琴弹唱的悠扬中英雄格萨尔发出的嗟叹,在锅庄的优美身姿中演绎神话!

一朵苏鲁梅朵滋润的尕秀,是甘南新时代心灵的坐标。

一束阳光里温暖的尕秀,是族人终生守望的故乡。

五彩环绕的牧帐如莲盛开。

望空嘶鸣的神骏驰骋草原。

鹰隼集结旋动的翅羽挟裹雷电!

一场破茧成蝶的博弈。

一场涅槃重生的升华。

倾听尕秀,那绿色崛起的战鼓已隆隆响起……

四

一双澄澈的玉眸占据了甘南的心脏。

千年炽烈的爱在格萨尔王的弹唱中逐渐苏醒。

远望旌旗吹动,车马密集渐远。

尕海湖更像是西王母的泪填满了西行的辙痕。

那回首的怅惘是浓郁的乡愁弥漫着归途。

那满腔欲迸发的豪言壮语,瞬间被千亩水域和万吨雨雪压抑着。

何时可以仰望一飞冲天的万丈豪情呢?

当岁月的巨掌揭开苍茫水系,灵鸟们啁啾的家园,已是春暖花开。

多少储藏语言的风库悄然洞开……

一行行与甘南有关的诗章正张开咆哮的嘴巴。

对 视（组章）

◉ 阿 垅

马尔康,骑手的故乡

追随梭磨河,像一条打开缓缓流动的闪电。

抵达这里,已是夜幕时分。

揣摩这个地名,就会在井然有序的两岸,升起酥油灯上闪烁的焰火。

已久的仰慕,需要由马蹄和花香来浇灌。

时光中珍贵的片段,是藏匿于人间的凤毛麟角。

对一方水土最好的解读,就是把所念的事物都串联起来,把对卓克基土司官寨的追溯,对毗卢圣窟的神往,对西索村的留恋,对鹧鸪山和四姑娘山的遥望,用心串起来……

直到串成木桥边一位老人手中完整的念珠,颗颗相连,念念相续。

就会从他沧桑、睿智的神情里,看到骑手荣耀的故乡。

对视:鹰

达摩山口,草地茵茵。

可枕溪涧流水之声,仰面躺下,天空明朗,空无一物。

直至它现身,悄无声息的,翅膀撑开一动不动。

在风中滑翔,转了一圈就走了。

不一会,它又回来了。

保持着同样的姿势,隐藏一枚一触即发的满弓之箭。

它依旧徘徊。

终于看出,没有谁能与之匹敌,最后失落又沮丧地缓缓离去。

哦,原来桀骜的精灵,也有它的软肋。

——无敌是多么的寂寞。

芙蓉鱼

将一朵花植入我们的体内,这是其中的方式之一:

可以把花的名字,先安放到鱼的身上。

可以把递进的波浪,先隐藏在鱼新鲜的血肉里。

隆冬是加深记忆的最好时节。

倾洒的酒,可除去年岁的腐朽之气;沸腾的水,能激发出往日所有的芬芳。

某种意义上的死亡,和某种意义上的复生,都需要以雪白的刀锋来爱抚。

需要适量的添油加醋,需要以菜叶衬托出碧绿。

当骨肉绽放,汤汁洁白,清香四溢。

可入口入味,又牵怀乡之人的衷肠。

仲春十二梦

◉扎西才让

我梦见——

我深陷在一座狭窄曲折又破旧又肮脏的走廊里,深一脚浅一脚地前进。

其间,我经过了一模一样的紧闭的房门,一扇又一扇,一间又一间。

后来,我纵身一跃,跳出走廊,来到空地上。

我挣脱了房子的束缚。

我梦见——

眼前是一片开阔的地界,有人在一片树林边砍伐树木。

我挨近他们。

其中一位面目清秀的男子,用沉重的斧头砍倒一棵树,就用电锯来锯,锯出一块又一块潮湿的木板。

我加入了他们,替他们砍树、锯树,也锯出一块又一块潮湿的木板来。

我梦见——

我们完成了砍树、锯树的工作,面目清秀的男子邀请我去他家。

他家的房子好奇怪呐,建在紧靠悬崖的一处山丘上,房子一间连着一间,一不小心就会迷路,像极了迷宫。

我在他家吃饭、喝酒、玩耍,就像一家人一样。

我梦见——

面目清秀的男子把他漂亮的妹妹介绍给我,我跟她谈恋爱、砍树、锯树,又谈恋爱、砍树、锯树。

锯了三百六十五棵树后,我跟她也谈好了恋爱,住在了一起。

天哪,我过的是怎样甜蜜的日子啊,想一想就让灵魂战栗不止,想一想身体就情不自禁抖动,像电锯锯过了肉体。

我梦见——

他们用锯好的树木,又盖起了一栋房子。

这房子也像迷宫,一走进去就无法出来。

有一次,我深陷在新房子里,穿过一间又一间,就是找不到出口。

幸亏我的老婆找到了我,引领我找到了出口。

我突然觉得这样的深陷迷宫的日子是多么可怕,于是就说服老婆跟我一起逃离。

但我老婆成功地变身为告密者,他们把我堵在门口,试图让我再陷迷宫。

我梦见——

我左冲右突,拼死拼活突围出来,落荒而逃。

他们在后头紧紧追赶,慌不择路之间,我闯入了一片大森林。

他们不追了,只在林子外谩骂我。

不知在林子里绕了多少路,经历了多少白天黑夜,屈指数了多少太阳,辨了多少次北斗星,我终于依靠直觉,闯出了幽暗的森林。

我梦见——

森林那边,有条河流,岸边,一人在耕地,多人在午餐。

饥肠辘辘的我,加入午餐者的群体。

他们给了我食物,也给了我温暖,但很奇怪,我根本看不清他们的面容。

他们的五官模模糊糊的,眼睛不像眼睛,鼻子不像鼻子,嘴也不像嘴。

但他们的表情特别丰富,特别清晰,看起来就像罗马尼亚大画家柯尔尼留·巴巴画出来的作品。

我梦见——

饭后,我准备向他们作别,他们热情地挽留我,要让我看一件神奇的东西。

他们从屋子里抬出一辆木车来。

这车子好奇怪,有结实的车身和硬实的轮子,但没有车辕,车把也只有一根,朝前撅着,头子上有曾经套过什么东西的痕迹,现在却空空的。

我问他们那丢失了的是什么?

他们看了看我,又看了看远处的耕地人,齐声笑起来。

我明白过来,起身向耕地人走去。

我梦见——

耕地人停止了劳作,赶走了耕牛。

他从地里拔出铧。

天哪,那根本就不是铧,而是一个铁耙,只有耙头,没有可以紧握在手的把子。

我问耕地者:怎么就没有耙身呢?

面孔模糊的耕地者清晰地冷笑起来。

在惊慌中,我看到了他脸上似曾相识的部分:他其实就是那个面目清秀的男子。

我梦见——

我准备逃跑,但已经来不及了。

一群人围过来,七手八脚按住了我。

我苦苦挣扎,但他们还是像捆猪仔那样捆死了我,把我丢进他们的房子里。

我梦见——

我老婆过来看我,我先是挣扎,试图脱困,然而却白费力气。

后来,我苦苦哀求她,她无动于衷。

再后来,我甜言蜜语地哄骗她,给她许诺,给她发誓,给她赞美。

她动情了,过来解开了我。

我休息了一会,待体力一恢复,撒腿就跑。

她大喊大叫,慌慌张张地来追我。

我梦见——

我跑不出他们的房间,在迷宫里深一脚浅一脚地打转,找不到出口。

后来,那些房子变得又肮脏又破败,简直就像学校里被遗弃多年的厕所。

我用尽了吃奶的力气,也无法挣脱出来。

绝望之中,那熟悉的砍树、锯树、盖房的日子,又反反复复地扑面而来。

就像一截老磁带,刚刚播放了一节,就被卡住,嗒嗒嗒地响了几声,又开始播放……

我醒了过来。

天哪,这些可怕的不断重复的情节,占据了我的全部记忆。

高原之上 （三章）

◉ 花　盛

高原之风

像一次冷暴力,藏着不为人知的秘密和熟视无睹的呼吸。

雪山静默、冷峻,而阳光被大气层过滤掉温暖,只剩下单薄的明亮。

雪渐渐化了。高原上的风还携刀带剑,将冷一点点逼进身体。

身体里还未发芽的种子,又一次埋进思想的土壤。

而牛羊正在逃出栅栏,像一棵棵小草探出地面。突然,就经历风的肆虐。

但它们和我一样,看见高处的蓝,海浪般涌动。

我们与风较劲,用奔波的一生缩短与世界的距离,用孤独的一生与高原和解,包括你从未放下的故乡,和从未抵达的远方。

这是三月的甘南草原,似乎有鸟鸣声,穿越草原的苍茫和寒冷,回荡耳畔。

像眸子里那一抹浅浅的绿意,正在以隐约的芬芳,原谅高原之风的冷暴力。

你看,倾斜的天空,在一片湛蓝的海子里渐渐平衡。温暖,返还最初的模样。

高原信使

当你双手接住雪花时,你就是高原的信使。

天空将雪交给你,你转交给大地。在天地间,你像万物一样,拥有庸常里洁净的信念。

尽管在你的肉体上只是短暂的停留,却让坚硬的骨头变得柔软。

尽管在高原上有着持久的堆积,却让粗粝的事物变得细腻。

它对人类的信任,远大于人类对大地的危机和偏执,像山川河谷、草木昆虫,远比人类的思想更轻盈,更虔诚,更豁达。

漫天飞雪,像无数时间的光点,抹去生活的坑洼,也浇灭内心的焦躁。

当你从纷繁和喧嚣中抽身而出,心灵方能归于平静,方能与万物同在。

事实上,高原和心胸一样宽广——

当雪穿越了黑夜方能见证纯粹的洁白,它以赴死的方式诠释着信仰的高度。

雪落高原

你的一生,都在寻找另一个自己。

无数相似而又异样的日子和故事,被岁月掩埋。像一片雪花寻找另一片雪花,但它们之间的模样,渐渐模糊。

化雪为药,你的呼唤和等待,在反复而漫长的煎熬中愈合、麻木。

落雪的高原之上,纯净的事物自有明亮的眼睛,浑浊的思想自有动荡的暗喻。

短暂的一生,总有寂寥的空旷,能够释放众生全部的悲喜。

我们都是难以辨认的自己,雪花般爱上自由的飞翔,也爱上永久的消亡。

而高原静默如初,依然在大地上伟岸,在天空下矮小。像一片花瓣,拥有枝头的绚丽,也经历落寞的归宿。

但花枝还在,雪替你活着,雕刻出冰凉的骨骼。

直到一个个生命,从高原上坚韧地钻出来,与你握手言和。

故乡甘南（节选）

◉ 杨延平

夏 河

大夏河畔牧草萋萋，白雪皑皑，一头是冬，一头是夏。

大夏河畔诗句洒落，心境安逸，百兽率舞，百花竞放。

桑科和甘加互为犄角，草原坚守过去，开阔的牧场为刚刚怀春的小卓玛渐次铺开千里绿毯和万里相思。

八角城遗址上，诸鸟飞绝，一块玛尼石上坐落着汉代的亡灵，不分昼夜地惦记寻常巷陌的虚妄和真实，他们放牧的放牧、耕种的耕种、打柴的打柴、恋爱的恋爱……

大夏河畔，明月清风，佛塔林立，法相庄严的寺庙，星辰般依次呈现。

一年，又一年，拉卜楞之上，瓦蓝瓦蓝的天宇明净清澈，寺内万佛齐诵，寺外依旧红尘。

生生不息的世间，朝圣者匍匐在地，袖口久留金菊的香气和大彻大悟的尘埃。

——内心明亮后，心底就干净，世界是美的，尘世也是美的。

玛 曲

一株牧草，一片牧草，整装待发的牧草，争宠太阳，直至天外。

黄河之水天上来，一滴水里就是一个世界，一滴水里就是人的一生。

天尽头，游牧的部落放慢脚步。其后，季节尾随想象乘风归去。

并非浪得虚名，天空地远，游牧的王朝起起落落，牧人的基因里有马蹄的声音，也有暴风雪的狂野。

亚洲最美的天然牧场，格萨尔王的牧群，潮水一样奔走于天上人间，那一刻，秋天不再回来。

草原疯狂，牛粪熄灭最后的火星，惊雷掀起牛毛帐篷的温存，渗入大地的骨骼，大雪封山，把泥土封冻如铁。

原野寂寂，草语嘤嘤，风雪扬起逼仄的狼道，野火在地下流窜，并焚烧内心的绝望。

无名的我,无欲无求,打马回家。

身后的我,躯体腐朽,化为牧草,思想在风中高高扬起……

碌　曲

红桦栖于史前,雪豹归于丛林,其后木羊献岁,便是万物和谐。

起伏的山包,起伏的思绪,在一朵云里恒定。

头顶的郎木寺云端打坐,神灵指尖一朵白云从四川取道甘肃,然后移居青海。

袈裟中红尘已远,红色的时间里,谁,应运而生? 谁,缘来缘散缘如水?

尕海是一颗珍珠,静若处子。包容万物的尕海,有沧海一样的梦想,尕海水泽氤氲,万涓汇聚为旷古的沉静。

一滴水里我不会谈股票和房价,一滴水里牧歌不绝于耳,尘世已远,尕秀就在身边。

一棵云杉里,等雨的七月,我携手星汉向往事作别。

万物无语:尘归尘,土归土,南方以南,岁月无边。

坚硬的则岔,坚硬的季节,高冷的风吹破脸颊。

我有很多话说,却什么也没说。

赛尔布行吟

◉ 曲桑卓玛

一

万峰叠嶂,聚而为莲。

古寺,经幡,寂静的村落。

众鸟隐去翅膀,与108座水转的玛尼经桶,诉说着赛尔布曾经的荣光和骄傲。

大海退去,留下青藏高原奇绝的风景,也留下了赛尔布丰腴流韵的幽美。沧海桑田,几经变幻,撕心裂肺的疼痛最终沉淀为一处钟灵毓秀,物华天宝。

二

走进赛尔布,就走进了一场亘古的神话。

格萨尔颔首微笑,王的子孙依然英武,抖肩踏步走进万道金光,模拟老虎、狮子英姿飒爽,于百代不衰的摆阵舞里血管贲张,一次次释放雄性蓬勃的狂野之美。贪吃腊肉的恶魔,逃不脱一剑封喉的悲剧,一柄手磨将它封印在陡峭的崖壁,任山风嘲笑了千年。

一定是接受了王的祝福。山间的草木,欢呼似的疯长,绿色泛滥,山梁、河谷哗哗作响,脚下的每一步路,都是今生无悔的纠缠。

远离车马喧嚣,让时间绵延成山脊上起伏不定的流岚,我只愿徜徉在一滴泪水里,脱胎换骨。

三

金盆养鱼,是另一种隐喻。

诗人小忠说,这是一处黄金堆砌的村落。金色的古寺、金色的塔尖,还有深埋在地下的矿脉,亦是金色。

桑烟袅袅,千年不息。寺上,黑峪,宾马。三个藏寨依山就势,于层层梯田之上顺坡而居。山门半开,鹰翅掠过金顶,又一层祥瑞定格于天边,英雄的波吾雪地神山,沉默不语。

你的气势,你的威仪,我该怎样从族群信仰的高度,解读你恢宏磅礴的大爱?

古旧的藏纸,手抄的经卷,旷日不变的吟诵。村寨的灵魂,密密麻麻,于鼓点之上轻灵飞扬。

四

巍峨高耸的土司官寨,早已湮灭在岁月深处。

黄家路上,草木葳蕤。是谁脚穿鸟子靴,密林中逶迤一道十里红妆的奢华与壮美?

贵族联姻,说不出是真爱的选择,还是政治的考量。远嫁岷州的佐瑞,活成不老的童话。

四百年,弹指一挥。

铜铃轻摇,烧蓝点翠的银饰闪耀着过往的华彩,姑娘们手拉手舞一曲悠扬的"佐瑞",发出"岷九凯里促西乎"的声声呼唤。依稀之间,已难辨前世与今生。

朵迪一壶,拉伊半盏,翠烟深处几点雨声微响。繁华入梦,数不尽阶前花开花落。

五

独坐山中,裁剪了岁月。

青山如黛,曲线温柔。

回眸,翠裙曳地,我比青山更妩媚。

阳光,倾倒一地花香,又潜入背水的木桶。万境清寂,鸟鸣在鸟鸣中匍匐,桑榆推波助澜,恰如午后聒噪的蝉鸣。

忧伤说来就来。今天,你是佐瑞,我是佐瑞,需要积攒多少光阴的羽翼,才能轻松飞越前世今生,叙一叙三生三世深深的眷恋?

蒴芜丛生,庭院寂静。拥抱赛尔布伟岸的身影,相遇在你灼灼闪电的目光里,挥霍这一生的欢愉和浪漫。

如果折柳而别,赛尔布也会在天的尽头,身披霞光,温暖地等你!

注:赛尔布,村庄名,藏语意为金色;佐瑞,赛尔布黄土司的女儿,远嫁岷州赵土司之子;岷九凯里促西乎,藏语,意即呼唤佐瑞从岷州城里快回来;朵迪,舟曲藏族传统舞蹈,又叫多地舞,国家级非物质文化遗产名录项目;拉伊,藏族山歌,多在山间野外对唱。

罐罐茶（外二章）

●禄晓凤

晨风如刀,暮雨如剑。

居住在高原阴湿寒冷地区的洮州人,祖辈饮热茶,尤爱煮罐罐茶。

火盆烧火,三脚架上置陶罐。一边煮茯茶,一边拿小木棍搅拌。

待茶水煮至色香味浓时,用"一条线"的方式倾入牛眼睛样大小的黑陶杯中,细细品味——

一苦二甜三回味。

抿一口红褐色的茶汁,伴以点心、贴锅巴、青稞面馍及燕麦一起咀嚼,一起入胃。一起饮下高原的沧桑冷暖和那些无垠无涯的孤寂时光。

他们,在一片茶叶上行走高原。把往事煮在高原苍茫的心里,把快乐拎起,把苦难咽下。

他们,在一抹茶香里远走他乡。把爱恨撒在高原凛冽的风里,把卑微放下,把深情捧上。

洮州是一尊黑黝黝的陶罐。家是清水。亲人是茶叶。

那冒着热气的乡愁,便婉转在那一杯杯沸腾的罐罐茶水里魂牵梦绕。

热情爽朗的洮州人,以陶罐为船,以小木棍为桨,配几个小黑陶杯为帆,兀自乘桴浮于江湖,凭一壶罐罐茶水乘风破浪以济沧海——

追逐太阳的民族,接过祖先的火炬,把高原踩在脚下,把高原装进行囊,把高原刻入骨血,把高原燃进心脏。

自由地、坚定地、豪迈地,抵达祖先们从未曾涉足的彼岸……

青稞,青稞

七月,漫山遍野的青稞随风摇曳,守候甘南高原最葱茏的时光。

智慧的洮州先民们采来救命的青稞,把它放在笼屉里蒸熟,然后剥掉麦芒在石碾上打磨,磨出细绳一样的"麦索儿"。

用它们填饱肚子、眼睛和蠢蠢欲望,以此来打发青黄不接时饥肠辘辘的时光。

千顷碧绿一片白芒。

阳光下,它们像一柄柄金色的利剑,锋芒齐刷刷地刺向广袤的苍穹,刺向高原的喉咙,刺向苦难岁月的心脏。

陪伴了我们世世代代的青稞,神灵一样的存在,滋养了我们的胃,雄伟了我们的体魄,升华了我们的思想。

饮一杯青稞酒,敬天敬地敬祖宗,饮天之浩远,饮地之厚重,饮青草之鲜,饮百花之香,饮泉水之碧,饮西风之烈,饮高原之冷暖,饮生活之悲欢,饮女子之节烈,饮男儿之本色……

酒,醉了往事。也微醺着我们的魂魄,酿造了洮州儿女情长和剑胆琴心。

酒,醉了高原。将阳光的灼热、血液中的豪迈、骨子里的粗犷、生命中的豁达肆意,挥洒于酒歌和碗沿之间,血性了一个马背上的民族!

守望草原

我踏着记忆溯流而上,轻吟着那些古老的诗句:"天苍苍,野茫茫,风吹草低见牛羊……"

目光瞬时划出三千里……

这绿油油的草地,是柳永酒醒杨柳岸从二十四桥悠悠驶来的一脉悠闲? 是李清照身着石榴裙袖中暗香浮动的一丝恬淡? 是藏族阿妈肩上悠然升起的一缕晨光? 是衣袂飘飘的女子涉水从《敕勒歌》里走出来的一弯羞涩?

今夜,格萨尔王骑马经过的地方,三千里碧草依旧青青。您纤长的叶脉被年轮染成翡翠一样的青绿,却染不尽岁月沧桑轮回中的凄婉和忧伤;一川碧草可量可数,却丈量不出您胸怀中孕育蓬勃生命的深情和睿智,却数不清藏家儿女抗争自然的坚韧和顽强,诉不尽草原儿女生生不息的豪迈与爽朗……

您是爱,是暖,是希望。是母亲,是生命之源。

是我们灵魂栖息的天堂。

今夜涉水而来的我,泅过长长的阻道,抵临您赋比兴的芬芳。我虔诚地匍匐在地,只为贴着您的温度,祈求您心境宁静平安喜乐。

把目光收回来,把三千里江山放还草原深处。我和您便如一对拢起的蝶翅,长眠在这一幅千年不褪色的画里……

就让我为您静静守候,不要惊动这美丽的黄昏,就让这轻盈的感觉,如天籁,似流云,悄然无声……

舟曲书（组章）

◎ 诺布朗杰

这些诗句，是太阳的花瓣，请你取下。

——题记

一

云端的鹰，让我住进你的眼睛，我要俯瞰我日日夜夜仰望过的舟曲。

你看，那牵引着大海的白龙江，是我倾尽一生都不能写下的一行诗。

而此刻，我正徘徊在逆流而上的昨天和顺流而下的明天之间。

群山谷物般高高隆起，人类坐在粮食上。我在它们之中，一眼认出了那座叫拉尕的山。

二

一只鹰，头戴日月的王冠，落在拉尕山巅。把天空的消息，带给大地。

这时候鹰与拉尕山一样高。

我的诗句也跟着有了海拔。

我写下拉尕山，写下这鹰的坐标。

三

风是遁了形的鹰，鹰是呈现出来的风。

我需要风，需要把舟曲的方言捎给远方，在一声声乡音里，辨别故乡的位置。

凤凰涅槃。

那涅槃的凤凰会不会就是另一只鹰？

盘旋在舟曲的高处，诉说着舟曲的过往。

四

日月是天空结出的果实，需要由鹰来认领。

我在一对对楹联与一副副字画里，看到了沾满墨香的舟曲。

疮痍满目的舟曲；从水深火热中走出来的舟曲；泥沼之上开出花朵

的舟曲。

鹰是见证者。

多少年过去了,我在鹰的身体里依旧摸到了亲人的哭声。

一袭碧波的白龙江,从悬岸夹峙的西倾山奔涌而来。试问,那奔流不息的白龙江,会是谁不小心溢出来的一滴泪?

五

我是一个汉字,行走在纸上。

我把一滴泪安置在我的诗句里。

我坚信光明之手,注定要掏空黑夜的腹。

再看看,每一颗星星都是一滴洗净的泪,分布在天空的屋顶。

一件破土而出的三连罐,我也得安置在我的诗句里,以增加我诗歌的重量。

六

你看到那只被天空含在嘴里的鹰了吗?

或者,那是天空的一只眼睛。

又或者,那是替我守候舟曲的另一只眼睛。

那些置身春天的人,那些被阳光照着的人,他们是幸福的。

他们像端坐于麦穗里面的麦粒,紧紧拥抱在一起。

七

楹联松棚灯会的灯亮着。

博裕在采花,巴寨在朝水,东山在转灯,坪定在跑马,天干在跳突古。

我留下来,写诗。

我在纸上勾勒着舟曲民俗的草图。

你知道吗? 有我的地方,都有鹰。

有鹰的地方,就是我的天空。

从雨中走出来的,是彩虹。

从闪电和雷鸣中走出来的,必定是晴天。

我从舟曲走向明天。

好多个我也走向明天。

八

我固执地写着一只鹰,因为我也有飞翔之心。

是的,舟曲一直在我的头顶。

我是舟曲的一小部分。

我要说:灾难已经过去,我们的时代来了!

那些年，我们从黄昏中走过（外二章）

◉王学仁

背靠无边空寂的红尘，临夜的风啊，请带给远方美的幻想和爱的慰藉。

打捞岁月里丢失的记忆，那流淌着的春天的诗情，让眼前的一片朦胧彻底淹没。只有草原的雪辉映着落寞的唱和。

那些年，我们从黄昏中走过。

多少霞光倾泻，你带给季节温润的光泽。甚至，明媚了纵横交错的山色。

我不能给你直抵芳菲千年的注解，你在一纸素笺上写下凝重的霜雪。一如绵绵如雨的誓言，终究在岁月的大幕上凋谢。

你的背影，冷落了谁家院里闪烁的灯火？

以远方为名

顾盼之中，我想写下生命中那些不期而遇的萍水相逢。虽远隔天涯，在你看不到的远方，为之投来一掬久违的笑容。

我已经习惯了一个人在风中。

你知道吗？身后的天空、草原和山丘，在时间的推移下开始逐渐失真。

当我再次写到烈酒和红唇，写到你我卑微而骄傲的一生，甚至即将凋谢的暮色里，虚掷的青春。

仔细回望那些锈蚀的日子，抖落不去的泥沙和隐痛。觥筹交错的岁月，我无法叙写生命的凛冽。那些浑浊和砂砾，浸染湿润的泪痕。

时间的蛛丝，堆砌成了细碎的文字。谁又在杳渺的昨日，替我说出了内心的星辰和颂词？把泾渭分明的过去，剪辑成不可言说的艰涩和甜蜜。

在梦中，我想留住你。

我们都是客居异途的儿女！夜色寒凉，你的发丝连着前尘斑驳的记忆。

秘　密

一

一段无法言喻的创伤啊！拍打着命运的走向,频频打破宁静的怀想。残存记忆的碎片,浸湿往日时光的苍凉。

黄羊镇,退回时间之外,你会向我回头吗？携带遗落的梦想,站成与你毗邻相望的模样。

二

穿过你的城垣烽火、麦地和街头。一个清瘦的男子,试图再次捕捉青春的余韵和温存。

命里无法拒绝风沙的撕扯,我能否留住前尘,找到失散的故人？

三

远方迷蒙的烟霭,铺陈记忆里破败的小镇。云霞缱绻的岁月,祁连山终年不化的积雪,连同路口干涸的黄羊河,在树影婆娑里,呈现北方的静美和寥落。

暮色中的几缕寒烟,环绕在小镇的西角,片刻的逗留之后,隐去了村庄和田野。

四

太多相守的日夜,那些脱口而出的名字,还有堆垒心河的旧迹,借助岁月的空当,细沙般散落一地。

我的半生,活在回忆的牢里。

有太多卑微的思念,羞于启齿！

我们的天空 (外三章)

◉ 郭良忠

　　独自行走在草原的深处,用手触摸着大地的心跳,春天从我们的天空里升起。

　　潺潺的水声奏响牧女的歌声,帐房里升起浓浓的炊烟,高高的山冈被银白色的月光洗礼。我们寻找着战马时代共同的祖先。

　　在那遥远的地方,我的誓言,召唤着我们共同的未来。月光落地深处,引来了一道光明,驰骋的风掠过甘南的大草原。

　　我无法逆转时间的河流。顺着生存天空的秘密叩响我的生命,从遥远地方带给我们光明,完成一段神秘的言说。

　　我是一个草原的孩子,沉睡在诗句里的孩子,阿尼玛卿雪山给了我希望的种子,我要把它撒遍甘南,撒遍我的青藏。

　　请求雪山滋润一片宁静的草原,来描绘我的草原。而一阵风后,我们的天空里看出祖先的影子。

诺　言

　　静悄悄地……

　　美丽的草原睡醒了,还有那一个个尖尖的小草,打开时光的长卷。

　　雪山的倩影时时触动着我敏感的心跳。许下一个千年不忘的诺言,永远地照耀着庄严的雪山。

　　缓缓地……这里升起一缕缕炊烟。我轻轻地接到你温暖的归期,把熊熊的烈焰渗到高原的土地。

　　飞鸟终究飞向南方。

　　我要把美丽的诺言许在我的草原,像一条流动的银子重塑高原之城。

等待鲜花盛开

　　孤独的风,随着潮流吞噬了灿烂的笑容。

　　我情愿,情愿等鲜花盛开的时候,那些美化作一抹尘土。

　　怎样的一缕阳光写出大地苍凉的诗句?山岚舞蹈,与云共舞,大地升腾出欢乐。

阳光有他温暖的一面,而他用寒冷的一面存留雪山之巅的秘密。或许你看到一只蝴蝶飞向花丛,然而没有一只鹰隼注意到雪花融化的声音,一阵暖风后,遍地草和鲜花争相开放。

歌唱的鸟啊,你从哪里来?又去何方?

雪 意

一抹生命的阳光,照亮黑暗里的淤泥。

一泓清澈的源泉,吟一首充满激情的诗歌。

朴质而沧桑的古树,矗立在巍峨的雪山脚下。浅唱历史的妙歌。

听! 只有一只布谷鸟在叫,水声潺潺。

清纯,淡然。

神鹰飞过雪山,羚羊奔向草原。

酥油奶茶的清香,浸湿了我的脸颊。

太阳和他的影子挪移雪山的尺寸,篡改河流的方向。

大雪漫山,跨过对岸的河流,花在时光中绽放自己。

甘南散文诗群专辑

甘南之南,就是甘南。

这里有睡着的草原,醒着的雪山;这里有说话的风马旗,沉默的玛尼堆;这里有镶嵌在绿丛中的牛羊,游动在山涧里的清流……这里,更有一群诗人,是他们把甘南,安放在格桑花花瓣上,让一个行走在诗行里的旅人忍不住停了下来。一首首诱人的诗,像一枚枚纽扣,将它们一一解开。

此次我们选用了十位诗人的作品,希望通过这些散文诗,让大家走进甘南,去聆听绽放在格桑花花瓣上动人的歌。

星河·夏

史蒂文斯诗选

◉倪志娟　译

莫扎特，1935

诗人，请就座钢琴前。
弹奏此刻，它的嚯—嚯—嚯，
它的嘘—嘘—嘘，它的瑞克—啊—呢克，
它嫉妒地哄笑。

假如他们向屋顶扔石头，
在你弹奏琶音时，
那是因为他们正从楼梯
运下一具衣衫褴褛的躯体。
请就座钢琴前。

过去清澈的纪念品，
嬉游曲；
未来轻盈的梦，
明朗的协奏曲……
雪正在飘落。
击打尖锐的弦。

是声音，
不是你。是的，是
愤怒恐惧的声音，
这纷扰的痛苦之声。

是冬天的声音，
仿佛飓风的呼号，
借助它，悲伤被释放，
被遣散，被赦免，
在星空般的抚慰中。

我们可以回到莫扎特。
他还年轻，而我们，我们已衰老。
雪正在飘落，
街道充斥哭声。
请就座，你。

午餐后的航行

是"轻蔑"这个词带来伤害。
我古老的船绕着一根支柱打转，
并不启程。
正是一年之计，
一日之计。

也许这是我们用过的午餐
或者是我们应该用过的午餐。
而我，无论如何，
是一个最不合宜之人
在最不吉利之地。

我的上帝，请听诗人的祈祷。
浪漫在此。
浪漫在彼。
它应无处不在。
但浪漫必不会停留，

我的上帝，它必不会返回。
这沉重的历史之航，
越过湖水最陈旧的蓝，
在一条真正令人晕眩的船上

是彻头彻尾最无趣的欺骗……

它几乎不是一个人曾经所见。
它只是一个人感受的方式，去说
我的灵魂所在之地即我之所在，
去说微风担忧航行，
去说今天的水是迅疾的，

去删除所有的人，做一个
华丽舵轮的小学生，从而将
那微弱的超越性赋予肮脏的航行，
通过光，一个人感受的方式，刺眼的白，
然后明快地冲过夏天的空气。

重申浪漫

夜晚对夜晚的颂辞一无所知。
它是它之所是，正如我是我之所是：
理解这点时我最好地理解了我自己

和你。唯有我们俩可以交换
彼此，用各自不得不交出的他者。
唯有我们俩同一，不是你和夜晚，

也不是夜晚和我，而是你和我，孤单地，
如此孤单地，如此深刻地，借助我们自己，
远远地超越了偶然的孤独，

那个夜晚只是我们自己的背景，
极其真实的，各自相对于它分离的自我，
在暗淡的光中，各自投映于对方。

读 者

整夜我坐着读一本书，
坐着读，仿佛在一本书
阴郁的内页中。

正是秋天，流星
覆盖了月光中蹲伏的
枯萎形式。

没有灯点燃，当我阅读时，
一个声音呢喃："一切
退回至冷漠，

包括叶子落尽的花园中
那些麝香葡萄、
甜瓜、鲜红的梨。"

阴郁的内页上毫无印痕，
除了燃烧的星星的踪迹，
在霜冻的天空。

词语做的人

我们将是何物，假如没有性的神话，
没有人之空想或死亡之诗？

月亮供养的阉人歌手——生命
由生命的命题组成。人

之空想是一种孤独，其中
我们构建这些命题，又被梦想撕碎，

被可怕的失败咒语撕碎，
被失败等同于梦想的忧惧撕碎。

整个种族是一个诗人，写下
其命运的怪诞命题。

红 蕨

阔叶笼罩的白昼迅速生长，
并在这熟悉之地
敞开它陌生而艰难的蕨，
推动，再推动，一层又一层红。

有成倍的这类蕨，在云中，
不如这父系的火焰稳定，
却浸透了它的特点，
反光，分歧，模仿的微粒，

薄雾,悬挂的次品,长得
超出了与父系躯干的关联:
这耀眼,膨胀,最明亮的核心,
这猛烈燃烧的父系之火……

婴儿,说出你在生命中所见
便足矣。但请等待,
直到景象唤醒倦怠的眼,
并穿透物有形的困境。

地方主题

长尾的矮种马嗅探着松林,
巴黎人的矮种马飞奔在山冈。

风拂过。在风中,声音
拥有并不完全属于它们自己的形状,

是被一个吹者吹出形状的声响,
吹者挤压出阉人歌手最尖细的"咪"。

猎人们前后奔跑。沉重的树,
呢喃,拖沓的枝条,坚定的,

夜间古老的,蓝绿色松树
将情感深化至非人的深度。

这即是森林。这种健康是神圣的,
这种哈喽哈喽哈喽的叫喊,覆盖了那些
　　人的

哭泣,对后者而言,一个方形的房间是一
　　团火,
雕像折磨他们,镇压他们。

这种健康是神圣的,一个自我的高声部,
强壮者野蛮的吟诵,嘹亮的响声。

但救赎在此吗? 锡罐和盒子上
棍子的嘎嘎声怎样了? 被风吃掉的马怎

样了?

当春天来临,猎人们的骨骼
舒展,安歇在他们初夏的阳光中,

春天将拥有它自己的健康,它的头发中
不带一声秋天的哈喽。于是,如此紧
　　密地,

健康跟随健康。救赎在彼:
没有所谓生命;即使有,

它也比天气更快,比任何特征
更快。它大于任何场景:

断头台的或迷人的绞刑的。
将世界拼好,小伙子们,但不要用你们
　　的手。

诗歌是一种毁灭的力量

那即是所谓悲伤,
内心空无一物。
它是有或者无。

它是即将拥有之物,
一头狮子,一头牛,在他的胸中,
感受到它在那里呼吸。

心脏,健壮的狗,
年轻的牛,弓形腿的熊,
他尝它的血,不吐出。

他就像一个人
在一头狂暴的野兽的身体中。
它的肌肉就是他的……

这头狮子在太阳下沉睡。
它的鼻子搁在爪子上。
它能杀死一个人。

在回家的路上

当我说
"没有所谓真理"时，
葡萄仿佛涨大了。
狐狸跑出它的洞穴。

你……你说，
"有一些真理，
但它们并非一个真理的构成部分。"
于是树，在夜晚，开始变化，

穿透绿色的烟雾和烟雾般的蓝。
我们是一片林中的两个人。
我们说我们独自站着。

当我说
"词语并非一个单词的形式，
在部分的总和中只有部分。
世界必须被眼睛考量"；

当你说
"偶像已见过许多贫困，
蛇、黄金和虱子，
但不曾见过真理"；

就在那时，沉默最甚，
最长久，夜晚最圆满，
秋天的芳香最温暖，
最近，最强烈。

抵达华道夫

从危地马拉回家，回到华道夫①。
这次抵达在灵魂的乡野，
所有的路径消失，完整呈现在那里，

在那里狂野之诗取代了
一个人爱着或应该去爱的女人，
一首野性的狂想曲是另一首的赝品。

你用触摸月光或阳光的方式
触摸酒店，你哼唱，乐队
哼唱，你说"世界在一首诗中，
一个时代被封缄，男人们比山更遥远，
女人们消隐在音乐、运动和色彩中"，
在那异域、直接、翠绿而又真实的危地马
拉之后。

注：①纽约的华道夫酒店。

寻求摆脱了动向的声音

整个下午留声机
噼里啪啦说着西印度的天气。
斑马叶，大海，
它同时说着这一切。

有许多诗节的大海，叶子，
它同时说着这一切。
而你，你运用词，
你的自我是它的荣耀。

整个下午留声机，
整个下午留声机，
世界如同词，
噼里啪啦说着西印度的飓风。

世界活着正如你活着，
言说着正如你言说，是一种生物
重复着它的生动词语，并且平衡了
一个音节的音节。

一个睡着的老人

两个世界睡了，此刻，正在沉睡。
一种哑默庄严地占有了他们。

自我和尘世——你的思想，你的情感，
你的信和不信，你所有奇特的谋划；

153

你微微泛红的栗子树的红，
河水流淌，河流慵懒地流淌。

爱尔兰的莫赫悬崖

谁是我的父亲，在这个世上，在这间屋中，
在这灵魂的根基？

我父亲的父亲，他父亲的父亲，他的——
影子像风

回到一个根源，在思想之前，言语之前，
即过去的最顶端。

他们前往莫赫悬崖，它从雾中浮现，
位于现实之上，

从此时此地浮现，位于
潮湿的青草之上。

这并非风景，充斥着诗歌的
梦游症

和海。这是我的父亲，或许，
是他所曾是的

父亲族类之一，一种相似性：大地
和海和空气。

物的直观感受

叶子落了之后，我们回到
一种物的直观感受。好像
我们抵达了想象的尽头，
一个迟钝的救赎者的死气沉沉。

甚至很难选择形容词，
为这空白的冷，这无因由的悲伤。
伟大的结构已变成一所小屋。

并无包头巾的人走过缩小的地板。

温室从未如此急切地需要油漆。
烟囱有五十年了，歪向一侧。
一种荒诞的努力失败了，一种重复
在人和苍蝇的重复中。

而想象的缺席
让它自己被想象。伟大的池塘，
它的直观感受，没有倒影，叶子，
泥泞，水像肮脏的玻璃，正在表达一种

静默，一只出来观望的老鼠的静默，
伟大的池塘及其百合的残骸，所有这一切
必须被想象成一种无法回避的知识，
被需要，作为一种必需。

公园里的空虚

三月……有人走过雪，
有人正在寻找不知何物。

就像一艘船，在夜晚
驶离岸，消失了。

就像一把吉他，被一个女人
留在桌上，又遗忘了。

就像一个人的情感，
回来看一所特定的房子。

四面八方的风穿过粗糙的凉亭，
在它藤蔓的垫子下。

译者简介：倪志娟，女，杭州电子科技大学人文与法学院教授、哲学博士，主要从事哲学与文化、诗学研究以及诗歌创作与翻译。

154

乔治·西尔泰什诗选

● 程一身　译

为陈词辩护五首

一、酒吧里的男人

我们商谈
陈词的贫瘠岩石
绕过陈词

岩石、旋涡、沙丘
隐喻是它们自己
不稳定的象征

当然大海，是的
回头浪，是的，潮汐的
阻力，某种合理

痛苦而可怕
之物的汹涌
是的，我们是说真的

看，有个吧台
一个男人靠在它上面
他发红的眼睛

在那地板上
有个东西从他口袋里滑出
一个东西那么小

它似乎不可能
成为任何事物的
隐喻。他醉了

他在向自己
低语陈词。他
含糊地说话。大海

正在他周围涌起
此刻达到他的腰部，涌起
这也是陈词

我们从未到那里
从未精确。他
在梦想象征

二、为陈词辩护

他用陈词谈话
因为当谈话艰难时
他至少可以谈

他谈到他的损失
谈到他的"天使"，他的"阳光"
"他的生命之光"

陈词是他的舌头
和他的心，在那激动时刻
他整个人

善于表达的人
能仔细选择他们的词语
并进行区别

但对他来说

并不存在合适的区别
一切皆无区别

除了损失和
它的麻木之间的差异
但麻木并非语言

因此他说陈词
不经学习他已记住
就像一个人记住痛苦

有太多痛苦
从未停止谈话
来回摇晃

像沉默那样
这孩子,本能地
沉默

一个沉默的陈词
死文字的温和
在寻找死者

三、当我们谈论谈话时我们谈论什么

有人谈论事情
有人谈论别的事情
有人谈论人

有人根本不谈
只是耷拉着脸假装
不听谈论

有人被引诱陷入
一场空洞的交谈
而不能退出

看到那边那个青年人了吗
瞧他的嘴在动。当他试图讲话时
瞧他的手

有些话一定被说
但在弄懂它是什么之前
它逃脱了他

有些难以捉摸的话
在它说出之前
就在被抛弃的空气里

可怜那语塞
伴随着他们的手势
和他们僵硬的白嘴唇

宣传的氧气
如今在哪里?哽塞了
去走走吧

有人谈论事情
有人根本不谈。谈话
是这样。这就是谈话

四、失眠

从他坐在那里的方式
你能看见他没有入睡
他的眼不断眨巴着

他后面一个男人
在看便笺本
计算数据

宽大的窗户旁
一位妇女吃零食
看报纸

但他的眼睛迷失
在它们自己的不眠轨道里
像太空垃圾一样移动着

这里没有什么可看的
没有令人放心的行星
被发现

外面在下雨
城镇挤满了购物者
街道是深灰色的

眼里什么也没有
除了恐慌。只有
离开的欲望

什么都没有发生
雨继续降落
人们读和吃

这里是我们生活的地方
这里是我们的街道、桌子
和椅子的行星

这是我们的太空垃圾
这是我们的冬天天气
这些是我们的表格

五、殴打

他们在踢他
没有具体原因
他们只是踢他

这持续了5分钟
女孩们站在旁边，观看
街道很安静

并不致命
他受伤不重
全身没有骨折

树叶在轻风中
微微旋转翻动
一辆轿车驶过

会有瘀伤
可能会有

帮他的警察

分叉的舌头（选三首）

一、卡德蒙

我的嘴是空的
当话语流出，光，自由
响亮，没有阻碍

我看着它们俯冲
越过屋顶，它们的飞行路径
炫目而确定

它们多么美
精通空气并释放出来
多么绝妙

它们在嗓音和光中
成形。它们是运动的
优雅语言

如此炫目
我忘了别的一切
我成为空白，失重

我变成语言
一张激动的嘴，一种被狂喜驱动的
飞行形式

这个世界我可以
极好地写出，只是成为
鸟的鸣叫

我的嘴是空的
那里什么也没留下
除了一条热舌头

飞回家亲爱的话。我嘴里的
鸟巢。我的舌头因渴望你
而热烈

XINGHE

星河·夏

157

让我相信你
把我说成存在。歌唱
房子的爱心

二、复调

当他谈话时
另一个声音在他舌下
爬行并停留在那里

这声音并不奇怪
藏进他嘴里
它感到很舒服

它蜷曲在那里
像影子的力量在说话
当那里有影子的空间时

我的东西没有什么
是奇怪的,他告诉自己
这也是我的声音

令人安心的话
但他嘴里的声音
向一个不同的总谱歌唱

这是复调
他争辩但客人的声音
继续歌唱

我们说的事情
在说它们自己
像它们不得不被说

凝视这些
在花园里摇摆的花朵,迷失
在它们自己的音乐里

出于礼貌
他会听并控制

他任性的舌头

但他的嘴充满了
引人入胜的话语鲜花
因此他继续交谈

三、和警察的一次话语交锋

你把它放哪儿了
我指的是黑暗,她质问我
但我不能回答

黑暗是个陈词
我辩解没有说服力
只有词语和心态

那真是聪明的谈话
尽管不完全虚假
但它烫伤了我的嘴

然后我记得
那些装满黑暗的口袋
我不得不掏空

翻开你的口袋
那个警察命令。那黑暗
是你的吗,他质问

它怎么到了那里?
那警察看了一眼
耸耸肩。它合法

没有什么重要的
你拥有毒品
是你自己的事

谢谢你,警官
我把我黑暗的事故放进口袋
继续走路

这是我说的黑暗的意思

她说。它是你的陈词
它是你的,它合法

自由的数学（选三首）

献给丹尼斯·加博尔[1]

一、全息图[2]

此刻我不在任何地方,既不在这里也不在
那里
因此你看见你面前的人是另一个。
我是个复合人。我根本不在那里,
尽管曾有一个那里
并不属于幻象。
围着我行走。现在你看见我了？我就在
那里
在玻璃内,玻璃本身在那里
并不作为地点或事物,纯粹作为一个
形象。
这是你看到的生活。这是我微微发光的
形象。
我似乎一直在那里
好像是永远的,你可以直接围着我
行走,似乎空间里的那个抽象是我。

我们长期不在任何地方。如果这是我
和你说话,你会知道我在那里
然而不同的是,用我的另一个名字。
我们交换位置。你一定会找到我
像我一样难以捉摸,另一个也会如此。
我是你眼里的光束。那孩子是
无拘无束的我。和你谈话的那人是我
作为一个幻象。现实是幻象。
这也是不真实的。现象是幻象。
我是实有事物的科学家
却研究缺失的事物。我是窗口里
风的形象。我是光特有的形象。

但是看,这个世界可以被视为形象
然而又适用于你和我的规律。

我表明我自己。我只是我看到的形象,
我自己的自我成为在这里
被拍照的形象。我的父母在那里
梳理我的头发打扮我。我的形象
是他们塑造的。我就是他们的形象。
尽管我是另一个孩子,
一个镜中的形象它本身就是另一个。
我被衍射,被折射。我成了一个
镜中的形象,镜子是幻象。
镜中的一切都是幻象。

家具的现实,衣服:幻象。
我们是奇观。我的数字是真实
力量的形象,它通过幻象工作。
生活被设计得超出了现象的
微弱幻象。穿大衣的那个男人是我。
此刻和你谈话的男人不是幻象。
这是我嗓音的全息图。幻象
返回萦绕我们俩因为你在那里
在镜中的我旁边,镜子一度
在你面前那不是幻象。
我的身体可能是别人的力量。
我的心灵和头脑坚持成为那另一个。

生来这样或那样,我们通过空间
进入彼此试图将感觉作为幻象。
在成为另一个的范围内,这个嗓音是
什么？
它是由头脑产生的吗？头脑是另一个,
幻象的形式？我们死后成为形象。
我,像你一样,被困于别的事物,
一个现象只是被作为另一个提出,
我的嗓音也变化,在我不能理解的
形象的沉默里,它是我的痕迹。
打开激光束。借给我另一个
时刻。现在让我们的两个形象在此相遇。
进入这时刻。只为在那里待上一瞬。

既不在这里也不在那里的感觉
并不重要,也不成为一个我,

XINGHE

星河·夏

是我们宣称一个人只充当一个形象。
亲爱的，和我进入这真实的幻象，
成为奇观并仍是另一个。

二、自由的定义

亚拉伯罕·林肯九十年前说的话仍然正确，"这个世界从未对自由这个词做出恰当的定义"。
——丹尼斯·加博尔：《统计学的自由概念及其对社会流动性的应用》

你看见那个沿着小巷摇摇晃晃地走
在雨中没穿大衣的男人了吗？我称他自由。
自由就是这样。小河滚动着
流过建筑物。是嘴在运动和
说话。是泛滥在证明
潮流。自由是在我桌子上
燃烧的蜡烛，我的脉搏，和三分律。
是每周的任何一天除了礼拜天。

如何表达这一点？如何描述
界定我们的那些限度？让我从碗里
取出这个橘子。让我在夜晚
来临之前想象夜晚。让我写下
你的号码。让帝王获得王冠。
让上帝的母亲仍是处女。
我们假定法律是美丽的，
一个我们可以限定的我们。

界限是我们能做的最好东西。感受
那瘦孩子的手。数数他的骨头。
我们拥有镜子可以照出的正常体形。
你比以前的你快乐两倍吗？
那孩子病了吗？那孩子的家庭穷吗？
考虑这小昆虫脆弱的翅膀。
考虑风。听房子
承载着重负的叹息。召唤真实。

因此他努力挣脱自己的皮肤。
我们如此努力尝试。他聪明

却挨饿。他观察垂死的
腐败政治。他能在牙齿上清点它们。
这是我们想要的自由。这是棺材上的
花圈。这是我们的数学。
确实，这是试验的意义。
这里是雨。这里是你的大衣。进来吧。

三、永恒

如果我们说在牙医候诊室里耗费的时间就像永恒，我们承认接受对时间的客观测量，也承认它考虑伴随环境的无能。
——丹尼斯·加博尔：《统计学的自由概念及其对社会流动性的应用》

是自由使她的渴望复原。
她会复原自己重新开始
知道什么会来。她会沿
这条街走下去知道什么在等她。

她走在她自己的美丽空间里。她说话
用在她精致的喉咙里发育成熟的嗓音
像一朵花向她的嘴唇流出香气
在词语呈现意义和空气荡起波纹之前。

她的脸在变老。她的体重在增加
或减少。她的眼睛变得更大。
它们占用了多少空间！多少空间成为
它们的一部分！她能感到她的身体

向前移入时间就像沿街
走向她并不渴望遇到的未来。

注释：
①丹尼斯·加博尔（1900—1979），英国籍匈牙利裔物理学家。因发明全息摄影获得1971年的诺贝尔物理学奖。
②此诗句末的押韵词是由 there（那里）、another（另一个）、illusion（幻象）、image（形象）、me（我）、other（别的）反复交替组成的。

作者简介：乔治·西尔泰什，英国杰出诗人、画家、翻译家。1948 年 11 月 29 日生于布达佩斯，1956 年匈牙利起义后与父母和弟弟作为难民来到英国。1973 年开始发表诗歌，著有诗集十五部。1980 年他的第一部诗集《倾斜的门》获费伯纪念奖；1982 年他被选为英国皇家文学院院士；1986 年获乔姆利奖；1990 年因翻译《人的悲剧》获迪雷奖；1991 年获匈牙利共和国金星奖章；1995 年因《新生》获欧洲诗歌翻译奖；2005 年因《卷轴》获艾略特诗歌奖；2013 年因译拉斯洛·卡撒兹纳霍凯的《撒旦探戈》获美国最佳翻译图书奖；2015 年获布克翻译奖；2016 年获"诗歌与人·国际诗歌"奖。

译者简介：程一身，本名肖学周。河南人。著有诗集《北大十四行》《有限事物的无限吸引》，专著《朱光潜诗歌美学引论》《为新诗赋形》。译著《白鹭》《坐在你身边看云》《欧洲故土》。曾获北京大学第一届"我们"文学奖、第五届中国当代诗歌奖、第五届栗山诗会翻译家奖。

中国先锋诗歌的边缘处境与生存策略

● 罗振亚

20世纪中国先锋诗歌的殷实业绩令人仰慕,但回望它的生命来路却又伴随着几多坎坷与酸涩。它好像先天就有些羸弱,后天又有些水土不服,所以总是步履艰难、断断续续,处于一种被割裂的状态。20世纪20年代因缺少融合中西艺术的心理机制,没形成大的浪潮和大的气候,大革命失败后仅存的一点现代主义土壤被冲刷得干干净净;30年代的现代诗派曾经凭其一点实力用劲苦撑,旋即因抗战烽火的烧灼而告消衰;九叶诗派虽灵光重现却没能东山再起;五六十年代台湾现代诗的孤绝存在,更未能维持长久;第三代诗歌经过一阵繁荣后马上又陷入沉寂;90年代的个人化写作、"70后"诗歌以及女性主义诗歌的锐力开拓,似乎使诗歌在社会上的地位有所升温,却依然没有改变先锋诗歌的命运。也就是说,我们必须正视这样一个残酷的现实:从边缘出发的20世纪中国先锋诗歌命运不佳,经历无数次的拼搏和厮杀,至今仍没有完全接近中心,不但没有像浪漫主义潮流那样蔚为大观的幸运,更没有像现实主义潮流那样统领诗坛主潮风骚的殊荣,从未取得过举足轻重或与后两种潮流分庭抗礼的主导地位;并且在生存方式上还远远没有摆脱和主流文化相对的"先锋文学所特有的亚文化特征"①,依旧在文化的边缘呐喊着、抗争着,先锋诗歌要获得公众的彻底认可也许还有相当长的一段路要走。

仿佛是种先在的命运逻辑,一切先锋总是和孤独结伴而行。20世纪的中国先锋诗歌尽管在现当代文学史上一直以簇新思想和审美观念的代表者著称,可是也始终悖论式地蜷曲于文化的边缘一角。为什么其命运如此坎坷多舛? 这种现象背后集聚着众多文学或非文学因素的缘由。处于现代主义的前期,兵荒马乱的苦难环境与救亡图存的社会使命、生存与温饱问题的迫切,使它难以跃入形而上的人性探讨境界;富有理性实践精神的民族文化心理机制,制约着诗人,使其难以产生西方现代派那种非理性的疯狂与荒诞、极端个人化的自我扩张与生存本体的虚无危机意识,而只能背离西方现代派个体与社会的分裂状态,力求使自我探索上升为群体意识的诗意闪烁;潜伏在诗人心灵深处的悠久丰厚的艺术传统,决不允许外来影响反客为主地同化;尤其是在现实主义和浪漫主义大潮的冲击与挤压下,中国现代主义诗歌自身狭窄的视野、灰色的情调与晦涩难懂的艺术,离奇古怪,更限制了它的影响穿透力。这一切注定了中国现代主义诗派无法根深叶茂,只能成为现实主义大潮边的支流而已。而到了以市场经济为主导的朦胧诗后先锋诗歌时期,除却上述因素外,特定的文化语境决定边缘几乎成了诗歌的宿命。更何况朦胧诗后先锋诗歌还存在相当显豁的缺失:朦胧诗后先锋诗歌非但构不成高度理想的发展模式,相反由于先锋的本性就是不断求新,难得成熟是其本性,它还存有许多不可逆转的遗憾或缺失。它追新逐奇、唯新是举的实验，使诗坛生气四溢的另一面是诗人们的心浮气躁，忽视艺术的相对稳定性；所以近20年里经典旷世大师虚位，对外不能和里尔克、瓦雷里、艾略特等世界级大师比肩，对内愧对时代和中国伟大的诗学传统，甚至还未建立起和自己的命名相符的诗学体系，处境尴尬。它的民刊策略也时时助长诗歌良莠不齐的风气，非诗、伪诗、垃圾诗纷纷出笼，使经典作品和大诗人的成长受到了极大限制。它受西方后现代主义的解构思维与艺术精神激励，大搞能指滑动、零度写作、文本平面化的激进语言实验与狂欢，这确实在一定程度上反叛、质疑了主流中心话语；但也消泯了许多优秀的传统、意义和价值，造成诗意的大面积流失，使诗迷踪为一种丧失中心、不关乎生命的文本游戏与后现代拼贴，不无文化虚无主义之嫌，实质是对充满批判精神的西方后现代主义的误读。它的从不寻求"适应"性写作的异端色彩，常常极力标举诗的自主性和排他性，使多数诗歌只为圈子和诗人自己而写，个人化写作成为躲避宏大叙事的借口，当下生存状态、本能状态的抚摸与书斋里的智力写作合谋，将诗导入了逃逸性写作的边缘，没有很好地传达处于转型期国人焦灼疲惫的灵魂震荡和历史境况及其压力，对现实语境共同疏离、隔膜所造成的从自语到失语的遭遇，决定这些诗歌自然无法为时代提供必要的思想与精神向度，匮乏产生轰动效应的机制，这让人们不得不为诗的前途与命运忧心忡忡。事实证明，自20世纪80年代以降，虽然和主流诗歌既排斥又渗透的先锋诗歌不断为主流诗歌输送艺术优长的营养，但却从来没有成为社会文化的主流与中心，并且影响日趋边缘化、圈子化；它每一次运动的结果都是泥沙俱下、鱼龙混杂；一方面先锋诗人悲壮地前行，另一方面先锋诗歌命运愈加黯淡。如此说来，20世纪的先锋诗歌也就自然难以成为文学"显象"了。

正是因为20世纪中国先锋诗潮存在着许多负面价值，所以人们对它的评价始终是实行低调处理，或贬为异数，或斥为逆流，或视为另类，甚至有人认为它一无是处。实际上这也偏离了事实本身。作为中国几千年文学史上出现的有严格意义与庞大规模的现代主义、后现代主义先锋诗潮，它的存在本身便证明了它有许多正面效应，证明了人与文的双重自觉。现代主义时段的先锋诗歌那种内在把握世界的思维方式，虽然疏离或淡化了现代中国的社会现实，但却对人类生存境遇、感觉进行了颇具哲学与心理深度的掘探，折射了时代风云的变幻，构筑了时代心灵的历史，提供了丰富的认识价值。尤其是像九叶诗派、朦胧诗派等对现实主义的合理扩张和融汇，又触摸到了时代生活的本质核心，为诗平添了许多沉实与客观内涵。它的那种形式感与独创意识，为新诗艺术输入了宝贵的新鲜血液。重视心灵感应的象征意识、感性与理性融合的陌生化语言操作、流转开放的结构形态、音色交错的纯诗探索，乃至朦胧暗示的美感效应，都丰富了新诗的技巧，提高了新诗的品位，给人一种耳目一新的奇特感，它所拥有的创新精神永远是充满生机的象征。它从纯到不纯的位移，它与现实主义的合流与归趋，为后者输送了现代的艺术思维和手法技巧，使现实主义主潮愈加壮大丰富与深化；既补正了现实主义的拘泥于物象、浪漫主义的情感极化，走出了艺术的偏颇，又推进了新诗现代化的进程。它那种立足现实自觉结合传统与现代、横的借鉴与纵的继承的选择，实现了西方艺术的东方化、古典精神的现代化，保证了中国新诗向世界艺术潮流汇入与个性的确立，即便在今天也不无启迪意义。现代主义时段的先锋诗歌留给未来的启示已经不少，朦胧诗后的先锋诗歌提供给人们思考的就更多了。它从对意识形态写作的反抗,到个人化话语的自觉构筑,再到身体诗学的大面积崛起,在短暂而辉煌的历史进程中,留下了一批优卓的精神化石。它们的边缘思想和反叛立场所带来的自我调节与超越的能力机制,既利于消解中心和权威,营造平等活跃的氛围,保证主体人格与艺术的独立,也对抗了狭隘的激进主义因子,构成了诗坛活力、生气和希望的基本来源,以对缪斯的发展具有启迪意义的因素的提供,让人们对先锋诗的未来充满信心。它们在清醒的语言本体意识统摄下的艺术解构与建构实验,催生了国人认知范式的革命,即从儒释道互补的传统悟性思维、"五四"后的辩证唯物主义和历史唯物主义思维、新时期的系统论控制论信息论思维,晋入到语言学时代,艺术气象因之焕然一新。它们对诗歌本体的坚守和对写作本身的探求,如事态意识的强化、反讽的大剂量投入、文体间的互动交响、多元技术的综合调适、个人化写作的张扬等,都在延续新诗先锋精神传统的同时,丰富、刷新或改写了新诗艺术表现的历史,耕拓和启迪了新诗可能的向度和走势,抵御与带动了主流诗歌界,以一种新传统的凝结,和与现实主义、浪漫主义、现代主义诗歌的共态融汇、异质同构,实现了诗坛多元互补的生态平衡,正是现实主义精神、浪漫主义气质与现代主义、后现代主义技巧的综合机制,才使中国新诗得以丰富多姿,能够一直向理想的境地奔赴。

也许是受20世纪先锋诗歌诸多合理优质的暗示,一些时间神话的信仰者就乐观地预言:诗坛的明天必定是现代主义、后现代主义的天下。这种近乎迷信的偏见是缺乏依据并且迂腐可笑的,且不说它那种由现实主义、浪漫主义、现代主义到后现代主义四种思潮形态一种高于一种的逻辑,背离了文学发展的复杂性的事实,就是它那种一味褒扬先锋诗歌,对其缺憾极

力遮蔽的做法也是不可取的。当然我们也不能因为20世纪先锋诗歌存在着种种弊端而认同这样一种比较流行的观点:与西方"后现代主义的终结"(1991年后现代学者集聚的德国斯图加特研讨班即以此为题目)一致,以后现代主义为主体的中国先锋诗歌在不久的将来必然寿终正寝。而需要以沙里淘金的态度,甄别优劣,扬长避短,保证先锋诗歌的健康前行。

确实,20世纪先锋诗歌中的现代主义潮流在中国缺少良好的土壤,东方文化中强大深厚的现实主义、浪漫主义乃至现代主义传统的制衡与牵拉,使它果实苦涩,最终也没能抵达严格意义的现代主义艺术领域,对传统文学而言,它是崭新的;而对西方现代主义而言,它又具有"准"的性质,所以袁可嘉先生才十分科学地称之为中国式的现代主义。而朦胧诗后的后现代主义诗歌依托的民刊多数时断时续或昙花一现,受到影视、录像、卡拉OK等文化和亚文化的冲击;尤其是它自身发展历史上没有经过充分现代主义阶段的先天不足,以及百病相扰的局限,都注定它难以根深叶茂。但是我相信中国先锋诗歌也不会就此终结或灭绝,而将继续影响21世纪的生活和艺术。

由于20世纪先锋诗歌身在边缘,同时它每次亮相时那种不驯服的"异端"姿态和反传统的价值取向必然引起社会"程序"的注意和控制,属于"体制"范围内的报刊和载体便大都相应地对先锋诗人关起门来,使其每次出现时的处境都十分艰难。而园地可以关闭,青春和诗情是关闭不住的。既然正式出版物不接纳或不愿接纳他们,缪斯的生命无法堂而皇之地正常生长,它就必须另谋出路,通过隐蔽神秘的渠道释放自己。于是在多数时间里,民刊策略便成为先锋诗歌的基本生存与传播方式。

当初李金发领衔的象征诗派压根就没有自己的园地，流派的分子间仅仅是因为同声呼应结成了艺术趣味相近的群体。现代诗派开始是依附于走"中间路线"的《现代》杂志的，而后卞之琳等人编辑的《水星》，戴望舒、卞之琳、孙大雨、梁宗岱、冯至等创办的《新诗》等几个同人化杂志南北呼应，才使其走上发展的鼎威状态；以自办刊物这一特殊出版形式开辟了一条民刊路线传统，并一直延续至今。九叶诗派、台湾现代诗派基本上继承了这个传统，前者借助《诗创造》《中国新诗》两本诗人们出资创办的刊物，后者也是凭靠纪弦独资创办的《现代诗》以及多数诗人自筹资金运转的《蓝星》《创世纪》《笠》等诗刊，登上诗坛并逐渐产生影响的。朦胧诗的崛起也是在被主流报刊拒绝的情况下，受杂乱无章的政治气候中民主自由之风裹挟和1978—1979年"中国民刊的鼎盛时期"[②]的氛围感召，使《今天》于1978年脱颖而出，有效地参与了中国新诗建设和思想解放。朦胧诗伊始，从早期的油印，经打字胶印，到电脑照排，乃至过渡到正式出版的各类民刊杂志，构成了一个布局分散但影响巨大的民间诗坛。所以有人断言，"在当代中国一直存在着两个'诗坛'。一个是官方诗坛，另一个是非官方诗坛"，"尽管非官方诗歌刊物的发行量有限，但它们的重要性是不容低估的"[③]。或者说一切非官方的诗歌先锋无不是在弘扬继承现代诗派组织社团、自办刊物的"传统"中成长壮大起来，从"地下"转到"地上"再进入话语中心地带，最终得到社会认可和读者接受的，当然先锋诗歌一旦进入话语中心，其"先锋性"即会锐减乃至褪尽。

第三代诗对朦胧诗的启蒙意识和贵族化审美倾向并不买账，奇怪的是诗人们不自觉间显影于诗歌文本中的处境、出路和突围方法表明，它在生存方式上仍延续了朦胧诗的民刊路线。作为《今天》的传导

体——大学生刊物群，如影响较大的《未名湖》（北京大学）、《赤子心》（吉林大学）、《珞珈山》（武汉大学）、《崛起的一代》（贵州大学）等就是在这样的背景下孕育萌动的。尚仲敏等在重庆办的《大学生诗报》，韩东、于坚在南京办的《他们》，周伦佑和杨黎在成都办的《非非》，还有上海的《海上》《大陆》，成都的《现代诗内部交流资料》《次生林》《红旗》，杭州的《诗交流》，等等，也以类似的情形面世；特别是1986年《诗歌报》和《深圳青年报》举办的"现代诗群体大展"，更可视为民刊进入80年代后首次集中亮相与检阅，它是民刊第一个繁盛期到来的突出标志，60多个社团齐刷刷地从"地下"喷涌而出，如此仅仅展露了"冰山"之一角，其内在的庞大喧腾可想而知。经过1986年"现代诗群体大展"的壮丽奇观，到80年代后期民间"诗江湖"及报刊都出现了一段震荡的"眩晕"，一直到90年代中期之前都是将发展步子放缓，形式多以报纸为主，锐力与活气明显不足。这期间强力苦撑的是那些态度相对中庸、严肃，致力于诗歌艺术本身的诗歌团体和民间刊物，如北京芒克与杨炼领头的《幸存者》、北京的西川与上海的陈东东创办的《倾向》（后更名为《南方诗志》）、北京芒克与唐晓渡统领的《现代汉诗》、浙江梁晓明与河南耿占春经营的《北回归线》、美国严力主办的《一行》，以及90年代初陆续出刊的四川的《象罔》《九十年代》《反对》《女子诗报》、北京的《发现》《大骚动》、上海的《南方诗志》、天津的《葵》、深圳的《声音》、河南的《阵地》、广东的《声音》等，它们共同创造着一种秩序、文化精神，以书面口语纠正第三代诗的口水化写作，流派意识已不像80年代那么强烈。社会转向的90年代中期以后，由于艺术空间加大、人们心态平和、时代空气相对宽松，为民刊复兴准备了成功的条件；加之诗人们对主流诗刊停滞状态的不满及其经济情况改观的

星河·夏

推动,民刊再度掀起汹涌的大潮。在原有诗刊诗报基础上又出现了许多民刊,如《界》(广州)、《尺度》(北京)、《诗参考》(北京)、《翼》(北京,女子诗刊)、《诗江湖》(北京)、《东北亚》(黑龙江)、《唐》(西安)、《标准》(北京)、《诗歌与人》(广州)、《锋刃》(湖南)、《诗前沿》(北京)、《阿波里奈尔》(杭州)、《下半身》(北京)、《朋友们》(北京)、《诗文本》(广州)等,它们和漫天飞的自印诗集、世纪末到来的网刊媾和,形成繁花似锦、热闹非凡的景象。这时期的民刊不但在装帧和印刷质量上一改以往的寒酸粗糙,从封面设计、内文编排到外观包装的整体形式都相当精美考究,甚至达到了豪华的程度;同人化和地域性因素的强化渗透,仍使一些刊物成为滋生流派团体的基本背景和大本营。

从对民间刊物历史的粗线条梳理足以看出:和边缘的生存状态相连,民刊策略已经构成中国先锋诗歌的基本生存与传播方式。这种方式是新诗的边缘处境与中国文化的独特体制使然,同时和先锋诗人的民间立场有关。如果说先锋诗歌当初选择边缘的民间立场更多的是迫于无奈的成分,那么随着时间的流逝则越来越成为一种自觉的追求,诗人们不但不以边缘状态感到懊恼,相反在悟透民间、主流各自的包孕尤其是边缘的潜在意义后,开始有意强化边缘效应,故意和主流文化之间保持一定的必要的距离。诗人们清楚,民间诗歌是中国当代诗歌之源,自《诗经》《楚辞》以来的中国诗歌历史表明好诗歌最早无不来自民间,然后才逐渐被文人采纳并精细化,而一旦文人将之精细到一定的模式化程度时这种诗歌形式即告消衰,紧接着另一种新生的诗歌样式又会在民间萌芽,也就是说民间永远是诗歌的活力与原创的象征。所以后期的先锋诗人普遍蔑视对抗主流和中心话语,抵触烙印着官方意识形态色彩的报刊,有时为了维护独立立场甚至

走极端,宁可作品不发表也不愿迎合大众趣味而在主流报刊露面,以自居民间和边缘而感到骄傲荣耀。并且先锋诗歌的这种倾向早已由"地下"转到"地上",到20世纪90年代越加强化和鲜明。以至于在世纪末的民间写作和知识分子写作论争中,双方都向民间立场靠拢,都怕和主流诗歌扯上干系,更否认被对方指认为主流诗歌盟主。在杨克主编的正规出版的三本"中国新诗年鉴"(分别为1998、1999、2000年)封面上,无一不赫然写着"艺术上我们秉承:真正的永恒的民间立场"字样;以至于在1998年《诗刊》进行《中国新诗调查》评选时,作为50名入选"最有印象的当代诗人"之一的西川,在接受记者采访时愤怒地说"我感到耻辱",他们对官方和国家出版物的赞许兴趣索然;以至于2000年出现了台湾诗人洛夫在给《中国新诗年鉴》寄去长诗的信中嘱托如不能入选望转给民间刊物的情况[4],这些都足以看出诗人们对所谓的主流诗坛的不屑,足以看出"民间"二字在先锋诗坛和先锋诗人心中的分量。

民间立场意味着诗人回到写作本身,它直接带来的后果是使先锋诗界注重前卫性的创造和新的艺术生长点的发掘,这种一贯的作风即使先锋性能够在民间得以薪火承传,也对主流文化和官办刊物构成了有益的挑战。民间刊物和那些老牌官办刊物的最大区别在于它从不论资排辈,按名气与地位取舍稿件,而以推举新人为己任。事实上30年代的何其芳、林庚、徐迟,40年代的袁可嘉、杭约赫、杜运燮,五六十年代的郑愁予、蓉子、痖弦,70年代后期的顾城、北岛、芒克,80年代的杨黎、于坚、韩东、翟永明,90年代的张曙光、伊沙、徐江,以及世纪末崛起的沈浩波、朵渔、尹丽川、安琪等诗人,最初也的确都是从民刊中走出,而后逐渐成为诗坛的新生力量的,这些诗人构筑了挑战主流诗歌和话语权力的基本阵容。而无法得到社会认同的青年群

体,由于在文化角色上相当长一段时间经历着"脱离旧的同一性和向往新的同一性的矛盾"的"自我分裂"的边缘感⑤,必然在不满中爆发出否定现存秩序的批判激情和创造活力,成为倾向预演未来文学视界的最富有可能性的文学主体;这一特点和民间立场固有的自由创造品质相遇,又注定民间刊物和民间诗歌群体往往带着强烈的前卫和实验色彩。检索一下20世纪新诗的艺术历史,扑面而来的清新陌生气息大多来自民间刊物的诗歌,每一次艺术技巧的变构也大多来自民间刊物的诗歌。从穆木天、王独清的"音色"创造,到现代诗派钟情的诗情智化;从九叶诗人的断句破行,到台岛诗人的"以图示诗";从舒婷、北岛的意识流引入,到他们诗派的语感强调、整个第三代都心仪的反诗的事态冷抒情;从张曙光、孙文波等倡导的诗性叙述,到贯通近20年先锋诗歌历史的诗体交错混响;从于坚的拒绝隐喻,到伊沙的身体写作和反讽策略;从徐江、侯马、宋晓贤、阿坚等的后口语写作精神,到余怒突出歧义和强指的超现实写作……他们都催化、刺激了文学的某种可能性,对主流诗歌界形成了威压和挑战。我以为在诗歌日益边缘化的时代,对新的诗歌艺术生长点的发现和确立比推出大师名作更显得急迫,也更有建设意义。也正是因为民间立场写作的探索性和冲击力逼人,加上民间刊物编辑经验的日益丰富、印刷质量的大幅度提高,民间立场的边缘性好像有了边缘效应的神力,影响力和权威性有时超过主流报刊,不但诗坛的文化惰性和沉闷局面被彻底打破,而且也敦促一些官办报刊对民间先锋诗人变冷漠、忽视、轻慢为热情、接纳、欢迎,如《诗选刊》《诗刊》《星星》《诗潮》《诗歌月刊》《绿风》等刊物近些年都注意选发民间刊物上的作品,《诗歌月刊》《诗神》还出过民间诗歌专号,其实"在边缘和中心之间、非主流与主流之间不仅存在着对抗、差异,更主要的则是交流、制约"⑥,如果主流诗刊的规范沉稳和民间诗刊的野性活力真正实现双向互动,将十分有助于健康丰富、具有创造活力的文化生态格局的形成。

历史处境的边缘化、生存传播方式的民刊化和写作立场的民间化,表明20世纪中国先锋诗歌还存在着相当典型的亚文化特征。这种亚文化特征标志着先锋诗歌在当代文化环境中的历史位置,还远没有达到中心和主流的地步,这固然是先锋诗人的有意拒绝和主流文化匮乏必要的开放机制造成的结果,但也暴露出先锋诗歌仍有许多严重的缺点。民刊如火如荼地发展,使那些不为主流刊物认可的好诗浮出地面,但也是"拔出萝卜带出泥",好诗被发掘出来的同时,一些非诗、伪诗、垃圾诗也鱼目混珠地招摇过市,破坏了民刊的声誉;民刊的同仁化,既造就了不少风格相近的诗歌团体流派,又由于人际关系因素带来选稿的随意性而潜藏危机,一些并不先锋的诗歌混入使先锋诗坛不再纯粹;多数民刊的即时性和短暂性,使其生存能力较差,虽能够增进诗坛的活气和热闹,却不利于相对稳定的大诗人的产生。尽管如此,20世纪中国先锋诗歌已经以一种新的品质为中国新诗坛写下了一曲动人的乐章,它的反叛姿态、它的创新精神、它的边缘立场,以及它为艺术坎坷跋涉的轨迹,都将被钟情和关心缪斯的人们所铭记。而今,随着中国加入WTO及世界经济的一体化,边缘与中心、非主流与主流、官刊和民刊之间的界限越来越模糊,这无疑为先锋诗歌的发展进一步提供了机遇。先锋诗人不该永远固守边缘,拒绝成为主流文化;而要力求从边缘到中心,由非主流晋升为主流,然后再产生新的先锋,只有这样不断地循环往复,社会文化与先锋诗歌才会逐步趋于深化与成熟。

XINGHE

星河·夏

注释:

①吕周聚:《中国当代先锋诗歌研究》,中国广播电视出版社2001年,第103页。

②廖亦武:《沉沦的圣殿:中国20世纪70年代地下诗歌遗照》,新疆青少年出版社1999年,第317页。

③奚密:《从边缘出发》,广东人民出版社2000年,第206页。

④于坚:《当代诗歌的民间传统》,《当代作家评论》2001年第4期。

⑤R.D.莱恩语,转引自巴赫列尔:《青年问题和青年学》,社会科学文献出版社1986年,第144页。

⑥韩东:《论民间》,《芙蓉》2000年第1期。

（作者单位:南开大学文学院）

论戴望舒的诗歌美学观

◉ 骆寒超

诗歌审美观既涉及诗本体外在的一些方面,诸如文化生态、哲学意识、社会思潮等,更涉及内在的一些方面,诸如运思方式、语言意象、节奏体式等。有些诗人对诗本体的内外在各类问题都有所思考,拥有完整而全面且自成一体系的诗歌审美观,这当然值得称颂,但往往完整全面有余而原创的深刻不足。另有一些诗人对诗本体做思考的路子较窄,只涉一点而不及其全,却往往有原创的新颖,同样值得称颂,或者说更可做探讨。戴望舒大概算属于后一类。他所谈论诗歌的文章留给后人的实在不多,除了两组《诗论零扎》(共二十四则)、一篇《谈林庚的诗见和"四行诗"》、一篇《谈国防诗歌》,就只有他在所译西方诗歌后面所附的"作者介绍与评说"或者一批短短的《译后记》了。其文章数量虽少,但颇有精当之论,特别在诗情把握、意象构成、语言体式上见解独到,且都能归之用于对抒情问题的探讨,说他的诗歌审美观是抒情诗观也无不可。因此,我打算从抒情属于诗歌专职、诗情来自意象感兴、语调体现情绪节奏这三个方面,来对这一位"雨巷诗人"的诗歌审美观或者抒情诗观做出考察。

一、抒情属于诗歌专职

戴望舒认为抒情是诗的本职。对于这层意思,其实郭沫若早就在1920年2月16日写给宗白华的信中已说过,那就是:"诗的本职专在抒情。"作为"诗缘情"的现代版表述,戴望舒在第一组《诗论零扎》的第十五则中就这样说:"诗应当将自己的情绪表现出来而使人感到一种东西。"还补充了一句:"诗本身就是一个生物,而不是无生物。"此话表述的终极意思由于语言跳跃太大,让人一时间转不过弯来,其实细加推敲,大有意味可品。这样讲实指情绪来自活生生的生命体有感之所得,这样一来,诗也就成了生命体本身,而所谓诗的抒情也就是生命体的喻示性表现了。进而言之,生命体的喻示,实际上也就体现为抒情主体对生态境界的感兴,所以戴望舒这一则"诗论零扎"除了说诗要表达主体自己的情绪,还回答了诗情从何而来,又凭什么得以表达出来这两个方面的问题,意味着诗情来自主体对生态境界的感兴,并借生态境界的创造而把诗情表达出来。易言之,作为一项诗的专职,主体对诗情的把握和表达都离不开生态境界,既要有高度的敏感能力,对生态境界做审美发现,也要有高度的言语能力,对生态境界做审美创造。明乎此理,也才使我们对戴望舒在为中译法国后期象征派诗人保尔·福尔的诗写的《译后记》中一句话特别感兴趣:"他用最抒情的诗句表现出他的迷人的诗境。"这句话的前半句"他用最抒情的诗句",就是指主体须以高度言语能力将被自己审美发现的生态境界抒情化;这句话的后半句"表现出他的迷人的诗境",则指抒情化非得是一场生态境界的

XINGHE
星河·夏

审美创造不可。总之,诗情来自生态境界的审美发现,抒情出之于生态审美境界的创造。这样一来诗情离不开诗境也就在戴望舒的"诗缘情"诗观中凸显出来了,诗情是内容,诗境是形式手段! 基于这一点,也就有了戴望舒对林庚的"四行诗"的批评。

戴望舒在第一组《诗论零扎》的第九则中说过一句话:"新的诗应该有新的情绪和表现这情绪的形式。"但他认为林庚的"四行诗",诗境陈旧,诗情也不新,算不得是"新的诗",所以也就写了一篇《谈林庚的诗见和"四行诗"》予以批评。

林庚从事古典文学研究,对旧体诗词的造诣较深,所以浸淫于传统诗歌的审美趣味也就化为本能潜意识,每当投入新诗创作,就会不自觉地把一些旧辞藻掺入白话用语中。20世纪30年代初,他先是连续出版了两本自由体新诗集《夜》和《春野与窗》,虽是参差不齐颇显解放的体式,却也显出古色古香的色调。然后从1934年起他开始写作九言四行为主的格律体新诗,出版了《北平情歌》《冬眠曲及其他》等诗集,除了更大量地起用了旧辞藻,在词法、句法上也显出走回头路的迹象,致使这些"四行诗"(说确切点应该叫"九言四行诗")既有古典诗体的现代版特色,更散发出一股浓浓的陈腐的氛围气,以致传达出来的诗情也变得古意益然了。戴望舒——如同前面已提及的,有一个固执的抒情诗观:"新的诗应该有新的情绪和表现这情绪的形式。"因此对这种复古追求颇不以为然,认为曾经使他寄以"远大的希望"的林庚,"现在却多少给了我们一些幻灭了",因此写《谈林庚的诗见和"四行诗"》,批评了这股不合时流的抒情诗风。他说:"从林庚先生的'四行诗'中所放射出来的是一种古诗的氛围气。"又说:"他虽不只掊扯一些现代的字眼,却掊扯一些古已有之的境界,衣之以有韵律的现代语。所以,从表面看来,林庚先生的四行诗是崭新的新诗,但到它的深处去探测,我们就可以看出它的古旧的基础了。"总之,结论是如下的一句话:"林庚先生原也不过想用白话去发表一点古意而已。"这种追求,戴望舒是完全不能赞同的,因为在他看来像林庚这样的抒情追求,还有更大的、可以说是带根本性的问题存在。为此他掷出了这样的话:

> ……在今日,不把握它的现在而取它的往昔,实在是一种年代错误。

这可是涉及把握诗歌真实世界的大事。从这样的言说中我们可以发现戴望舒抒情诗观的深度。就是说他已明确意识到诗情必须是现实的反映,而抒情活动则须是现实中感受到的诗情的抒发,而任何对陈旧的生态境界的眷恋,都是违背现实审美的年代错误。

于是,一个新颖的抒情诗观被戴望舒把握到了,那就是抓住现实生态境界中即时性的感受体验所提升的诗情,展开抒情活动,才是值得提倡的。在为中译耶麦诗而写的《译后记》中他这样说:

> ……他是放弃了一切虚夸的华丽、精致、娇羞,而以他自己的淳朴的心灵来写他的诗的。从他的没有辞藻的诗里,我们听到曝日的野老的声音,初恋的乡村少年的声音和为禽兽的谦和的朋友的圣井朗西斯一样的圣者的声音而感到一种异常的美感。这种美感是生存在我们日常的生活上,但我们适当地、艺术地抓住的。

这段话自有其深刻之处,表明抒情活动中根本性的要点不是使用华丽的辞藻来进行夸饰,靠的是主体能否在平凡的现实中激发出真切的感受体验,把握到由此提纯出来的诗情。当然,从一般的目光看,这样的言说不过是老生常谈,其实不! 诗人从平凡的现实中激发起体验,提纯出诗情,从而"感到一种异常的美感",竟然被戴望舒概括成为一句话:这种"美感是生存在我们日常的生活上"的。这就把诗情与生活挂起了钩,把抒情和投入生活、体验生活挂起了钩。这样的见解可不是老生常谈,而是不同凡响的抒情诗观了。

鉴于以上种种,戴望舒进一步提倡来自现实生活新境界的诗情。他在为中译西班牙诗人阿尔陀拉季雷的诗而写的《译后记》中,特别郑重其事地介绍了阿尔陀拉季雷的一个诗歌观念:"诗人呢,正如任何在恋爱中的人一样,需要睁大了眼睛看生活,因为它是最好的诗神。"认为生活是"最好的诗神",这种见解是独到的。戴望舒如此诚恳的认同则大大地丰富了也深化了自己的诗观。大致从两个方面显示出了这种丰富与深化。

首先,在戴望舒看来奉生活为最好的诗神可以使诗人对诗歌情绪的把握不致陷入误区,使情绪丧失生命的活力而质变为理性概念,或者就说可以避免情绪的抽象枯涩化。在为中译保尔·福尔的诗而写的《译后记》中,戴望舒竟然把诗人所能拥有生活的"迷人的诗境",看成是这位后期象征派能获得"最抒情的诗句的根本性保证",他还在此说的下面补了一句:"像生活一样,像大自然的种种形态一样……远胜过其他用着张大的和形而上的辞藻的诸诗人。"的确,像生活本身或像大自然中的一种物质形态那样,所刺激出来的感兴情绪,对于写诗来说要远胜于形而上的抽象理念,这是因为:对写诗而言,出自生活感受的抒情言辞是鲜活的,而来自抽象概括的形而上言说是枯萎干涩的。如此说来,生活确是最好的诗神,能引导诗人避开理性抽象、架空诗歌情绪的危险。

其次,把生活看成最好的诗神的这种标榜也使戴望舒抒情诗观中的诗情更染上了"新"的色彩。也就是说,这样做能把生活提高到"最好的诗神"的地位。总之,提倡诗情须来自现实生活新境界,还使他把诗情推向社会斗争,成为时代焦点上的存在。值得指出的是:戴望舒这方面的认识是在渐变过程中确立起来的,自有其一步步摆脱纯诗影响的诚恳。1936年,正当他兴致勃勃地提倡纯诗写作的时候,他竟然在《谈林庚的诗见和"四行诗"》中提出了一个有所超越纯诗的"新诗"主张:"现代的诗歌之所以与旧诗词不同者,是在于它们的形式,更在于它们的内容。结构、字汇、表现方式、语法等等是属于前者的,题材、情感、思想等等是属于后者的,这两者和时代之完全的调和之下的诗才是新诗。"⑩把新诗定位在形式、内容须"和时代之完全的调和"上,对戴望舒来说可很不简单。这个不简单在于:竟主张和时代完全绝缘的纯诗改弦易辙,提出"和时代之完全的调和",不言而喻,首先是诗情须"和时代之完全的调和",任何游离时代、和时代格格不入者就不配称新诗,更不必言新的情绪了。这个"调和"观念的确立对戴望舒来说颇为重要,使他这个纯诗的信徒对诗坛的现实态度有所修正,有了认识的新动向。在抗战全面爆发的前夜——1937年4月10日出版的《新中华》第5卷第7期上,他不合时宜地发表了一篇诗评《谈国防诗歌》,立足于纯诗派批评了当时盛极一时的"国防诗歌",这讲当然是错误的,但他能守住一条超越纯诗的底线:在诗情与社会斗争的关系上他不否认而是承认"诗中可能有阶级、反帝、国防或民族的意识的情绪的存在的"。这是戴望舒"抒情属于诗歌专职"的抒情诗观的一个进步。当然,话中因了"诗中可能有"的不确定语气而不用无可怀疑的语气,多少使我们有点失望。不过作为认识进展的过程,其不稳定性是可以谅解的,现实会进一步促成一个肯面对现实的歌者坚定已把握住的新认识。果然,1939年他和艾青创办的诗刊《顶点》出版,在《创刊号》上我们读到了一篇两人合写的《编后杂记》,有如下一段话:

《顶点》是一个抗战时期的产物,它不能离开抗战,而应该成为抗战的一种力量。为此之故,我们不拟发表和我们所生活着向前迈进的时代违离的作品。

这段话不管由谁起草,至少是戴望舒和艾青共同的意见,反映着一致的态度。在这全民奋起抗日的年代,个人利益可以放一放,民族大义不能丢。诗作为一场抒情追求,只能服从亿万人民共同的心灵需求,为民族的独立自由而抒发战斗时代的豪情。也就是说:新的抒情,是为时代而歌。

至此,戴望舒的抒情诗观在诗情的把握上,终于达到了一代爱国者所能达到的精神审美至高点。

二、诗情来自意象感兴

诗人的诗情缘何而来,他在诗中又是通过什么途径把诗情传达给读者的,这也是戴望舒在确立抒情诗观中探求得很多的一个方面。一般来说,诗情总有感而得再直接者,把这些有感而以直接抒述就得了。这当然既简单又管用,不过太停留在表面也太直截了当了一点。这种感受不够真切深远,传达不够婉曲有致,对诗的抒情是不利的,更何况对超越地球相对时空而在宇宙绝对时空中做超验感应的把握和神秘象征的传达,更不适应。为此,历来诗人自觉不自觉地探求到一些真切把握和深远传达诗情的经验,从戴望舒的抒情诗观中可以见出,他接受了一些传统的经验,也探求到一些独特的手法,那就是通过感兴意象的构筑和意象组合的象征。这条途径值得一议。

值得指出的是,在戴望舒活跃于诗坛的年代,诗学术语没有统一规范,用得较为混乱,不过所指的实质内涵还是可以意会到的。戴望舒在表达他的抒情诗观时,没有使用过“意象”这个术语,更不要说意象组合,而总以物象和物象“排列”来称呼。这里不妨引一段他在中译核佛尔第诗的《译后记》中所写的话来看一看:

……他用电影的手法写诗,他捉住那些不能捉住的东西:飞过的鸟,溜过的反光,不太听得清楚的转瞬即逝的声音。他把它们联系起来,杂乱地排列起来,而成了别人所写不出来的诗。

这段话其实是告诉我们核佛尔第善于使用意象和意象组合体来抒情。说这位法兰西诗人所“把捉”到的是“那些不能把捉的东西”——视感觉的“飞过的鸟”、光感觉的“溜过的反光”、听感觉的“转身即逝的声音”,这可全是有些飘忽的、只能凭心灵的敏感才能把捉住的东西,自然也就是主体凭体验的灵敏所获得的意象,而它们看似“杂乱地排列起来”的存在,显然是指意象组合体。至于说他“用电影的手法写诗”,不言而喻是说用意象组合来抒情。所以这一大段话讲的是一场意象抒情的全过程,虽然内中没见有“意象”这个词出现,但我们完全能理会到。《译后记》还称颂核佛尔第这样的追求竟然使他写成了一批“别人所写不出来的诗”,表明戴望舒对意象抒情的赞美、认同,以至把这一项抒情经验融入自己的抒情诗观中,且成了其中的一个重要方面。

使我感兴趣并想追究一下的是上引戴望舒谈核佛尔第的那句“捉住那些不能捉住的东西”! 这“捉住”凭的是什么能耐,

我们在前面论析时认为是"凭敏锐的心灵感应",这种说法笼统了一点。其实戴望舒本人就有过更细致、深入的说明，在为中译果尔蒙的诗所写的《译后记》中，他这样说：

> ……他的诗有着绝端的微妙——心灵的微妙与感觉的微妙，他的诗情完全是呈给读者的神经，给微细到纤毫的感觉的。

这一番言说很值得注意。戴望舒在这里把自己的抒情诗观中的意象问题集中地做了思考，他指出果尔蒙具有凭直觉刺激情绪、激活想象来干一场"绝（极）端的微妙"的事儿的能力，这个既包括"心灵的"也包括"感觉的"两类"微妙"所指者何？他没有明说，但可以意会这是指直觉意象，所以深一层看这段话可以明白，他是在推崇果尔蒙的意象构筑能力。艾青在《诗论》中曾说过"意象是纯感觉的，意象是具体化了的感觉"的话，这种说法是否全面，暂且不论，但说意象构成的起点是感觉，意象和感觉脱不了干系，还是极可取的。戴望舒在这里的一番大谈感觉的话和艾青谈意象的起点是感觉是相互呼应的。他说果尔蒙出之于"心灵的微妙和感觉的微妙"的"诗情"，"完全是呈给读者的神经，给微细到纤毫的感觉"的——这不正是在谈"感觉"在"神经"中的"微妙"显示、一种缭绕感兴氛围的意象表现吗？唯其如此，也才使我们对戴望舒第一组中的第八则《诗论零扎》有了新认识。这一则这样说：

> 诗不是某一个官感的东西，而是全官感或超官感的东西。

这段话不是像有人理解的那样，只是说给重外在音乐美者听的，而主要是说给意象构筑者听的。说写诗要重心灵的微妙、感觉的微妙也好，要重全官感或超官感也好，为的都是打着感觉追求的大旗来张扬诗中意象构筑的重要性。的确，意象的构筑并不是那么简单的事儿，必须调动全部感觉，甚至超验感觉才能有至美的意象构筑。但也必须看到："全官感或超官感"可不是一般的感觉，而是会提升成直觉的。

是的，构筑高层次审美意象要凭直觉。

直觉有两种含义：一种为直观感觉，又称感性直觉；另一种为人的思维直接把握事物本质的内在直观认识，又称理性直觉。这两类直觉在中国是分了家各行其是的，前者仅是一种感性的观照和感觉，后者则不仅包含直接的感受，而且包含理智之光对事物的本质的觉察。但在西方，二者是统一成一体的综合认识能力。上引戴望舒谈果尔蒙说他具有"心灵的微妙与感觉的微妙"，这"心灵的微妙"就是理性直觉，"感觉的微妙"则是感性直觉，它们被连在一起来说，可见戴望舒认为果尔蒙具有西方式的直觉。他在第一组《诗论零扎》的第八则中说诗是"全官感或超官感的东西"，给予人的既有心灵的微妙，又有感觉的微妙，也可合而为西式直觉。总之，在戴望舒的抒情诗观中，艺术直觉是一种综合认识能力，在具有这种能力的西式直觉作用下所构成的意象，也就蕴涵有"微妙"的功能：既有直观感受力，又有智慧领悟力，我们称之为感兴功能，于是也就有偏于感兴功能的意象抒情了。而由于这种意象抒情重在直观感觉与智慧领悟相结合的功能显示，也就使主体对意象自身有某种程度的超越。于是，用以构成意象的客观存在物，也就以感兴之强弱为转移而降格了自身的本体价值定位。戴望舒基于此在第一组《诗论零扎》的第十则中这样说：

> 不必一定拿新的事物来做题材（我不

反对拿新的事物来做题材），旧的事物中也能找到新的诗情。

意象的直接现实的价值降格也就会对应意象构成的非直接现实升格，事态的发展果然如此。第一组《诗论零扎》紧接着第十一则说：

旧的古典的应用是无可反对的，在它给了我们一个新情绪的时候。

由此看来，表现"新情绪"所使用的意象不存在现代与否的问题，而在于意象构筑机制是否具有感兴出"新情绪"来的功能。

于是意象组合的重要性也就被戴望舒提到抒情诗观的议事日程上来了。

值得指出的是，戴望舒对意象组合的重要性在创作中自发的觉识较早，在写《我的记忆》的20世纪20年代末期已有萌芽，但作为实践经验的理性提纯，自觉的把握却要到40年代中期，具体体现在第二组《诗论零扎》中。这一组《诗论零扎》一直未受学界关注，几乎没见有人对它做过论析，我在这里想结合戴望舒抒情诗观中对意象组合的重要性的认识，来对第二组《诗论零扎》的第一则做一番理论探讨。首先引述这一则"零扎"的第一节：

竹头木屑，牛溲马勃，运用得法，可成为诗，否则仍是一堆弃之不足惜的废物。罗绮锦绣，贝玉金珠，运用得法，亦可成为诗，否则还是一些徒炫眼目的不成器的杂碎。

这段喻示性的话重要性在两个方面：其一，如同单个存在物只是"不足惜的废物"，单个意象也只是"徒炫眼目"的"杂碎"；其二，如同"竹头木屑"运用得法可成器，意象安置得体可成诗。基于此，戴望

舒也就顺势推出了一个意象审美的新话题。意象抒情得把重心置于意象组合上，也就是说要讲究组织。因此，在紧接这一则"零扎"的第一节之后，他这样说："诗的存在在于它的组织。"好一个"在于它的组织"，把"组织"这事儿置于意象抒情的首位，也就表明意象组合已成了最为重要的方面，既如此，那么意象直接现实价值的降格也就成了必然的事。于是紧接"诗的存在在于它的组织"之后，他又补了一句："在这里，竹头木屑，牛溲马勃，和罗绮锦绣，贝玉金珠，其价值是同等的。"这句话当然可以同第一组《诗论零扎》的第十、十一则相呼应。多次重述一个"同等"观念，即古典"题材"与现实"题材"的"同等"，"竹头木屑，牛溲马勃"与"罗绮锦绣，贝玉金珠"的"同等"，那就必有奥妙，这里暂且按下，只想先提一提这种"同等"的呼应显然是为了对"诗的存在在于它的组织"的凸显。但戴望舒似乎感到这场凸显还不够有力，就再举一例来予以强化，他这样说：

批评别人的诗说"如七宝楼台，炫人眼目，拆碎下来，不成片段"，是一种不成理之论，问题不是在于拆碎下来成不成片段，却是在搭起来是不是一座七宝楼台。

这话很有论辩逻辑性，借古说今，无非再次强调：诗歌抒情、意象组合这事儿最重要，讲究点意象组合的精致有机不可忘。

其实问题不在于意象组合的有机，而在于这种组合的有机能给意象抒情带来何种审美价值。要谈这个方面，还得把意象抒情这事儿扯开来一点。所谓意象抒情，说到底是意境抒情。意境是一层氛围，能把情思意绪感兴出来。但意境缘何而生，同意象的关系又如何呢？可以这样说：意境是靠意象而生成的，是接受者对意象做具体而真切的体验而生成意境的。但单个

意象很难让人把握到完整的意境，除非这个意象已情绪化、原型化了，要靠一串意象组合成一个组合体。这个组合体中的各个意象，能凭索绪尔在《普通语言学》中提出的那个对等原则来相互感应，才能有意境的生成，从而达到以意象的感兴来抒情的目的，而这也正是戴望舒的抒情诗观中如此凸显"组织"——也就是意象组合的缘由。不过还值得进一步指出：意象组合的有机不仅能使意境生成，从而把情思意绪感兴出来，而且能超越意境氛围而再生直觉，在直觉的氤氲中获得超验的顿悟，把握到一种具有智慧的人事象征甚至高级象征的意蕴。所以，戴望舒评说核佛尔第的那段话，也就显出了它的深意，特别值得来做新一层次的考察。那段话中说核佛尔第是"用电影的手法写诗"的，电影是由一个个蒙太奇镜头组接起来的，所以说用电影的手法写诗是指用一个个意象组合而成的意象组合体来抒情。这些镜头式的"东西"——意象，不易把捉，诸如"飞过的鸟""溜过的反光"等，只有凭心灵的敏感力才把捉到。然后：

> ……他把它们联系起来，杂乱地排列起来，而成了别人所写不出来的诗。

这话很重要，但又极奇特：这些被一般人看成镜头式的"东西"全是在诗中"杂乱地排列起来的"，却竟然形成了"别人所写不出来"的奇诗，靠什么？靠的是意象的有机组合，从而促进兴发感动的充分发挥和意象象征的有效体现，而所有这些又都得归功于"组织"的得法。

是的，都得归功于"组织"的得法，戴望舒自己的创作实践了这一点。这里就拿《烦忧》一诗来看看。诗是这样的：

> 说是寂寞的秋的悒郁，
> 说是辽远的海的怀念，

> 假如有人问我烦忧的原故，
> 我不敢说出你的名字。

> 我不敢说出你的名字，
> 假如有人问我烦忧的原故，
> 说是辽远的海的怀念，
> 说是寂寞的秋的悒郁。

这是一首颇成功的意象象征诗，成功表现在三个方面：其一，所选用的意象以非直接现实做价值定位，便于使诸意象间的关系凸显出对等原则的感兴互动，也便于把意象组合体的感兴功能推向意象象征；其二，节奏诗行的组合，按首节第一行的"秋的悒郁"为抑，第二行的"海的怀念"为扬，第三、四行合成的"不敢说出你的名字"为抑之标准做类推概括，可见这首诗的内在节奏以"抑扬抑→抑扬抑"的图式显示出规整的运行轨迹，而这条运行轨迹则能有序地推向对一种独特心境的意象感兴；其三，共两节的诗不仅以逆向复沓式的组接使节奏意象始终以抑归结（抑扬抑→抑扬抑）的心境提升为生命的烦忧，还因了相抱的意象组合那种持续（抑扬抑＋抑扬抑）进一步提升为一种领会百结愁肠乃是一种永恒存在。所以这首诗可以说是对生命生态的意象象征表现。

总之，戴望舒这一场从情思意绪的感兴意象激发到意象组合的意境生成，再到意境氛围的直觉领悟的意象象征艺术追求，为他的抒情诗观增添了一道亮丽的色彩：文本构成中意象有机"组织"的强调，使他把握到了一条感兴象征思路。

正是这条思路，引着戴望舒通向了象征主义。

三、语调体现情绪节奏

戴望舒抒情诗观的第三个方面是关于新诗形式建设的。在他看来，这方面的建

星河·夏

XINGHE

设得确立一个总的方向。在第一组《诗论零扎》第九则中他这样说："新的诗应该有新的情绪和表现这情绪的形式。"如此说来,诗的形式必须和情绪相应和。可见在他的抒情诗观中,诗情总是放在第一位的,是重点关注的,因此把新诗形式建设的逻辑起点也定在诗情上了。值得指出的是,他紧随上引的话之后还进一步说:"所谓形式,决非表面上的字的排列,也决非新的字眼的堆积。"那么这"形式"究竟指什么呢?只能从两个"决非"的对立面那儿去寻找答案,即不能仅靠整齐划一的"字"的排列,而须通过词句特定的排列体现出内在节奏——也就是情绪节奏来;不能仅靠辞藻的堆砌,而须通过辞藻的有机搭配显示出语言意象的鲜活来。说具体点,也就是只能通过内在节奏恰如其分地显示、意象语言意味隽永的表达,才能把适应新的情绪的形式建立起来。可见戴望舒心目中的形式建设,和意象语言的把握、内在节奏的体现这两个方面脱不了干系,而这两个方面则又是和诗情脱不了干系的。后者的脱不了干系可以理解,因为意象语言是意象的物质外壳,它本身就是意象的一部分,而意象又是感觉情绪激活想象之所得。至于内在节奏,则干脆就是感觉情绪波伏状态的呈示,是称之为情绪节奏也无妨的,这种种关系正表明这二者是诗情所派生的。前者和诗情脱不了干系就不是那么简单可以理解的了,要涉及散文美、口语美和语调美,得扯开一点来谈谈。

先谈散文美、口语美以及二者的关系。

"散文美"这个提法进入诗歌审美范畴,是艾青的功劳。早在1939年,他就写了题名为《诗的散文美》的文章,文中说:"散文是先天地比韵文美。"还说:"当我们熟视了散文的不修饰的美,不需要涂抹脂粉的本色,充满了生命气息的健康,它就肉体地诱惑了我们。"41年后,他在《与

青年诗人谈诗》中重提,带点感慨地说:"我说过诗的散文美,这句话常常引起误解,以为我是提倡诗要散文化,就是用散文来代替诗。"在艾青的意识中,之所以要提倡散文美,其实只是为了抒情的自由。在《诗的散文美》的最后,他这样说:"散文的自由性,给文学的形象以表现的便利,而那种洗练的散文、崇高的散文、健康的或是柔美的散文被用于诗人者,就因为它们是形象之表达的最完美的工具。"这些言说明白不过地表明他提倡散文美的动机:为了把新诗的形式导向诗行可以参差不齐,可以不讲究韵脚,念起来和谐流畅的自由诗体式之美。再说"口语美"。这个提法也出于艾青。他在《诗论》的"语言"一章中就说:"最富于自然性的语言是口语。尽可能地用口语写,尽可能地做到'深入浅出'。"在《诗的散文美》中,他又说:"口语是美的,它存在于人的日常生活中。它富有人间味。它使我们感到无比的亲切。"《我怎么写诗的》中他更表明自己的态度:"我常常努力着使我的诗里尽量地采取口语。"而很多年后——1980年7月他写的《与青年诗人谈诗》一文中他还坚持自己的这个态度:"我用口语写诗。"艾青之所以一直热心提倡口语美,是由于他注意到口语作为即时性人际在场交流的用语,具有自然性、人间味,使人有亲切感,是一种情绪波伏的形态或闪烁的色调自然而然的流现。这就是说:口语美更偏于诗情外显的内在节奏之美。所以,根据上面的一系列分析我们可以这样认为:提倡散文美对新诗的形式建设是有特殊价值的,使新诗顺此而确立了一个能给形象(意象)以表现便利的新颖体式——自由诗体;提出口语美,对新诗的形式建设也是有特殊价值的,使新诗顺此而推出了一个能给情绪波伏以外显真切的节奏形态;内在节奏。但值得注意的是,按诗学原理自由,诗体其实是

内在节奏得以呈示的外壳，而内在节奏其实是自由诗体得以获得生命的灵魂。这岂不是说散文美和口语美其实是一回事？是的，是一回事，艾青在《诗的散文美》中说："口语是美的……而口语是最散文的。"而在《与青年诗人谈诗》中，他还明确地说过这样的话："我说的诗的散文美，说的就是口语美。"

以上所述就是我们对散文美、口语美及此二者关系的考察，得出的结论是它们可以辩证地统一成一体。但试问：靠的是什么中介力量才使它们得以统一起来呢？

这就有必要再来谈谈语调问题。

语调就是语气、口吻、言说的腔调，一种情绪状态的外显。我们通过人际交流中的言说腔调可以窥破言者的情绪状态，所以可以说：语调是情绪的直接现实。而把语调定位于情绪的直接现实，也就要求语调必须是无比亲切、有人间味、自然流露的。这一来，被定位了的语调也势必出自口语，而出自口语的语调是不会有拿腔走调的人工气的。以这样的语调做中介，才能使具有散文美的自由诗体有了口语美的心灵真实，具有口语美的心灵真实也有了散文美的体式外壳，从而使新诗的形式建设得以有完美的造型。

据以上种种而言，我们得有这样的认识：新诗要谈与新的情绪相呼应的形式建设，非得从新诗语言出发不可，而要谈新诗语言非得归结于口语不可，要谈口语非得归结于口语语调不可，要谈口语语调非得归结于内在节奏表现不可，而最终要谈内在节奏表现非得归结于自由诗体建设不可。这个层层递进的新诗诗体建设体系是谁设计出来的呢？这当然不能随便讲，但最初的设计思路当然是艾青了吧！我们上面不是引了不少艾青关于散文美、口语美以及语调与它们密切关联的言说吗？但是不！艾青自己不承认。

在《与青年诗人谈诗》中，艾青这样说：

……我说的诗的散文美，说的就是口语美。这个主张并不是我的发明，戴望舒写《我的记忆》时就这样做了。戴望舒的那首诗是口语化的，诗里没有脚韵，但念起来和谐。

这可是一锤定音！的确，戴望舒从口语语调体现情绪节奏——也就是内在节奏出发，为新诗的诗体建设设计了最初的一条思路。

戴望舒这一条新诗诗体建设的思路有破又有立，可分三个方面来展开。

首先，他反对辞藻的炫弄，提倡口语的自然。

戴望舒是一个具有诗歌洁癖的人，特别是对诗歌语言方面，洁癖尤甚：如果发现有与诗没有关系的多余的话，就会立即驱逐。在第二组《诗论零扎》的最后一则中他就表明了这样的态度：如果"美丽的辞藻"在"组织起来时，对于诗并非必需的东西"，就把它们"从诗里放逐出去"。因此他多次表示对滥用辞藻的厌恶。第一组《诗论零扎》的第三则就说："单是美的字眼的组合不是诗的特点。"第九则中也说："所谓形式，绝非表面上的字的排列，也决非新的字眼的堆积。"唯其如此，当他发现诗中辞藻不只是多用了一些，而有卖弄花哨的意味时，更难以容忍。第十二则说："不应该有只是炫奇的装饰癖，那是不永存的。"看来适当地做点装饰不是不可以，但到"炫奇"——卖弄花哨的程度时，就"不应该"了，为什么？就因为不自然了。语言表达的不自然，势必会影响抒情活动中"情绪的和谐"，而"以文字来表现的情绪的和谐"的"诗"，也确会落得个"不永存的"。那该怎么办呢？为了求得"情绪的和谐"的表现，只有探索一种富于自然色彩的语言。

戴望舒就这样超越理论思考而通过创

星河·夏

作实践的经验提纯,来建设自己的语言诗观并逐渐取得深化。

1933年盛夏,杜衡为戴望舒即将出版的第二本诗集《望舒草》写了序,其中有这样一段话:"1927年夏某日,望舒和我都蛰居家乡,那时候大概《雨巷》写成还不久,有一天他突然兴致勃发地拿张稿给我看:'你瞧我的杰作!'他这样说……他所给我看的那首诗的题名便是《我的记忆》。"戴望舒竟称自己的这首诗是"杰作",这是为什么?后来他经多次创作实践而探求到了一项经验:要想使诗歌语言显得最自然而让人有亲切感,莫过于用口语了,而《我的记忆》正是用口语写得成功的一个文本,所以他在兴奋之余,自认为是杰作了。这以后他继续用这类自然而亲切、富有人间味的口语写下了《路上的小语》《林下的小语》《独自的时候》《秋天》《对于天的怀乡病》《祭日》《到我这里来》等,而戴望舒也因此成了第一个自觉地采用口语来写新诗、有意识地提倡用口语写新诗的人。

很多年以后,艾青在《望舒的诗》中也提到这些诗,认为它们较多地采用现代的日常用语,给人带来了清新的感觉,还对一些例诗做了摘引,除了众所周知的《我的记忆》中的诗句"我的记忆是忠实于我的,忠实甚于我最好的友人",以及《秋天》中的诗句"我从前认它为好友是错了",还大段引了《路上的小语》:

> ……
> ——它是到处都可以找到的,
> 那边,你瞧瞧,在树林下,在泉边,
> 而它又只会给你悲哀的记忆的。
> ……
> ——它是我的,不给任何人的,
> 除非有人愿意把他自己的真诚的
> 来作一个交换,永恒地。

在这些例诗的摘引之后,艾青还说了一段按语似的话:

> 这些诗就和他过去写的那些充满了旧辞藻的语言有了很大距离。这些诗里,即使也还是充满了忧伤,这种忧伤是属于现代人的。这些都是现代人的日常口语,而这些口语之作为诗的语言,在当时,是一大胆的尝试。

艾青这样讲是对的。这些例诗中使用的语言,的确能以人性情态的自然流现,而让人感受富于人间味的亲切,而戴望舒敢于大胆尝试用这类语言写诗的成功,也使他成了百年新诗中自觉采用口语写诗的第一人,至于通过这场尝试获得成功,也带引起抒情诗观中关于反对辞藻的炫弄、提倡口语的自然这一认识的深化,这些都是不可遗忘的。

其次,戴望舒反对字面的铿锵,提倡诗情的抑扬。

这其实就是说他反对外在的音律,提倡内在的节奏。有关这方面他是说过不少话的。在第一组《诗论零扎》的第一则中,就这样说:"诗不能借重音乐,它应该去了音乐的成分。"外在的音律美在这里被一笔勾销了。在第二组《诗论零扎》的第五则中有两段话则不只是极端"破"的言辞,而相对应地也提出了"立"的方面:

> 诗的韵律不应只有肤浅的存在。它不应存在于文字的音韵抑扬这表面,而应存在于诗情的抑扬顿挫这内里。

这就有破有立,说得辩证多了。在这番话里,"文字的音韵抑扬"完全可以理解——谁都似懂非懂地明白这种文字的铿锵是怎么一回事,但"诗情的抑扬顿挫"究竟是怎么一回事就难理解了。在这段话的后面,戴望舒还紧接着说:"在这一方面,昂德莱·纪德提出过更正确的意见：语辞的韵律不应是表面的、矫饰的，只在于铿锵的语言的继承，它应该随着那由一种微妙的起承转合所按拍着的、思想的曲线而波动着。"引用纪德的话无疑是他想用它来说清楚"诗情的抑扬顿挫"究竟是怎么一回事，就是说可以通过诗情流动的起承转合式结构安排来把握。这不是没有道理的。我在多年前所著的《新诗创作论》中也论及新诗的"情韵节奏"——情绪节奏，或内与节奏，"诗情的抑扬顿挫"，并曾从情境的基质变异可以把握情绪的抑扬顿挫，文中说过这样的话："情境是随着情绪的流动而不断地发生基质变异的，不同基质在情绪流动过程中的有机结构所导致的感知差别，也就能产生同情绪的波伏相应的情韵节奏。"同时，考虑到"具有基质差异的情境结构模式是极为多样的，在读者的审美感知中体现出来的情韵节奏也有它体现的独特性、多彩性"，还通过情境的空间差异、时间差异、虚实差异等做了一番对情韵节奏的全面考察。这和戴望舒借以为据的纪德的话不谋而合。不过通过诗情流动的情境结构所显示的情绪节奏表现，被戴望舒后期创作所看重，在他创作的前期、中期看重的还是另一种"诗情的抑扬顿挫"表现。值得重视的还是第一组《诗论零札》的第五则：

诗的韵律不在字的抑扬顿挫上，而在诗的情绪的抑扬顿挫上，即在诗情的程度上。

这话值得重视的不在前面那些老生常谈，而在最后"诗的韵律"表现是"在诗情的程度上"。这里所谓的"程度"，指的就是作为诗情之直接现实的强弱快慢。而这种诗情的直接现实的显现，则如同前面已论及的，是口语节奏。所以戴望舒挂在口头的那个"诗情的抑扬顿挫"，其实是口语

语调的抑扬顿挫，或者说戴望舒心目中的内在节奏也好，情绪节奏也好，主要地表现为口语的语调。

这样的断言，戴望舒从没有在公开场合说过，也未见诸他的任何文字，但他以创作实践的探求结论来证实他的断言。

于是，我们又得拿《我的记忆》来谈谈。

前面已提及杜衡为《望舒草》所写的序中涉及关于《我的记忆》的往事，杜衡说戴望舒把刚写成的《我的记忆》给他看时说了一句话："瞧我的杰作！"杜衡的反应如何呢？上面没有再引，现在就再引下去：

……我当下就读了这首诗，读后感到非常新鲜。在那里，字句的节奏已经完全被情绪的节奏所替代，它使我有点不敢相信是写了《雨巷》不久的望舒所作。只在几个月以前他还在"彷徨""惆怅""迷茫"那样地凑韵脚，现在他是有勇气写"他的拜访是没有一定的"那样自由的诗句了。

这段《我的记忆》的读后感，可藏着个重要信息：口语语调在这里逞能、大显身手了。如同艾青指出的那样，《我的记忆》是用口语写的，惯于自自然然、传情达意的口语在抒情过程中用合于诗情强弱快慢流现的语调来逞能一番，原属正常，因此使情绪的波伏也任语调的流现而自自然然地做抑扬顿挫的外显，同样属于正常。因此，等待"字句的节奏"的命运的，只能被这种以口语语调显现的情绪节奏所取代，从而使人读《我的记忆》这样的诗，比人为的、只讲"字句的节奏"的诗要亲切也要新鲜得多，而这种以口语语调显出"诗情的抑扬顿挫"之作被大力提倡，也成了必然的事。

戴望舒终于以《我的记忆》等作证实了"诗的韵律不在字的抑扬顿挫上，而在诗

星河·夏

的情绪的抑扬顿挫上"这个主张的确切性。

最后，戴望舒反对格式的固定，提倡诗体的自由。

反对诗体格式的固定甚至导向模式拜物教，是戴望舒突出的一个新诗形式建设方面的诗歌观念。在第一组《诗论零扎》的第七则中，他明确地宣称："韵和整齐的字句会妨碍诗情，或使诗情成为畸形的。"这话的分量很重，有人认为矛头直指新月诗派那种韵押得密密实实的"豆腐干体"诗，或许也有可能，但不必去猜，重要的是格式固定的新诗会使诗情畸形，这种危机感可是戴望舒那时——1932年前后所特有的。为此，《新诗》杂志一创办，他就于第二期上发表了《谈林庚的诗见和"四行诗"》，批评了林庚从写自由体诗转为写格律体诗的倒退现象，他认为自由体诗是"不乞援于一般意义的音乐的纯诗"，是带有世界倾向的"现代的诗"，而格律体诗（"韵律诗"）则是"一般意义的音乐成分和诗的成分并重的混合体"，有些人还"竟把前一个成分看得更重"，所放射出来的"是一种古诗的氛围气"。在对这两种诗体做了比较后，他干干脆脆地说："……关于林庚先生的'四行诗'是否是现代的诗这个问题……我和钱献之先生和另一些人同意，都得到一个否定的结论。"从表面上看，戴望舒这样批评林庚是出于对旧传统复辟、现代诗会开倒车的殷忧，实际上是出于诗学的危机感，怕以"韵和整齐的字句"为标志的外在格律追求势力卷土重来，新诗又会掉入"诗情成为畸形"的陷阱，从而感到不安，用心可谓良苦。因此他不仅批评了写自由体诗出身的林庚走了回头路以致产生"一些幻灭"之哀，还继续发表批评而正面倡导相应的意见，欲求纠偏。在上引第一组《诗论零扎》的第七则后面，他又说：

……倘把诗的情绪去适应呆滞的、表面的旧规律，就和把自己的足去穿别人的鞋子一样，愚劣的人们削足适履，比较聪明一点的人选择较合脚的鞋子，但是智者却为自己制最合自己的脚的鞋子。

在这里，关于三种人对诗情与格式关系采取的不同态度的表述，其实就是反对格式的固定，提倡诗体自由的形象化宣谕，展示了他力挺新诗中自由诗体的态度。这种态度，从他的诗歌审美观的角度看，可说是日后也没有变更过的。在写于20世纪40年代中期的第二组《诗论零扎》的第四则中，他还是做出类似的言说：

韵律齐整论者说：有了好的内容而加上"完整的"形式，诗始达于完美之境。

此话听上去好像有点道理，仔细想想，就觉得大谬，诗情是千变万化的，不是仅仅几套形式和韵律的制服所能衣蔽，以为思想应该穿衣裳，已经是专端之论了（梵乐希：《文学》），何况主张不论肥瘦高矮，都应该一律穿上一定尺寸的制服。

这同削足适履是一样"愚劣"的，诗必须提倡诗体的自由。

这样的形式诗观的确立，对戴望舒来说有受法国后期象征派影响的一面，但不是主要的，我以为主要的、能起决定性作用的还是这位"雨巷诗人"基于自身创作实践的经验提纯。

于是我们得再一次来提一提《我的记忆》在戴望舒新诗创作中的价值。

又是这个杜衡，在《望舒草·序》中再次谈到《我的记忆》：

从这首诗起，望舒可说是在无数的观念中间找到了一条浩浩荡荡的大路，而且这样地完成了"为自己制最合自己的脚的鞋子"（《零扎》七）的工作。为了这个原故,望舒第一次出集子即命曰《我的记忆》,这一回重编诗集,也把它放在头上,而属于前一个时期的《雨巷》等篇,却也像《旧锦囊》那一组一样把它全删掉了。

这番话让我们看到一个诗歌洁癖者的十分狠,狠出了这位"雨巷诗人"形式观念的鲜明和坚定。

可憾的是戴望舒形式观念虽坚定,却在实践中体现得不持久。

到20世纪40年代中后期,大力提倡自由体诗写作的他,又开始靠向格律体诗了。他善变,这一点我们后面还要提到。

戴望舒的诗歌审美观集中于他对诗歌本体的思考,所以我们这场考察,其实是考察他的抒情诗观,或者就说他为诗的本体提供了几个新的建设思路。所以我们无意于从他的《诗论零扎》中去挖掘什么中国象征派宣言或者中国现代派宣言之类的言论了。

北山路②
抱青别墅
唐云夏日

批评的意识与诗的意识

——青年散文诗现状刍议

● 纳 兰

当下的青年散文诗现状,因有批评意识和诗性思维的介入,而显得别开生面。"批评意识在表明某种差距、显露一种认同(差异中的认同)感情的同时,不一定意味着被批评的思想的完全消失。"[①]"诗学思想,诗意话语,诗性思维,这些并不罕见;面对非诗意的现实而以诗性思想去陈述它,并产生对内心的震撼力,才是值得一试的方式。"[②]批评意识是一种对宇宙人生的"差异中的认同",批评意识的介入使得散文诗充满了先锋性和异质性;诗性思维正是一种"对非诗意的现实"的提纯和诗化,诗性思维的运用,使得散文诗的诗性更浓。批评意识和诗性思维,这是散文诗"诗性提升"的两翼。正如诗人语伞在《青年散文诗观察》一文中对"80后"写作者如此评价:"'80后'较之多数'70前'写作者,更注重'意义的照临',他们拒绝浅表的借景抒情、蜻蜓点水式的模糊小诗意。较之"70后",除了维护诗性的提升,还积极关注时代发展、社会命运、深度挖掘个人体验,用于探索实践,注重细节的呈现,大胆采用多种表现手法,更具先锋性、时代性。"[③]青年散文诗群体,更具革新意识,不墨守成规,更具有一种"创造性直觉"。

散文诗中的"批评意识"
——以茉莪、敬笃、赵目珍为例

艾略特在《批评批评家》中,列举了四种不同类型的批评家:职业批评家、偏重个人的情趣爱好的批评家、学院批评家和理论批评家,以及"身为诗人的批评家"。"要归入诗人批评家,有一个条件。那就是,他的名气主要来自他的诗歌,但他的评论之所以有价值,不是因为有助于理解他本人的诗歌,而是有其自身的价值。如塞缪尔·约翰逊,柯勒律治,写序言的德莱顿和拉辛和某种程度上的马修·阿诺德。我正是忝在他们之列。"[④]阿尔贝·蒂博代(法)在《批评生理学》中也有过类似的分类:自发的批评、职业的批评和大师的批评。蒂博代说:"表达观点则是文学生涯最高的终极。我们知道法盖有一种很普通的分类,即像维尼那样有观点的诗人和像维克多·雨果那样没有观点的诗人。那些有观点的诗人几乎错过了他们的使命——他们本来可以成为批评家。"[⑤]如此看来,"有观点的诗人"成为批评家是顺理成章的事情。艾略特的"诗人批评家"大致可与蒂博代分类的"职业批评家"对应,职业的批评又被称为教授批评,"职业的批评"寻求的是艺术品中的"清晰的观念"。只不过是诗人批评家比职业批评家更注重一种"有情感地思考""诗意地思"[⑥]或"抒情的社会学批判"[⑦]。艾略特欣然把自己划入"诗人批评家"的行列。"诗人批评家"是一个既存的现象。细数下来,"诗人批评家"可以是一长串的名单,如帕斯、史蒂文斯、米沃什、博尔赫斯、布罗茨基……中国当代文学批评家如耿占春、臧棣、西渡、张清华等既是批评家又是诗人。

美国哲学家杜威在《有情感地思想》一文中说："生理的运作和科学与艺术中深层的文化之间固定屏障的破除，已经把科学、艺术和实践活动彼此割裂开的基础连根铲除了。很早就有关于经验和心智生活统一的模棱两可的讨论了，这意味着知识、情感和意志都是相同能量的表现，等等。"[8] 作为批评家的诗人，或作为诗人的批评家，这种诗人与批评家之间的跨界，只不过是如杜威所言的"经验和心智生活"在诗、散文诗与文学批评之间的游走，是一种"相同能量的表现"。

从茱萸、赵目珍和敬笃三人的个人简介，可以得知几个关键词：诗人、批评家，以及他们拥有的或是哲学博士、文学博士，或是哲学硕士的高学历头衔。他们能恰当平衡批评意识和诗性思维这两种不同的思维模式，既有专业的文学素养，又有比较完备的"文学能力"；既是诗人，又是批评家；既有文本的创造性，又有对他人文本的批评和阐释能力；既是自己诗学理想的实践者，又是手拿审美标尺对作品进行价值判断和审美判断的批评者。他们所具有的这些特质，使他们具备了一定的写作优势。他们熟知优秀作品的样貌、肌理和风骨，也有创造优秀作品的潜能。对他们的具体作品的细读，或许可以带给我们一定的启迪。

茱萸的《斜坡手记》，这组散文诗有种普鲁斯特式的意识流动之感，他既是在"探测时光"，又是在进行内在自我的深度探测。"斜坡"是另一种西西弗斯式的"受难"，也是"一张药方"。"斜坡仅仅是用来装饰古老寓言的模型。"写作，是他把经过省思的人生装进"斜坡"模型的过程。斜坡，作为一个符号，是他把经验、体验、情感、意义和价值装载到符号的容器的过程。斜坡，是专属于他的时间机器，他乘坐着斜坡往来于过去与未来。对"斜坡"

的参悟，类似于对生存之谜的冥思。或许对他来说，把这些哲学之思转化为诗意之诗，就是一种灵性的愉悦与救赎。在他的笔下"海不是你想象的那么干净，我们去海边需要经过无数岔道，当然还有斜坡。"岔道和斜坡因而就成了"去海边"所必经的坎途与磨难，是另一种修炼的辅助。"一枚柔软的词"将是对"时间的暴徒"最为有效的"软抗"。无论是献给记忆的"题辞"，还是"卸下这一身傲骨和鳞片"，都可以感受到他是在寻找一种自我与时间、记忆和所处现实的"和解"，在"闭合的秋天"与"开裂的夏天"的时空转换之间，他找到了一扇弥赛亚得以穿过的时间的窄门。他是一个可以在散文诗中进行自我解剖的"诗人批评家"，在这组作品的"体内的轰鸣""内心的空旷""与我相关的事物，都屈从于我内心的暴君"等内心场景的描述中，可以感知一个"认识你自己"式的哲学化的自我。在"认识自己"的过程中，这些诗歌恰如黑暗对他的回声。他也试图对海水下的冰山般的"无意识"领域进行探测，"赤足是被允许的，落叶盖住梦游的情节"，这也是一种欲盖弥彰。在"光阴终会变成雪"的笃信中，抽象的世界变成了感性的具有美学属性的"雪"，这是一种诗人区别于炼金术师而掌握的诗学炼金术。"我怀揣一只大白兔来模拟时代的心跳"，从他的句子中，这是一种诗人的敏锐感受力，正因为人们对于时代的"钝感"，"大白兔"的意象，提供了一种"感性的通感"。

读赵目珍的散文诗，可以感受到他的散文诗是在诗中盛放另一自我的"灵山秀水"，他有一种使语言中的主体性突显的作者意图，在宇宙的语言、自然的语言、人的语言，这三者之间，人要"翻译"自然语言，以便使人性与神性一致。他把自己的视角伸向了看不见的神秘部分，他看到了超现实的内容："天空中，悬挂的河流即将清晰。"或者可以这么说，他追求的是一种

"雪的境遇"和清晰的秩序,他将诗人的抒情性的部分带入到了批评思维之中,也将理性的批评思维带入到了抒情的诗性思维之中,他或可称为"散发着抒情气质的批评家"。他的诗化后的哲学,呈现一种温软和植物的气息,诗与思的合一、诗学和哲学的合一、诗人与批评家的合一,让他的散文诗作品多了些可接受性。他所写的,让"无限"呈荼蘼之势(《无限颂》),使无限这个哲学概念跳出了空转的命运,变得"荼蘼"般怡人和可亲。作者是在爱那可爱的事物,在主动性地接受着万物对他的启示和洗礼。在虚怀若谷的空的心境中期待着被事物和意义来充满。从某种意义上说,他寻求世俗启示,在散文诗中表达他所觉知和探求到的"真理内容"。山中和暮色揭示他得以获得心灵的洗礼的途径。他想要的就是一种这样的散文诗作品,"脱去俗气"之后的"清音"。

哲学与诗是近邻。作为哲学硕士的敬笃,从哲学之门进入到诗之隔壁,他有"先得月"的便利。从哲学维度审视作品,是他的强项。他做文学批评,更容易提纯出作品中潜藏的真理之维,他写散文诗作品之时,也会有一种将哲学之真巧妙地藏匿于文学或散文诗之中的"诗艺",使他的作品呈现出一种饱满和厚重感。本雅明说,批评家的任务就是揭开古典艺术作品上所覆盖的美丽假象的面纱,以便让不可以言说的东西显露出来。艺术家的任务是将"真理内容"深埋于作品的内核,而批评家具有让真理内容显露出来的穿透力。"肃穆之心,在追逐真理之光"(《撕裂的帷幕》),这正是他的真实写照。他的诗思驰骋于《旷野之上》和《世界之外》,无论是"人体式的大地"般的描述,抑或是"我心即世界"般的世界观,使他的散文诗作品呈现一种哲学之真与隐喻之美。他使你的局限性思维随着他的思绪抵达世界之外,让你一睹"一幅神秘主义的画卷,即将在

时间的轨道之中铺展开。"(《世界之外》)。敬笃所思考的内容不是眼前的苟且,而是"远方"。他思考的是"孤独的命题",是用"虚无的钥匙"开启"夜晚的秘密";是"空想主义之书"所抒写的"命运进化论"。一个关心"灵魂皈依"的哲学之士,企望"一个没有约束的世界"(《空想主义之书》),他略微显得有点"唯心主义","世界只存在于我们的内心"(《孤独的命题》),尽管有"伦理与美学的枷锁",他也会找到那一把哲学的真理之钥。以我的角度来看,敬笃有着自由的哲学之思,但是在将哲思转化为诗思的过程中,并没有将语言驾驭与控制得十分自如。哲学与诗虽共用一种语言,但是诗比哲学柔软,所以他的作品给人一种概念化的内容有余而诗性之美略显不足。这或许是对"哲学化的批评家"的一种苛责了。

通观茱萸、赵目珍和敬笃,三位散文诗人,各自都有一种诗学观念在指引着他们的写作,在差异的诗学映衬下,散发着各自的美学光芒。这是有批评意识的散文诗,带给我们智性上的启示和审美上的愉悦。他们自由和便利地获取各种思想和知识,他们有一种形成自己的声音和可辨识的语言质地的诗学自觉,并无强力诗人对他们造成一种"影响的焦虑"。有批评意识的散文诗,就是一种"有情感地思考"的一种实践。从三人的作品分别可以看出,茱萸的作品里有"批评意识"的介入,他要的是批评与创造之流汇合,与散文诗本身汇合。赵目珍在其作品中弱化了批评思维,看不到有理论术语和批评概念的痕迹,而突显了"比兴思维"。敬笃的散文诗反倒是有了一种批评思维和概念的强化,属于一种将哲学思辨与概念运用到散文诗的创作中的"越界"。"诗人批评家"在他们三位作者身上有一定体现,但也略有差异。他们的"批评家之散文诗",既是批评家对"散文诗"的文体的认同和对"散文诗

人"的身份的认同,也有他们对批评家身份和批评思维的"越界",他们的修辞越界,拓展了散文诗的表现力。他们对散文诗的文体认同、对"散文诗人"的身份认同,以及对批评家身份和思维的越界,既有认同又有越界,让人觉出青年散文诗作者的某种新的思维和创造力。

散文诗中的"诗的意识"
——以左右、黄小培、杨胜应为例

诗与散文诗有一种孪生兄弟般的亲缘关系,二者"虽异不殊",在形式上略有差异,但在传递诗意情感、诗性经验和诗学思想方面,却有着微妙的相似性。诗与散文诗,都是一种"诗意话语",都在做着一种"提升语言"的神圣化般的努力。诗人与散文诗人,都在深化自己的感受力和表述它的语言,"诗性话语"是析出的语言、净化的语言、结晶的语言,是让人获得异质感受的语言。作为左手散文诗、右手诗歌的诗人,他们在做着一种思想的越界,"是一个范畴(领域)内的话语在另一个经验领域里说话。"⑨他们深谙诗与散文诗的相似与差异,熟悉二者的写作路径,都是诗性思维催动的诗性话语,所以他们在诗与散文诗之间进退自如,获得更多的表达内心思想与情感的修辞和话语方式。不过是诗更凝练一点、节奏转换更快一点,散文诗更舒展一点,悠扬、徐缓一点。不过是"这样"的诗与"那样"的诗的区别。"知识小贩和'谋生的学者'害怕越界思维,害怕地盘被他人侵占,因此他们像保护自己的私有财产一样维护知识的'客观性',而思考的头脑,要寻找的是精神生活的共同点。"⑩

而诗人既非知识小贩也非"谋生的学者",他们寻找的是言说内心的有效方式,诗与散文诗的"越界",是诗的意识的触角伸到了散文诗的领域,也不过是更大范围

内对"思想的国有化"的打破。

"80后"的诗人左右、黄小培、杨胜应,都是在诗与散文诗方面皆有涉猎与斩获的作者。分析他们的文本,或许可以考察一下诗与散文诗之间是如何互涉和交叠,如何一边保持自身文体的独特性,一边扩大自身话语的诗意性与有效性的。

左右的散文诗,捕捉到了退藏于密林之处的语言和风声,是一种通灵状态下的倾听与言说,有一种对现代性所带来的危机与秩序的"反讽"。他注重感受、感知和感性经验的内化与生成,无形道场的如影随形,无处不在的启示的声音,无时不有的顿悟的契机。左右的散文诗就是某种修行与了悟之后的呈现,"我要丢掉身上无形的铁器,丢掉一匹白色的神鹿,一座巨大的寺庙"(《白鹿原即景》),"我的耳朵就是一座寺庙,我就是生灵万物的佛。耳朵里安详的钟声,庇佑着这世间所有的惊恐"。他在倾听万物,也在用心容纳万物,在他的"仔细聆听一只受惊的山雀的控诉"诗句中,我们仿佛看到了一位悲悯的"观音"。读左右的《徒步曼德拉山》《蜀道难》《夜宿天蓬山寨》《商洛远山》,暗合"一切景语皆情语"的论述。"我将自己的感情,泪水,心血,激情,全绷在眼眶里。"(《商洛远山》)他也同样将这些复杂的情感转化为纸上的诗章。他所写的"一首混乱无序的现代交响乐",恰恰是对"现代性"崇拜的戳破,不是天街小雨、南朝庙宇和王谢堂前燕的"混乱无序",而是当下并不是这些蕴含着某种传统和文化基因的符号适宜生长的土壤。这就造成了传统与现代的割裂与冲突,是田园诗与交响乐之间的文化的冲突。左右在散文诗中埋藏了"真理内容",等着具有炼金术般的批评家去提纯出这诗意的"真理"。

黄小培是深具内测力的诗人,他的作品有"风暴一样搅动体内的海"(《等一场雨》)的内在动荡与外在澄澈。他既感知

到了狂澜,也平息着狂澜,用他自己的话说,他是"内心里对称的狂澜"(《河流的两岸》)。他是关心灵性的生命的诗人,他注意到"灵魂的干渴"。在万物与人心之间,他有称量的尺度。"它是要先吹透万物,再吹透人心。"他一边感受着现实世界的悲欢离合,一边转化着死亡与疾病带给他的痛感。他对一些细节的捕捉与呈现,常有一针见血的效果。这些细微之感在复苏着我们僵死的感受力。他是活得明白而又写得清楚的散文诗人,活着之痛与"蜜一样的诱惑"构成了患难所生的忍耐与"活泼的盼望"。在线性时间与不可逆性的死亡的笼罩之下,诗人寻找着一种不同于等价交换的"象征交换"来获得死亡的可逆性和时间的可逆性。黄小培所做现代性社会对死亡的驱逐的一种诗性陈述,是对"想以删除死亡的方式把生命简化为一种绝对的剩余价值"的抵制,是对"象征交换逻辑"的肯定,生命与死亡、可见的与不可见的世界重新建立了等价关系。

杨胜应是《从内心出发》的青年散文诗人,他没有急切地与这个世界面面相觑,而是把灵魂的锚沉入内心,把落叶、白云、流水、稻香等事物在内心反刍,咀嚼出事物的意义和光芒,他是被炊烟喂养的人,事物与他是一种彼此照见和拯救的关系。他的散文诗清浅如溪流,诗性充足如浓酒。从内心出发,终可以抵达诗意的美地。杨胜应信奉"细小"的诗学,因为,"细小能够震撼心灵""细小是隐喻,更是身份"。他的散文诗就是"把所有的旧事物都装在小小的肚内"的一种吞吐的过程。他写细微之感,把"清醒"的状态具体地呈现出来,这是一种对感觉的诗化。他在自己对事物的体察与仰望之中,捕捉到了"美"。他与事物进行着一种触摸与交流,想写出一种"骨瓷"般的诗,这种诗既能给人以光滑的触感和观感,也有一种

"实在内容"经得起化学家般的评论家的阐释,而且深具"隐藏的金木水火土的五行疼痛"般的"真理内容","骨瓷"般的诗是风格与风骨并存的诗篇,这是一种理想之诗。正如他在诗中所写:"他用手摸了摸瓷器外表的光滑,与瓷器面对面的作了一种交流,并不敢去真正触摸到隐藏的金木水火土的五行疼痛。"(《骨瓷》)他无意中在自己的作品中隐含了一种"骨瓷"的诗学,谁写得有硬度、有痛感,实在内容与真理内容融合,谁就能写出典范之作。

从以上对三人作品的分析,发现他们确有语伞所说的"维护诗性的提升,注重细节的呈现,采用多重表现手法"的特点。耿占春在《生于1980年代——原始场景、对话与论述》中说:"80后的写作带有多方面的智性特征,也使得他们的修辞学明显地跨越了多种边界。对这一代人的写作来说,不只是接受历史的原始场景被给予的生活隐疾,而是旨在时代的躯体上打上他们自己的印记。"[①]左右、黄小培和杨胜应,他们是一种"诗性思维""隐喻思维"在散文诗文体里的发挥,是一种智性特征下的修辞越界。虽说诗与散文诗有种亲缘关系,从诗人到散文诗人,从诗到散文诗,也有种"从卧室到客厅"的"越界",但对界限的逾越或许并不在于对界限的打破,而在于拥抱更多表达的可能性。青年散文诗人的作品中具有的"诗性思维",在"诗性维护和提升"方面有某种优势,他们容易把诗性思维、诗性话语和诗意感受载入散文诗中。就某种意义而言,诗人之散文诗,这是诗人对散文诗文体的认同,将诗的形式、节奏、思维引入了散文诗,这无疑丰富了散文诗。如果说散文诗就是对诗的越界,那么诗人之散文诗就是一种对散文诗越界的认同和对散文诗本身价值的认同。

结　语

　　青年散文诗群体是一个充满朝气与活力的群体，青年散文诗群体的繁盛也意味着散文诗这个文体在未来的繁盛，青年散文诗人以差异性的语言和思想所呈现的诗歌面貌，就是"散文诗"文体本身所具有的丰富性与无限可能性。他们求新求变，在强力诗人留下的语言遗产和诗学珍宝面前，没有坐享其成而成为一个语言财富的腐败分子和消耗者，而更愿意成为一个积极的艺术生产者。他们虽然是"迟来者"，却是散文诗美学和诗学的参与者和建构者。在语言的竞赛中，他们思考的是如何后来居上，如何与前辈或强力诗人进行一场合理的诗的"竞赛"。他们容易接受新的思想观念，追求一种异质化的语言和个人化的"声音"，不愿被淹没在同质化题材和风格的洪流之中。"风格总是来源于某地、代表着某群体或某个人、某作品或某技能的统一性。"

　　"越界"就是获得写作的差异性和在另一个相近的领域里凸显"存在感"。任何通过之前的艺术行为制定、确立和划定的标准与界限，将不断地被之后的艺术行为所拒绝和逾越。"任何艺术形式一旦成立后，将被一种空洞的越界姿态所质疑，此姿态不肯定什么，仅在举发中消耗自身。"[12]在青年散文诗的写作者中，存在着批评家—诗人的越界、诗人—散文诗人的越界。批评家的散文诗、诗人的散文诗，他们把批评的意识、诗的意识移入散文诗创作中，伴随批评家、诗人与他们的越界的是一种对散文诗文体和散文诗人身份的认同。这些作家的作品以各自独特的方式逾越散文诗的界限，改变散文诗表达的内容与形式，改变我们的审美观，并拓宽散文诗表达的界限。多种写作身份和思维，无疑丰富了散文诗

的空间，呈现出来一种"重峦叠嶂"的感受，但是他们的写作还处于一种风格和语言中的主体性的确立过程之中。贝尔纳·斯蒂格勒在《技术与时间》中说："风格总是区域性的，且越是有区域性和个性，就越能被人体验到；与此同时，风格又总是非区域性的，它挣脱时空的羁绊，游离、渗透、侵入、被转移、被翻译、被传播。风格就是特有语言性。风格像技术趋势那样超越边界、渗透最密闭的保护层。"[13]整体来看，青年散文诗群体处在一种"区域性"的局限之中，这个"区域性"并不仅仅是一个地理概念，还指青年散文诗人处在一个眼界、思维、经验的"区域性"之内，还需要从一个"区域性"到另一个"区域性"的越界，在诗、哲学和宗教之间越界，在身体、语言和"他者"之间越界。在"越界"的过程中缩小区域性的局限和挣脱"时空的羁绊"，在修辞技术的完善过程中对真理内容的共性和差异性进行寻求和把握，确立一种"特有语言性"的风格。只有在"区域性"的越界、个性的彰显和风格的确立方面做出更多努力，才能让语言中的主体性凸显。无论是青年批评家的批评的意识，还是诗人的诗的意识，他们都在拓宽着散文诗的文体适用范围、表达方式的多样性和丰富性。从以上具体的散文诗作品的分析中，可以看出青年散文诗群体背后有深厚的诗学素养和注重语言技艺上的锤炼，所有的诗学资源、思想资源和强力诗人的修辞经验和生命经验都是他们借鉴的有益素材，而不是"影响的焦虑"。他们或在哲学或在宗教或在诗学等领域寻找思想的支撑，在挖掘着属于自己的思想的"金矿"。不管是诗的真理、哲学的真理，还是宗教的真理，最后都化作了散文诗中给人以启示与慰藉的"真理性内容"。

　　在机械复制时代，艺术作品用展览价

值取消了崇拜价值,而在当下,青年散文诗人更应该抵制"机械复制",进行一场孤独的语言冒险,创造出不可复制的散文诗精品,恢复散文诗这一文体的神圣感。在自己的散文诗作品中包裹更多的"真理性内容",更为深刻的"生命体验",创造出散文诗的更为丰富的"语义链",这还需青年散文诗人付出更多的努力,才能实现。

注释:

① [比]乔治·布莱:《批评意识》,郭宏安译,广西师范大学出版社2002年3月第1版,第246页。

②耿占春:《退藏于密》,陕西人民教育出版社2015年7月第1版,第23页。

③语伞:《青年散文诗观察——以80后、90后诗人为例》,《文艺争鸣》2019年第11期。

④托·斯·艾略特:《批评批评家》,李赋宁、杨自伍等译,译文出版社2012年6月第1版,第5页。

⑤[法]阿尔贝·蒂博代:《批评生理学》,赵坚译,商务印书馆2015年9月第1版,第88页。

⑥耿占春:《隐喻》,河南大学出版社2007年9月第1版,第232页。

⑦耿占春:《退藏于密》,陕西人民教育出版社2015年7月第1版,第32页。

⑧[美]约翰·杜威:《杜威全集(第二卷)》,张奇峰、王巧贞译,华东师范大学出版社2015年版,第84页。

⑨耿占春:《退藏于密》,陕西人民教育出版社2015年7月第1版,第35页。

⑩耿占春:《退藏于密》,陕西人民教育出版社2015年7月第1版,第24页。

⑪耿占春:《生于1980年代——原始场景、对话与论述》,《扬子江评论》2016年第6期。

⑫[法]弗雷德里克·葛霍,《福柯考》,何乏笔、杨凯麟、龚卓军译,华东师范大学出版社2017年 版,第193页。

⑬[法]贝尔纳·思蒂格勒:《技术与时间》,赵和平、印螺译,译林出版社2010年2月第1版,第97页。

"纯粹的顶点"

——简论钱万成的诗

◉霍俊明

"纯粹的顶点"出自瓦雷里的《海滨墓园》——

> "时间"的神殿，总括为一声长叹，
> 我攀登，我适应这个纯粹的顶点，
> 环顾大海，不出我视野的边际，
> 作为我对神祇的最高的献供，
> 茫茫里宁穆的闪光，直向高空

之所以在此强调瓦雷里的"时间之诗"以及一个总体性诗人冲刺时空"纯粹的顶点"的努力，是因为钱万成的诗让我想到一个诗人与时间之间的本质命题以及个人经验在不同时间境遇下的延展或变异。

钱万成近期的组诗《给自己的名字注释》印证了诗歌往往生发于个人记忆以及自我争辩。优秀的诗人都会经由不同时期的文本而塑型出特有的精神肖像，通过《给自己的名字注释》，我们看到了钱万成的这一肖像，也目睹了极其显豁的精神疑问和种种存在难题。在这个层面我们可以认定每一个诗人都会有其特殊的精神词源，而在人类命运共同体的意义上这些精神词源既是个体的又是普泛的。经由一个人特有的"精神词源"，我们会格外注意个体肖像与家族命运、外部环境以及内部心理动力结构。与此相应，个性突出、精神世界丰富以及文本世界同样繁复的诗人都需要一本经由诗歌完成的精神档案或时间传记书。

精神质素和时间境遇突出的文本往往构成了一个人的编年史和精神肖像中最为本质的元素，而钱万成的《给自己的名字注释》就是一个有力的注脚。

> 钱万成，汉族。男
> 乙亥年生　生肖属猪
> 一个居住在城市的乡下人
> 一个工作在职场的文化人
> 一个渴望成熟却长不大的人

这是一个人作为社会公民和自我主人对个体不同身份的综合审视和思忖，也是时间的单行道上不可释然的无奈与叹息。

诗人既属于思想和智性层面的"精神成人"，又终其一生携带孩童般的天然和纯真，由此才能最终达成诗歌的思想之真和情感之真，诗歌才会具有不可替代的诗性正义和精神辩诘的特殊功能。

诗歌具备与世俗世界对话的功效，而其起点则是个体感受、生命体验和复杂情感，诗人对自我、他人以及世界的关注往往是从身边的熟悉之物开始的，进而再辐射到更广阔的精神视域。这需要诗人的襟怀和眼界，这最终达成的正是诗歌之"真"和"诗性正义"。一个诗人的言说方式和表达路径会受不同时期的文化空间、精神资源以及个人趣味的影响，比如钱万成就是一个不太善于使用各种复杂技巧的朴素诗人,但是我始终欣赏的是一个诗人在文本世界能够袒露个体和世界之真,比如《给自己的名字注释》一诗的结尾——

> 我的父母没有文化/他们花钱请人为我取下这个名字/用心良苦　可我还是辜负了他们/幸亏　他们带着希望早早离世/不然　今天一定会老泪纵横。

无论什么题材和主题的作品,一个优秀的诗人都应该将个人日常经验提升和转化为共通经验乃至历史经验,只有如此,诗歌才会具备精神膂力和思想势能。钱万成的《孩子的世界不存在真理》就在"诗与真"的层面给出了诗人自己的答案,正如一棵蓊郁的参天大树重回第一个年轮,诗人也再一次回到了原生的起点。无论是童年经验的纯粹视点还是成人世界的精神渊薮,钱万成在给出自己的认知和判断的同时又提供了诸多的孔洞和可能性。诗人的责任并不在于给出面对自我以及整个世界的答案或者真理,而在于不断地提出疑问,不断对日常境遇和终极存在命题进行深度的盘诘和叩访。由此,诗人维持了诗歌作为疑问的特殊方式。

诗人是时间公民,他一直站在时间的核心区域说话。

> 整个上午
> 我都在不停地打扫院子
> 落叶和枯枝又不停地落下来
> 偶尔也有鲜嫩的叶子和花朵
> 夹杂其中
> ——《一场大风》

诗人的声音实则代表了这个世界差异性的存在体验以及穿越时空的共同的精神命运。与《孩子的世界不存在真理》形成

精神对跖点的是《六十以后》《它们将成为生命的一部分》《如果人生可以重新选择》《回归到一片叶子》。无论是生理年龄还是精神视域,它们都存在着明显区别,与此同时它们又构成了彼此沟通和相互抵牾的精神结构。《六十以后》在带有深沉的色彩渐渐暗淡的"秋天的戏剧"般的精神调性的同时又携带了高昂的声调,这让我们想到的是唐代诗人刘禹锡的《秋词》:"自古逢秋悲寂寥,我言秋日胜春朝。晴空一鹤排云上,便引诗情到碧霄。"《它们将成为生命的一部分》则更多强调了人生在不同阶段所遭遇的命定性问题,它们以不容回避的面貌让你习惯其秩序和约定,诗人则往往试图厘清甚至刺破这种惯性运动。

诗人还是社会公民和语言公民的结合体。随着阅世的深入以及人生经验的积累,诗人作为王国维所说的"客观之诗人"的特征会越来越突出。质言之,诗人的精神能力以及视野会越来越显豁,这也是不断向内挖掘和向外辐射的精神姿势。

《一段历史的N种真实》指向了历史修辞和叙述中的真实问题。无论是面向历史还是当代诗歌,诗人都需要具备个人化的历史想象力和求真意志前提下对现实和真实的精神诉求。现代人的日常经验已然愈益分化,当下中国诗坛充斥的正是随处可见的"即事诗""物感诗"。在日常经验泛滥的整体情势下"现实"是最不可靠的。需要提醒的是诗歌只是一种特殊的"替代性现实",即精神现实。诗人必须意识到即使只是谈论物化的"现实"本身,我们也最终会发现每个人谈论的"现实"不尽相同。更多的时候"现实"是多层次、多向度、多褶皱的。唯一有效的途径就是诗人在语言世界重建差异性和个人化的"现实感"和"精神事实",而这正是中国诗歌传统一直漫延下来的显豁事实。无论是肯定还是怀疑,诗人最终都必须通过"词与物""诗与真"的平衡或校正来完成"诗性

正义"。

诗人与时间的关系会一次次印证布罗茨基所说的"诗歌是对人类记忆的表达"。

《如果人生可以重新选择》就是一首逆着时间之流而试图重返的诗，是倒退着时光胶片的斑驳面相，是浸淫俗世日久而试图重新找回以往不同时间节点中一个个自我的梦，是不断折返精神原点的冲动，也是一个命运多舛的家族史。

> 在十岁的地方，也不要停留，那一年
> 母亲刚刚去世，父亲，已经重病
> 在身，姐姐，我和弟弟
> 一家四口，痛苦中
> 艰难度日

时间的砧板被不停敲打，秋风如刀，世事入流。面对日常的我、精神的我以及往昔的我和此刻的我，诗人如果只是挽歌式地回忆不免会使得诗歌沾满愁绪，从而重新蹈入浪漫主义泪水涟涟、伤痕累累的老旧伦理套路中。解决这个危险的有效途径就是诗人应该具有预叙未来的能力。这是深层的自我审视与辩难，而具体到写作环节诗人就必须借助意象、细节以及场景"说话"，反之诗歌将沦为泛泛的蹩脚议论和絮絮叨叨的平庸经验。

钱万成的《两包火柴》之所以令人感动，就在于撷取和重新发现了"火柴"所对应的一段贫苦的乡下岁月，这一时间因为意象和场景的加入而具有了情感载力和象征意蕴，"至今也忘不了/母亲换回火柴时高兴的样子/是喜悦，是悲伤/只有她自己知道"。深度意象和核心场景的提取和变形对诗人的凝神沉思提出了相应的要求，

这也是现象还原的过程，诗歌因此成为个人的精神事件。《两包火柴》以及《鹅卵石》中的这些意象和场景既是物体自身又是精神介入的对应物，是真实不虚的生命体的物证和再现。这是存在意识之下时间和记忆对物的凝视，这是个体主体性和精神能动的时刻，是生命在器具上的呈现、还原和复活。

钱万成的诗歌印证了俗世种种愿望总会在严酷的现实面前化为齑粉，而这正是万千真相的组成部分，但是诗人所要维护的永远是诗性正义和"诗歌之真"。顺着这一精神向度，我们就会在《毒酒——读<佛陀传>》中看到抵达人世本质的精神视域，而三千世界大千世界既是梦幻泡影又是渊薮魔域，这对每一个俗世中人以及写作者而言都是考验之法门。

让我们再一次回到瓦雷里的"纯粹的顶点"，而这正是任何时代的诗人的共同要义和责任。

作者简介：霍俊明，河北丰润人，研究员、《诗刊》副主编、中国作协诗歌委员会委员、首都师范大学中国诗歌研究中心兼职研究员，著有《转世的桃花：陈超评传》等专著、诗集、散文集、评论集等十余部。曾获政府出版奖提名奖、国家哲学社会科学优秀成果奖、第十五届北京市哲学社会科学优秀成果一等奖、第十三届河北省政府文艺振兴奖、《南方文坛》年度论文奖、首届扬子江诗学奖、《星星》诗刊年度批评奖、第二届草堂诗歌奖·年度诗评家奖、第四届袁可嘉诗歌奖·诗学奖、首届金沙诗歌奖·年度诗评奖、第七届《芳草》文学女评委奖·最佳审美奖等。

钱万成的诗

孩子的世界不存在真理

越来越庆幸
自己始终没能长大
没让世事磨去棱角
没脱离童年那份本真

孩提时可以把沙子堆成城堡
自己当自己的国王
王公大臣是一群小鸟一群鸡
还可能是老鼠和蚂蚁

孩子还可以把墨和面粉抹在脸上
不是为了演戏
孩子是把自己当成了
真正的小丑或者狗熊

那时不会认为那些是错
孩子的世界不存在真理
都是大人把自己的想法强加给他们
让他们长成世俗希望的样子

就像院子里那些盆景
被一次又一次修剪
再也无法走回森林
长成一棵真正的树

六十以后

六十以后

人生的路会越来越短
越短就越要懂得珍惜
我要看着这个世界越来越好
把人间慢慢变成天堂

我还有很多事情要做
秋天不仅仅限于收获
秋天依然有花草生长
陌上，那些菊花
还没有完全绽放

噤若寒蝉
不是我的人生态度
多年来的谨小慎微
都是逼不得已

诗和远方
还在路上
我是爱和美的追随者
绝不能半途掉队

我要坚守住自己
坚守灵与肉的不离不弃
我还会是我　但和
六十之前一定不同

它们将成为生命的一部分

打今儿个起
这些胶囊和药片将成为
生命的一部分

就像叶子是树的一部分
火是石头的一部分

我将无法逃离
就像无法逃离身边的老伴
她以爱的名义
让你遍体鳞伤
还要让你时刻心存感激

它们将干预我的一切
吃饭、走路、工作、睡觉
像影子一样
监视着一举一动

男人的眼泪不是尿水

关于父亲，我始终没有找到
一些合适的词语对他进行描述
他生性老实　但不懦弱
暴怒起来像一头受伤的狮子

他不善言辞　口舌木讷
却喜欢与人争辩
语速缓慢　词不达意
常常憋得满脸通红

他从不朗声大笑
也从不流泪　痛苦时
把头埋在怀里或顶在墙上
他说男人的眼泪不是尿水

他一生最爱他的鞭子
他用它和马匹说话
他把它们当成兄弟

他也曾试图
用他的鞭子打我
可高高地举起之后
又突然在天空中停下

给自己的名字注释

钱万成，汉族。男
乙亥年生　生肖属猪
一个居住在城市的乡下人
一个工作在职场的文化人
一个渴望成熟却长不大的人

钱。万有和万恶之源
经常遭人唾骂又时常被人惦记
视金钱如粪土是一种高尚的境界
这样的人　我从未见过

万。一个吉祥的数字
万古千秋　万寿无疆　万事如意
和万字连在一起的词都是美好的
可人生　不如意十之八九
我也没有寿比南山的野心
只期活好当下　别欺骗自己

成。成字是一把斧头
不经意就能把人砍伤
马到成功，有点急功近利
心想事成，无异痴心妄想
我更喜欢水到渠成　自然天成
没有那么多欲望
也没那么多痛苦

我的父母没有文化
他们花钱请人为我取下这个名字
用心良苦　可我还是辜负了他们
幸亏　他们带着希望早早离世
不然　今天一定会老泪纵横

毒　酒
——读《佛陀传》

娱乐至死　是佛陀的重大发现
他在父亲的宫殿

察觉笙歌燕舞原是一杯毒酒
于是　在人们醉倒之后
乘着月色
仓皇出逃

把尘世间的一切
宝剑、金玉和头发
还给那个给他生命的人
只把一颗纯净的心带走

昼行烈日　夜宿星斗
穿越森林和狼虫虎豹
在恒河岸边的竹林寻找丢失的灵魂

苦修之后，感受到了生命的可贵
一夜大雨　在露珠中
他看到自己的前世和来生

他把正悟的心得告诉每一个遇到的人
人们肃然起敬
尊他为佛

今天　我们也端着一杯毒酒
可没人劝我们放下
我也不敢提醒　担心那些口水
比毒酒更毒

一些与雪无关的事情

今夜大雪　冒雪归来
忽然想到一些与雪无关的事情

没经历过折磨休说坚强
没经历过伤害休说心痛

没经历过死亡休说勇敢
没经历过诱惑休说淡定

没经历过离别休说痛苦
没经历过贫穷休说廉耻

没经历过金钱权力美色良心的拷问
休说你是一个真正的男人

如果人生可以重新选择

如果人生，可以重新选择，从现在起
我会选择后退，以六十岁作为起点
越过五十岁的辉煌，四十岁的
煎熬，三十岁的奋斗，还有
二十岁的踌躇满志

在十岁的地方，也不要停留，那一年
母亲刚刚去世，父亲，已经重病
在身，姐姐，我和弟弟
一家四口，痛苦中
艰难度日

我要退回五岁之前，退回穿着开裆裤
满街跑的日子，冬天，雪地上打滚
夏天，河沟里抓鱼，上山摘果
下田偷瓜，把邻家女孩
叫一朵野花的名字

最好退出人类，在乌尔根河畔做一只
羊羔，和草甸子上的小狼小熊小马
一起玩耍，不分物种，没有仇恨
童年就是童话，相亲相爱
都是兄弟姐妹

一段历史的N种真实

一段历史有N种真实，分别记录在
N本书里，记录者都说有据可查
阅读者却真假难辨

就像一只树上的苹果，同时和太阳
月亮恋爱，风雨也常常过来纠缠
她和他们，暧昧不清

现实一旦成为过去,没人能够告诉
你真相,历史随时会被人篡改
篡改者有时并不自知

台风巴威刚刚过去,美莎克、海神
接踵而来,它们肆无忌惮
让农民兄弟吃尽苦头

一场灾情有无数版本,网络上传的
都不一样,官媒正讲述救灾故事
抖音,受灾者坐在田边大哭

一场大风

一场大风
把深藏在角落里的枯枝败叶
翻拣出来,就连那些
居于高处,藏在叶中间
还保留着新鲜颜色的
也未能幸免

特别是枝叶依然茂盛
却已被虫蛀空,内心自朽的
大树,也被突然吹折
无法再道貌岸然地耸立

整个上午
我都在不停地打扫院子
落叶和枯枝又不停地落下来
偶尔也有鲜嫩的叶子和花朵
夹杂其中,让人
心生惋惜

大风还刮起许多尘土
天空无端罩上一层霾

如果马上来一场大雨就好了
压压尘土,洗洗天空
让这个院子,这些树
这些花,这些草

露出本来的颜色

两包火柴

那个冬天很冷,冷到
窗户上整天都堆着厚厚的一层霜

那时家里很穷,穷到
买不起两毛钱一包的
大石头牌火柴

那一天,货郎挑着担子
在门前吆喝

那一天,母亲含着眼泪
剪掉了两条长长的辫子

两条辫子,续了三十年的
长发,换回两包火柴

两包火柴,点亮
三百六十盏油灯
帮我度过那段黑暗的日子

两包火柴,点燃
一百二十次灶膛
帮全家度过那个
寒冷的冬天

至今也忘不了
母亲换回火柴时高兴的样子
是喜悦,是悲伤
只有她自己知道

鹅卵石

在水中浸泡了那么久
心里的那团火依然没有熄灭
如果给它碰撞的机会
还会迸溅出火花

岁月磨去了它的棱角
石质并没有酥软
还保持着原来的密度
原来的重量

因为有用，父亲
从乌尔根河滩把它捡回来
做过压缸石、垫脚石
有时也被人坐在屁股底下

比起那些被匠人发现
凿刻成佛、住进庙堂
享受香火、受人顶礼膜拜的
它是卑微的

比起那些没机会成佛，却被
雕成狮子、大象，或者各种
神兽，在风雨中看门守院的
它是幸福的

比起那些仍埋在河底、河滩上
或者被发现、用过又被扔掉
以及掺入水泥埋进地下的
它又是幸运的

它仍在院子里，经常被搬来搬去
没有大用，也不会被弃用
像我一样，过着百姓日子
享受人间烟火

回归到一片叶子

回归到一片叶子
突然发现，走过的路
没有一条是直的
就连那看似平展的主脉
也有无数起伏
生出无数拐点

我们经历或是正在走的
仅是其中一条支脉
甚至连支脉也不是
只是支脉间一条
崎岖婉转的叶纹

世界那么大，谁都无法
沿着一条路走到尽头
目标最好不要定得太远
如果人生仅是一天
日落之前可以赶到
免得夜路漫漫
遭遇不必要的麻烦

六十岁前
一直朝着一个方向
回过头来，才认真看看
身边的世界
一草一木，那么真实
一菜一饭，也可以
让如水的日子有滋有味

钓

古代，那些
垂钓者都是有智慧的人
钓江山、钓权位
钓金钱或者美誉
还有人钓美人

他们，目的不同
方式却出奇地一致
一顶草帽，一件蓑衣
一柄长竿，一叶扁舟
独坐一隅

坚信，面包会有
美酒会有，鱼会有
熊掌也会有
于是安闲，等一个人

或一阵风

现在,那些智者还在
只是不再叫作隐士
或混迹于职场
或守望于江湖
机会没到,不急
机会到了,决不手软

我也喜欢甩上几竿
但我没有他们那些想法
有鱼最好,没鱼
就钓一会儿寂寞
什么也不想

只看着鱼漂发呆
夕阳西下,也会不舍
幻想,用鱼钩
把它再钓上来

作者简介:钱万成,吉林省作协理事,长春市作协副主席。1978年开始诗歌创作,作品发表于《诗刊》《星星》《诗歌报》《江南诗》等。著有诗集《钱万成诗选》。其诗歌作品《留住童年》《同学》《妈妈》《友谊糖》等分别入选沪版初中语文实验教材(试用本)、《中国高中生诗歌阅读指导大全》、教科社《义务教育课程标准实验教材》等教材。

心灵反抗与语言反叛

——论赵野诗的古典情怀与现代意识

●苗　霞

对于诗人赵野来说,古典性倾向是其自觉的诗学追求和美学理念,对此他有种种明确的自我定位。譬如,他的诗学指导理念是——"我只是一个肉身,万物中的一种/如此信赖祖先的思想和语言/依于仁,游于艺/走在同类的坦途上"(《信赖祖先的思想和语言》)。他写作的渊薮资源来自——"衰败的长安的夜晚/和曲阜的黎明/以及安阳的黄昏/全注入同一条河流//这就是我啜饮的河水"(《写作》)。其诗歌发生学也是古典的无为而无不为——"春天,忽然想写一首诗/就像池塘生春草/杨树和柳树的飞絮/打开没有选择的记忆"(《天命之诗》)。赵野的写作,自然而然,像花开流水,开乎所不得不开,流乎所不得不流。诗人常常"沉湎于一种旧式的感动",沐浴在传统文化的流泉飞瀑中——"唐宋濯我缨,明清濯我足",桴浮于传统文化中或居或游,"存活在前朝的镜像里"。唯有深情无限地返视、抚摸中国文化母体,诗人在现代生活中才能时时处处看到传统的幻象——"天空清澈如先秦诸子/流淌出词语,一派光明""天空排列着整部史记/亡魂都悲泣命定的章节""真是喜悦啊,平常的一个日子/我竟见秦时明月汉时空山""溪谷飘着八世纪的烟岚"……这种想象图景所赖以生成的美学资源无疑是传统文化。

既然诗人立意把古典性作为自己的诗歌风格,把历史传统作为抒情的内容,那么实际表现出来的诗歌创作面貌确已达至诗人古典美的诗学理念。完全可以说,古典性是赵野诗歌最鲜明的艺术特征,关于这一点已为多位论者所指出,并成为共识。但对于赵野诗歌的古典性,论者大抵从诗的内在结构、修辞的美妙细微的观察出发,着力点在语言修辞的词汇、语感、用典引古等方面上。诚然,从其选用的词汇、语言等特征来看,赵野渴望和心仪的亡灵生活在同一语言里,喜用一些古词古语,如"汝啊汝等""吾爱""连夕""归去来兮,田园将芜胡不归""击壤歌""吾从周""噫吁嚱"……这一切与他抒情、华美的语言叙述结合成了一种富有张力的古典美学风格。他的语言的总体语法和逻辑结构自然依据现代汉语方式,而某些局部如词语组合、从句、修辞术等则采用古代汉语方式。有些诗句干脆是对古典名句的巧妙化用,如"乡愁迎头撞向晚的渔舟""此时念想自彼时眼泪/菊花每开出两地乡愁""锦瑟无端翻往世声/明月沧海的高蹈脚步""细雨沾衣欲湿,杏花风吹来/一片天,纷乱叙事如山瀑飞泻""万方多难中独上高台/天若有情,怜我昔年种柳"……关于它们背后的古典"原型"不难省察体味出。而在赵野的改写中仍不失传统的风采和神韵,又飘洒摇曳,动荡有致。如果说这是"引乎成辞"的语典,那么"举乎故事"的"事典"在赵野笔下同样出色。

这些都一再为论者所指出并赞赏,认

为它们是赵野诗歌古典性的最佳体现,古典诗歌,可以说是赵野的一个语义模型,但他又极大地激发和解放了这种语义潜能。1988年的《字的研究》和1990年的《汉语》就是明证,《字的研究》是如此诗意盎然地明确表述的——

> 它们娇慵、倦怠,从那些垂亡的国度
> 悠悠醒来,抖落片片雪花
> 仿佛深宫的玫瑰,灿烂的星宿
> 如此神秘得使我激动
>
> 我自问,一个古老的字
> 历尽劫难,怎样坚持理想
> 现在它质朴、优雅,气息如兰
> 决定了我的复活与死亡

但我认为,赵野对古典的继承并不止步于此,他的诗歌质地闪烁着某种特殊的色泽和光彩,发散着某种特殊的古典精神。其每一个词语之顶巅及每一行诗句之深谷中"涌起沉船、马匹/以及君王和他们的数学"(《马匹》),"它们放出了一道道光华,我的眼前/升起长剑、水波和摇曳的梅花/蓝色的血管,纤美的脉络"(《字的研究》),"修辞把春风,漫天的绿/与圣人气息,诗一样归来"。一些不相连的事物或现象如长剑、梅花、春风、血脉、马匹、君王、帝国、数学、沉船……奇异地并置在一起,既有绕指的柔美又有豪情慷慨的壮美,既有轻盈的喜悦又有哀叹的绝望,既可触可摸又杳渺飘忽,如穿云,如裂帛,如回肠,如荡气,如空还,如实垒,如凌空,如蹈地。诗歌意态既忧伤抒情又慷慨悲歌,在雄伟中有秀雅,在壮美中有优美。这一切皆来源于赵野对传统独出机杼的继承和发展,更值得注意。

继承传统一方面可以从语言、意境、意象展开,另一方面可以从传统的根本精神和整体原则入手。关于这两者的关系可以借鉴钟惺在《诗归序》中的论点:"而作诗者之意兴,虑无不代求其高。高者,取异于途径耳。夫途径者,不能不异者也,然其变有穷也。精神者,不能不同者也,然其变无穷也。操其有穷者以求变,而欲以其异与气运争,吾以为能为异而终不能为高。其究途径穷,而异者与之俱穷,不亦愈劳而愈远乎!"诗歌创作的途径变化是"有穷"的,而创作诗歌的精神的变化是"无穷"的,途径有穷,而只在途径上下功夫,"操其有穷者以求变",终于"不能为高"。"为高"的只能是后者——继承传统从其根本精神和整体原则入手。再者,前者显,后者隐;前者易,后者难。赵野从显走向隐,从易走向难。这是他作为一个当代诗人对古典性的最大发展——具体体现在赵野诗歌限定性恢复和创新性发展"诗言志"这一古老的诗歌理想上。其实关于这一点,诗人自己的话可以作为有力佐证:"诗歌情怀是万古愁和天下忧,是我的经验与思索的一种自我表达,以及为了这种表达,我对汉语之美的努力抵达。"只是常被论者不同程度地忽略而已!

"诗言志"的限定性恢复:心灵反抗

早在上古《尚书·尧典》提出"诗言志"的诗歌主张后,"诗言志"就成为中国诗学的"开山的纲领"(朱自清语),并一直蜿蜒覆盖古典诗发展的整个过程。"志"是什么,和"情"相比有什么本质区别?"志"是人的社会情感,而"情"则是人的自然情感。后来,魏晋时期陆机《文赋》提出"诗缘情而绮靡",宋代倡导"诗道性"的诗学本体观,都是"诗言志"程度不同的变体。只是随着儒家思想正统地位的确立,历代文人往往把"志"解释为合乎中国礼教传统的思想,如《诗大序》把"诗言志"的宗旨定位在"经夫妇,成孝敬,厚人伦,美教化,

移风俗"上。而以"情"为与政教对立的
"私情",遂产生了我国文学批评中"言志"
与"缘情"的对立。

在一个以儒家思想为文化正统和主流
话语的社会里,传统文人总怀抱"先天下
之忧而忧""民吾同胞,物吾与也"的宏愿。
杜甫是最有代表性的诗人。杜甫出生在世
代"奉儒为官"的家庭,自幼接受的是儒家
正统思想教育和熏陶,一心想走"达则兼
济天下"的道路。但是在当权者的冷遇
下,在困苦生活的磨炼中,杜甫对现实有
了清醒的认识,"德尊一代常坎坷,名垂万
古知何用"? 这样的认知,我国文学史上
不少诗人也曾达到过。但"杜甫杰出的地
方在于他突破了所谓'达则兼济天下,穷
则独善其身'的思想,始终采取面对现实,
投身政治的积极态度,而把个人的穷达放
在极其次要的地位"。①所以杜甫在诗中
频频表达着"穷年忧黎元,叹息肠内热"的
普世情怀,立志于"许身一何愚,窃比稷与
契""致君尧舜上,再使风俗淳"。"诗言志"
的情怀在古典诗中的高峰所在凝聚于杜甫
的五律《春望》一诗上。"春望"是杜甫之
哀、屈原之哀、漆园之哀,是以杜甫为代表
的传统知识分子的时代关怀和社会情感、
万古愁和天下忧的总象征。

"春望"一代一代。自古而然,于今为
然。今天,赵野仍坚定地守望着这种"春
望"情结——对时代"噬心主题"的介入和
揭示,践行着"诗言志"的古老命题。在赵
野看来,"文明得有一个态度/生命也需要
交代"(《致钟鸣》),出于知识分子良知和
角色的自我确证以及对人类基本价值维护
的承诺,赵野的诗总是切中这个时代根柢
的精神创伤,体现出一种关系民族国家的
政治无意识和时代关怀。知识的力量和文
人的良知使赵野敏锐洞察到时代的广谱症
候,并为之准确书写下判词断语——

时代变得如此离奇古怪

全然失去真实模样
大雨倾盆,各路魑魅张狂
苍山现出重重劫象
看破了满屏世故的眼白
和一颗颗熟透的樱桃
……

——《苍山下·时代》

在对现时代、社会做情感关切和道德
伦理诊断时,赵野还把这一视角引入到历
史反思之中,在历史上他看到了曾经的春
秋战事、三世纪的屠戮、十世纪的饥饿……
这些不同的历史系列有着其特定的、不可
化约的历史内涵,它们和今天、现在处于
同一水平之上,互相纠缠又互相歧异。赵
野更多的是用历史的长度——更长远的眼
光,用历史中的感受者,用感受者的鲜活
心灵去体验这个时代,即发现:即使到了
今天,历史的纠葛也会延续至当今,许多
历史的旧物依然是今天活的现实。反之,
显得很新的东西也许只是某种已被遗忘的
东西而已。我们不仅要理解历史,更要理
解的是历史如何延伸到现在,它如何从过
去驶入了现实的、茫然的生活沼泽地。在
现实和历史互相鉴照中赵野更把"兴亡看
透",指陈传统的历史和现实语境中的种
种恶质、愚盲与非道德因素,并集聚自己
所有的力量来与恶势力做心灵的、精神
的、道德的斗争,这种泣血哀世之歌就是
一首首"杜鹃的重音"或曰"哀歌"。例如:

我吃下的毒素
让我成为另外一种毒
闪电带泪,钟起飞
不忍再见村庄与流水

异乡人,召回往世的声音
把恨溯向源头
让他们的谎言报废
为历史纳税

——《哀歌八章》之三

这一行行"诛心"之言敲响的是诗人个人心灵反抗的鼓点，这心灵反抗是如此的持久、深入、决绝，致使在其历史观的深度和广度上、在其道德的想象力和领悟力上，以及在其心理的敏感程度和洞见上，都是那么不同于当代诗坛和众多诗人。在这方面，来自"第三代"诗人阵营的赵野，无疑是继承了前辈"朦胧诗人"的精神理念和批判立场。"北岛们的诗给同代人及稍后一代诗人的影响是难以估计的。这种影响不仅仅在于他们用特定的诗的语词陈述了面对一个特定的历史时代时，人的良知、智慧和心灵所具有的特定痛苦、压抑、焦灼、惊恐以及醒悟等等，更在于他们昭示了诗人面对任何现实境况时，理所当然应当保持的身份和姿态，即始终保持着诗的良知，在一种真正的独立性中表达对于现实价值的深切注意和关怀。他们为表达独立的思考和真实的感情而抒写这一毫不含糊的姿态，对后来者的影响是无可回避的。"②然而不然，北岛的抒情主体是一位爱憎分明、大义凛然、铿锵有力的现代革命志士形象；赵野笔下的抒情主体是一位多情、忧伤、睿智、明澈，着宽袍广袖的传统文人形象，是杜甫"杖藜叹世者谁子，泣血迸空回白头"的现代重影。故二者诗歌的意态自截然判然。

诗人一方面是"文章痛哭秋风"，用诗歌铭刻时代的苦难、生存的绝望，另一方面他内心也同时痛心疾首地不得不承认：

灿烂的诗歌承负了
多少伤痛和悲情
不论黎明的卧轨
还是黄昏的屠戮
而傲慢的时间终会
把一切变成往事
当时明月朗朗

照彻天下城楼
——《中年写作》

岁月凶残，死亡以加速度来临
又以加速度被忘记
——《苍山下·夜雨》

同样，《时间·1990》一诗也是如此的哀叹，哀叹时间所拥有的遗忘的力量会将人类的意识抛进可怕的记忆空洞之中，同时亦将存在的意义一笔抹杀引向虚无。但诗人敢于和时间暴政抗争，他铿锵有力地宣判："遗忘在一切愚行中/最不值得宽恕！"这让我想起昌耀写于1980年初的《慈航》，里面曾有两句相近的诗句：

我不理解遗忘
也不习惯麻木

与遗忘做斗争就是在无奈和虚无的底色下，自愿起来接受命运，承担责任。在中国，努力与遗忘做斗争的最有名事例是，20世纪80年代，巴金老人出于知识分子的良知曾通过各种渠道呼吁，在中国建立一座"文革"档案馆——其意也正在于以史为鉴，但至今未果。

"鹧鸪不发浮世声，只为/崩溃的天下寻找词汇"。就是这样，立足于当今，通过抒发现时代的"春望"情结、万古愁和天下忧，赵野恢复"诗言志"这个古老诗歌信念的新生命，恢复它的伟大意义并把其回声延续到现在，使之在21世纪的诗坛上重现出震撼人心的艺术力量。在"言志"的意义上，在诗的名道救世的良知上，赵野一直写的是同一首诗，"知白守黑中/反复写作同一首诗"，一首"能开出一片山河"的好诗。这样的好诗作为一个解剖时代的参照物是极其有效的，是时代的镜子，既能显影又能留影。

"诗言志"的创新性发展：语言反抗

上述是赵野对"诗言志"在当今时代的限定性恢复，他剔除其中腐朽的一面，保留从古至今知识分子永恒良知激发出的万古愁和天下忧。但作为诗歌的现代性，赵野又创新性地发展了它，把心灵反抗转化为语言反抗。这里的"语言反抗"何谓？一则是指清除和剥离语言上的时代油彩和时间刻痕，恢复词语的原初面貌，"让天下重归天下/让人民成为人民"，一切各归其位。语言只有回到其原初状态，才能直抵存在本身。二则是使语言从物的硬壳中解放出来，即赵野所谓的"格物开花"。无疑，这种"语言反抗"体现了"言语的自觉性"，走的是格物穷形、透知见理的一种具有现代诗学特征的语言新变境，对赵野来说，"社会学革命正遁入语言学革命的巨大荫蔽里"（陈先发语），心灵反抗和语言反抗成为其诗歌的一体两面。有诗为证：

> 拒绝时代的胁迫
> 和那些虚妄的可能性
> 将纯洁词语的战争
> 进行到骨头深处
> 当风中听到神灵
> 云上种植树木
> 汉语之美，捍卫着
> 帝国最后的疆土
>
> ——《中年写作》

> 词与物不合，这世纪的
> 热病，让鸟惊心
> 时代妄自尊大
> 人民从不长进
>
> 羊群走失了，道路太多

> 我期待修辞复活
> 为自然留出余地
> 尘光各得其所
>
> ——《春望》

可以看出，赵野写作的出发点不惟是个人的心灵反抗，更是个人的语言反抗。产生这种双重反抗的叠合有多重原因：现实的、诗学的、现代性的。在这个文字魅影重重的魍魉时代里，去魅和解构，以还词语本来的清晰，让"素颜的知识成为人间法"。《赞美落日》里有诗意盎然的深刻表现——

> 种种宏大叙事
> 编织炫目的网罗
> 巧言仿佛阡陌
> 丛林里纵横交错
> 山水啊，田园啊
> 哪儿是栖身之所
> 君子何为？我还要
> 面对这古老的命题

叠合的另一重原因是现代诗学要求的：诗是由语言和语言的运动产生美感的一种文学形式，诗歌写作是对语言乌托邦的营建。转换成海德格尔的话即是："诗的活动领域是语言，因此，诗的本质必得从语言之本质那里获得理解。"这样就带来现代诗学上的必然要求：对一切生存的表现最后必然表现为语言上的复杂、语言上的张力。就意义的探究而言，世界实际上就是一个话语的世界。话语是这世界唯一可以得到求证的东西。"如果时代的困境不被洞察并被精准表达出来，那么它就不存在。所以全部困境本质上只是语言的困境。写作者个体并非什么显微镜，事实上，体现在个体之上的困境体量，等同于整个时代的困境体量；从体量维度来讨论，时而确属必要。"（陈先发语）赵野企望用语言分担存在的沉重、时代的苦难，其诗歌写作的过程势必就是语言和存在同时打开的过程，心灵反抗与语言反抗自然会合为一流。

叠合的再一重原因是现代性的内在悖反：现代性是一个包含几重辩证对立的总体性概念。从启蒙现代性来看，"现代性就首先应当理解为一种话语模式，它强行规定了客体的意义（而不是让客体的意义自行显示出来），而这种意义必定是单一的、逻辑的、目的论的。这种话语模式正是瓦尔特·本雅明所说的'政治美学化'的典型情形，也就是说，社会形态采取了修辞的手段规定了自身在历史理性范围内的合法性"。[③]从审美现代性来看，它必须要颠覆、瓦解启蒙现代性的确定性、逻辑性、一元论，这种反抗既是心灵上的又是语言上的。

出于上述多种原因，赵野"誓要词与物彼此唤醒"，锤炼语言，将其扩展到坚韧的程度以容纳最大意识量的需要。与其说赵野的思维图式是心灵反抗和语言反抗编织成的"二元补衬"，不如说他把二者泛非莫辨地叠加化合为二而一、一而二的问题。由此，赵野诗歌中的种种修辞及意识形态"兼容了具体历史语境的真实性和诗学问题的专业性，从而对语言、技艺、生存、生命、历史、文化，进行了扭结一体的思考"。（陈超语）思考里既有古典性的反观回瞥，又有现代性的反思创新，古典诗学和现代诗学原本是"各美其美"，但赵野使其"美美与共"，因此使自己的个体诗学实现了融创性（耿占春语），即在视界融合基础上的原创能力。叠合一起的二元对抗使赵野对语言与现实间的联系，即以什么样的方式建立语言与现实世界的联系的问题，做出了富有意义的诗歌实践。

富于启示性的时代意义：从古典出发

就这样，赵野"诗言志"的情感诉求转换成了双重反抗：心灵反抗与语言反抗，心灵反抗之后的归宿落于——

> 那是我梦寐的清明厚土
> 日月山川仿佛醇酒
> 君子知耻，花开在节气
> 玄学被放逐，另一种气候
> 湿润，明朗，带转世之美
> 素颜的知识成为人间法
> 松风传来击壤歌，噫吁嚱
> 桃花流水悠悠，吾从周
> ——《剩山》

语言反抗之后的归宿落于——

> 要开启一种
> 文明的叙事
> 像记忆的刀刃
>
> 划破今夜的月亮
> 唤醒我们
> 并带我们回家
> ——《虚构一次流亡》

一则是诗人把自己的精神"圣地"定位于"周"，在古代典籍中"周"是一个崇礼乐、七情正、天人乐的朝代，子曰："周监于二代，郁郁乎文哉！吾从周。"（《论语·八佾》）二则是要努力建成一种能"带我们回家"的言说叙事。二者均体现出一种"回返"的努力倾向。当然，在这里我们不能浅薄地把它们作为"返古"理解。我们知道，任何"返古"都是痴人说梦，因为浩大的历史意志裹挟着渺小的个体使之身不由己地一直往前走，谁也无法回到过去。做

星河·夏

"返古"梦,只是借无法企及的美梦来温暖自己寒冷的时代处境,以助温慰而已。赵野是要"返",但那是"返璞归真"的"返",他希望人心去掉躁欲,文明幽深绵长,叙事朴拙无巧,直抵存在本身。

把赵野诗歌的这种古典情怀放置在当下宏阔的时代语境中来理解来阐释,其意义可能更显豁。

赵野在20世纪80年代初开始诗歌创作时即保持着"回返"的姿态,至80年代中后期已形成自己成熟的古典风格,早于当代诗歌界对古典文化的主动诉求。在这方面,赵野起了先锋作用。当代诗歌界对古典的主动情感诉求开始于20世纪90年代。在20世纪90年代,在现代性的疯狂浪潮中,本土文化明显受到全球化文化的影响和猛烈冲击。面对该局面,文学界开始思考:全球化时代的中国文学何处去?很多作家开始了全球化背景下的本土化艺术追求和民族文化的自觉。此时,理论界对传统文化也重新倡导与大力阐发。以新儒学为例,20世纪60年代即在港台及海外崛起的新儒学经过逐渐发展,终于80年代末和90年代初始在大陆成为显学。在这样的时代语境中,当代诗歌何为?73岁的"九叶"诗人郑敏首先发声。

1993年,郑敏在《文学评论》一期上发表一篇2万多字的长文《世纪末的回顾:汉语语言变革与中国新诗创作》,此文一经刊出,就引起文坛极大反响。在该文中,诗人从语言变革与新诗创作的关系入手,提出新诗创作创新性继承传统的必不可少,并为历史上我们对传统的错误批判,乃至弃置不用而痛惜不已!历史已远矣。重要的是做好当下新诗的发展。随后,诗人又相继抛出一系列关乎传统与中国新诗创作关系的文章,如《语言符号的滑动与民族无意识》《中国诗歌的古典与现代》《试论汉诗的传统艺术特点》《传统与现代笔谈:重建传统意识与新诗走向成熟》……

这些文章或从小的视角,如语言的特性、意象、意境、声律、诗的艺术手法等方面切入,或从大的视阈,如文化的发展方面扫描,目的只有一个,即说明当下汉诗的现代性发展离不开对传统的继承。"这绝不是简单的回归传统,而是要在吸收世界一切最新的诗歌理论的发现后,站在先锋的位置,重新解读中华诗歌遗产,从中获得当代与未来的汉语诗歌创新的灵感。"④

郑敏作为一个完全西化的诗人并在诗歌领域取得杰出成就,何以在晚年再回首传统?是什么样的文学情景、历史契机触发诱惑了她的这一回顾?难道说,仅仅是一场"游子思归"的情感波动?一个大半生漂泊在西方文化氛围中的人在晚年的一次"精神回家"?非也!我认为这绝非一次偶然的个体心理和心智转换。深层原因乃是个体的文学脉搏和宏大的文学情势、时代语境跳动着同一频幅,郑敏的"回顾"可谓是时代的必然、历史的趋势、诗歌的根本,它是出于一个诗人的超级敏感心,其基点是搁置在社会文化变革的总基面上的,体现的是高超的社会识力和精深的文学洞察力。

从史论上看,现代诗歌是对古典诗歌进行彻底革命和完全颠覆后借鉴西方诗歌(从胡适《文学改良刍议》中"八事"和美国意象派诗歌理论主张的一定程度相似性来看)产出的新生儿。现代诗歌是无传统的,它和古典诗歌是非继承关系,即是宕开一笔的旁生。所以鲁迅认为:"新文学是在外国文学潮流的推动下发生的,从古代文学方面,几乎一点遗产也没摄取。"⑤中国新诗最初生根于西方现代性诗歌,后来也一直把之作为镜像之物处处时来鉴照自己、调校自己。到了世纪末,诗家们开始问道:我们新诗的主体性何在?没有主体性之物永远都是"他者"。遂引发郑敏一批优秀诗人和诗论家的深深思索。中国新诗产生的契机是胡适受美国意象派诗歌主张触发,美国意象派是西方现代主义诗歌的第一个潮头。意象派是庞德受中国古典诗词和中国汉字的启示而产生的。这即是说西方现代性产生的渊薮竟然是中国古典诗词,那么当今新诗现代性发展的过程中为何不能创新性地继承传统呢?这是郑敏对新诗起源和发展轨迹梳理后自然而然提出的疑问,其实,答案就在问题中。对之,赵野以实际创作做出了自己的回答。

当然,这并不意味着赵野在继承传统上不存在任何问题。问题有如:赵野诗篇之间的落差较大,有的诗歌如同习作,有的诗篇则在某一向度上,直抵当代汉语之美的高峰。当然伟大如杜甫者也有老手颓唐之时,他的1400多首诗歌也不都是金子,也有少许鱼目、砂砾。但作为一个成熟的诗人,其诗作应稳定保持在一个较高的艺术水准之上才是。在对古典的运用上,赵野还时有胶柱鼓瑟、食古不化的弊端。在创作上因过分追求古典性的细致精巧,也难免有辞繁气弱之弊,即使气势勉强顶了上去,也有用力过度、叫嚣之嫌疑,丧失了自然性。也许,这只是来自严酷的批评目光的苛责之论。但人总有一个思维惯势,对于优秀之人总苛求他更优秀,乃至完美,否则,对于一个凡庸,妄言高标准还有什么意义呢?

这一切,赵野在对传统、古典的继承和发展中表现出来的优和弊,对于当代诗歌的发展,无不有着深刻的时代意义,我想,这才是赵野诗歌最大的诗学价值和思想价值所在吧。

注释:

①袁行霈:《中国诗歌艺术研究》,北京大学出版社2009年,第181页。

②李振声:《季节轮换》,学林出版社1996年,第37—38页。

③杨小滨:《历史与修辞》,敦煌文艺出版社1999年,第79页。

④张清华:《郑敏的诗》,北京师范大学出版社2016年,第284—285页。

⑤鲁迅:《"中国杰出小说"小引》(鲁迅全集第8卷),人民文学出版社1981年,第399页。

(作者单位:河南大学文学院)

XINGHE

星河·夏

205

赵野的诗

江　南

一

半壁山微光，整座城醉酒
一页书的抱负，白马红袖

钟声低空呼啸，南风奔走
乡愁迎头撞向晚的渔舟

彼何人啊，知我者谓我心忧
不知我者谓我何求

万方多难中独上高台
天若有情，怜我昔年种柳

二

断垣残壁是历史说明书
燕子掠过朝代的脚注

亡灵布满开花的树木
江山寥落，曾经万里如虎

唐宋濯我缨，明清濯我足
极目回望，那些名字多虚无

沁骨的忧思梨花般飞舞
天际一叶帆，荒丘一抔土

三

如月的人儿倚着栏杆
空谷来风，有我多少期盼

三秋桂子绕十里荷田
积雪的手臂让游子倦返

梅熟日听雨，天凉时望气
人民知晓物候和季节

万顷春水成了集体的心病
山还是山，好梦已做完

四

千里莺啼，绿红一片狼藉
无边风月写出满纸烟云

美人和草木没来由猛长
空气都享乐，这汉族的宿命

湛湛江水一往而情深
那么多悲悯，替苍生洗尘

时代与我谁会先沉沦
谁在长歌当哭、煮鹤焚琴

五

少年的形而上学，白头癔症
一种相思宛如亲密敌人

二十年怀想，只为一首诗
几个词汇就滋养他一生

江南啊，人人都说江南好
记忆的樱桃，唇上的风暴

河流中的镜子泠泠作响
我抽刀断水，为这末世招魂

读《枯鱼过河》并致钟鸣

鱼到了岸上
才知道水的存在
以及传统在什么地方
未来有怎样的磨难

成都的艳阳天
是诗歌天然的反环境
无情的道德律令
催动语言民间起兵

俄狄浦斯弑父，哈姆雷特迷惘
除了词还是词

于是一只鸟以坠落的方式
成喧嚣的逃遁者
它先眺望遥远的星辰
再低头沉思自己的宿疾

苍山下（组诗选）

正 午

正午的时光悠长慵倦
桂花树下适合读陶潜和王维
山岚悠悠啊，我们都爱这片虚无
以及虚无深处的一滴眼泪
此心光明，万物不再黯淡
草木坐领长风，一派欣然
众鸟返回树林过自己的生活
我向天追索云烟的语言

如 何

如何赞美山林的静默
以及燕子的飞翔，当下是问题
我要格物出花，在它们之间
找到更深刻的义理

阿多诺说，没有任何抒情诗
可以面对这个物化的世界
阵阵好风吹过，我还是
感到了一种顽强的诗意

樱 花

樱花璀璨，我的心智
每一秒都被混乱席卷
每片花瓣上都有一次人生
彰显什么是无常与真实
我已到知晓天命的年纪
无边花海里燕子翻飞
伟大的密勒日巴尊者说过
他的宗教是生死无悔

大 风

大风吹乱苍山的云
吹乱红尘的白发，往世的微茫
夏虫吐纳长天，要我们内视
在空里把自己活成山水
半世狼突，生死都是盛宴
觥筹交错间有人高唱
"我们每刻都正在死啊"
樱花满树碧玉，随风摇曳

夜 雨

夜雨打在屋檐上
像悲伤的杜鹃叫醒记忆
岁月凶残，死亡以加速度来临
又以加速度被忘记
我有一个抱负，隐秘而慵倦
却如归程遥遥无期
我们已经历那么多，还会更多
直到一切都化为灰烬

作者简介：赵野，1964年出生于四川兴文古宋，毕业于四川大学外文系。出版有诗集《逝者如斯》、德中双语诗集《归园Zuruck in die Garten》及《信赖祖先的思想和语言——赵野诗选》等。

扫二维码联系"星河诗丛"